名著新译书系

WORLD CLASSIC MASTERPIECES SERIES

契诃夫短篇小说选

[俄] 契诃夫/著　谷　羽　路雪莹/译

時代文藝出版社

图书在版编目（CIP）数据

契诃夫短篇小说选 /（俄）契诃夫著. 谷羽，路雪莹译. —长春：时代文艺出版社，2017.2

ISBN 978-7-5387-5317-2

Ⅰ. ①契… Ⅱ. ①契… ②谷… ③路… Ⅲ. ①短篇小说－小说集－俄罗斯－近代 Ⅳ. ①I512.44

中国版本图书馆CIP数据核字（2016）第265136号

出 品 人　陈　琛
产品总监　郭力家
责任编辑　刘瑀婷
装帧设计　孙　利
排版制作　隋淑凤

契诃夫短篇小说选

[俄] 契诃夫 著　谷羽 路雪莹 译

出版发行 / 时代文艺出版社
地址 / 长春市泰来街1825号　时代文艺出版社　邮编 / 130011
总编办 / 0431-86012927　发行部 / 0431-86012957　北京开发部 / 010-63108163
官方微博 / weibo.com / tlapress　天猫旗舰店 / sdwycbsgf.tmall.com
印刷 / 三河市万龙印装有限公司
开本 / 710mm × 1000mm　1 / 16　字数 / 202千字　印张 / 14
版次 / 2017年2月第1版　印次 / 2018年7月第2次印刷　定价 / 30.00元

图书如有印装错误　请寄回印厂调换

目　录

小公务员之死

在一个美好的傍晚，有个为人很好的文书，伊凡·德米特利奇·屈尔维亚科夫[①]，坐在剧院第二排，举着观剧镜看戏，演出剧目是《柯涅维里之钟》。欣赏表演，他感到无上快乐。不料忽然……小说里常常遇到这个“忽然”。作家们写得不错：生活里确实充满了意外！忽然，他的脸皱了起来，眼珠转动，屏住呼吸……他把观剧镜从眼前拿开，略一低头，接着……啊嚏！！！诸位看得明白，他打了个喷嚏。无论什么人，不管在什么地方，打喷嚏总是不犯法的。庄稼汉打喷嚏，警察局长也打喷嚏，就连三品文官偶尔也要打喷嚏。所有的人都打喷嚏。屈尔维亚科夫一点儿也不心慌，掏出手绢擦了擦脸，像有教养的人那样朝四下里瞅瞅，看他打喷嚏是否搅扰了别人？这一看却让他慌乱起来。他发现坐在他前面，也就是第一排的一个老头儿正用手套使劲擦他的秃顶和脖子，嘴里嘟囔着什么。屈尔维亚科夫认出老头儿是勃利兹察洛夫将军，他在交通部任职。

“我把唾沫喷在他头上了！”屈尔维亚科夫心想，“他是别处的官员，不是我的上司，不过毕竟挺尴尬。应该道歉才是。”

屈尔维亚科夫咳嗽了一声，向前欠欠身子，凑近将军的耳朵悄悄说：“对不起，大人，我把唾沫溅在您头上了……我不是成心的……”

“没关系，没关系……”

---

① 屈尔维亚科夫：原文为Червяков，意思是“蛆虫”。

“请看在上帝面上，原谅我吧。说实在的……我不是故意的！”

“哎，您请坐吧！让我听戏！”

屈尔维亚科夫心里发慌，傻笑了一下，开始朝舞台上看。虽说在看戏，可是再也感觉不到那份快乐了。他开始惶恐不安。幕间休息时，他走到勃利兹察洛夫跟前，在他身边转了片刻，压制着内心的胆怯，小声说：“我把唾沫溅在您头上了，大人……请原谅……我实在……不想这样……”

“哎，够了……我早就忘了，您却一再提起那件事！”将军说，不耐烦地撇了撇下嘴唇。

“他说忘了，可他的眼神很凶狠。”屈尔维亚科夫心想，疑神疑鬼地瞅着将军。“他连话都不想说。应该给他解释清楚，说我完全是无意的……这是自然规律，要不然他就以为我是故意啐他了。现在他不这么想，过后没准儿会这么想！……”

屈尔维亚科夫回到家里，把他的失态告诉妻子。他觉得妻子看待这件事似乎过于轻率。她先是吓了一跳，后来听明白勃利兹察洛夫“在别的部门工作”，就放心了。

“不过，你最好还是去一趟，赔个不是，”她说。“他会认为你当着那么多人的面举止失当呢！”

“说得太对啦！我已经道过歉了，可是他那副样子有点儿怪……连一句合乎情理的话都没说。不过当时也没有工夫交谈。”

第二天，屈尔维亚科夫穿上新制服，理了发，到勃利兹察洛夫府上去解释……走进将军的接待室，他看见那儿很多请求办事的人，将军本人站在他们中间，开始听取各种请求申诉。将军询问过几个人以后，抬起眼睛望着屈尔维亚科夫。

“大人，您若记得的话。昨天，在‘乐园剧院’，”文书开始禀报，“我打了个喷嚏，而且……无意间竟溅到了您头上了……请原……”

“小事一桩……天知道是怎么回事！您有什么事要我效劳吗？”将军扭过脸去询问下一个请求办事的人。

“连话都不愿说！”屈尔维亚科夫脸色煞白，心里想，“看来他生气了……不行，这件事不能就这样了结……我得给他解释清楚……”

等到将军跟最后一个请求办事的人谈完话，举步向内室走去，屈尔维亚科夫跟在他身后小声说：“大人！倘使我斗胆搅扰了您，可以说，纯粹是出于懊悔的心情！……我不是故意的，请您务必体察！”

将军哭丧着脸，摆了摆手说：“你简直是开玩笑，先生！”说着，他走进内室，随手关上了门。

“这怎么是开玩笑呢？”屈尔维亚科夫心想，“完全没有开玩笑的意思啊！身为将军，竟然不明白！既是这样，我也就不必再给这个摆架子的人赔礼道歉了！见他的鬼去吧！我给他写信封，反正不再来了！上帝作证，我再也不来了！”

屈尔维亚科夫怀着这样的想法走回家去。那封给将军的信，却没有写成。他反复琢磨，却想不出书信该怎么写。转天只好再亲自上门去解释。

“昨天我打搅了大人，”等到将军抬起问询的眼睛，他含含糊糊地说，“并非像您所说的那样为了开玩笑。我是来道歉的，因为我打喷嚏，吐沫溅到了您的头上……我想都没敢想过开玩笑。我怎么敢开玩笑呢？如果我们开玩笑，那么我们对大人物就……太过失敬了……”

将军脸色发青，浑身颤抖，突然大叫一声：“出去！！”

“什么？”屈尔维亚科夫低声问道，吓得愣住了。

“滚出去！！”将军顿着脚，又吼了一声。

屈尔维亚科夫肚子里似乎有什么内脏破裂了。他什么也看不见，什么也听不见，退到门口，走到街上，慢吞吞地挪动脚步……回到家里，没脱制服，往长沙发上一躺，就这样……死掉了。

套 中 人

两个来不及回城的猎人准备在米罗诺西村村口普罗果菲村长的杂物棚过夜，这两个人一个是兽医伊万·伊万内奇，另一个是学校教师布尔津。伊万·伊万内奇有个相当奇怪的双姓，叫作奇穆沙－喜马拉斯基，这个姓跟他本人一点儿也不般配，所以全省的熟人都称呼他的名字和父名伊万·伊万内奇。他住在近城的马场，现在出来打猎，好呼吸点新鲜空气。至于当教员的布尔津，他每年夏天都到 П 伯爵家作客，对这一带早就很熟悉了。

此时，他们没有睡觉。伊万·伊万内奇是个瘦高的老头，蓄着长长的唇髭，正坐在门口抽烟斗，月光照在他的身上。布尔津躺在板棚里面的干草上，棚子里黑乎乎的，看不到他。

他们东拉西扯地聊着天，还提到村长的老婆玛芙拉，这个女人身体挺好，人也不傻，可是一辈子没离开过自己的村庄，从没见过城市、铁路，近十年来更是一天到晚守着炉灶，只有在夜间才出屋子。

“这没什么奇怪的！”布尔津说，“这种像寄居蟹或者蜗牛一样总想往自己的壳子里钻的天生孤僻的人世上可不少！这也许是种返祖现象，好像要回到人类的祖先还没有成为一种社会动物，独自生活在洞穴里的年代，或许这是人的性格的一种——谁知道呢？我不是自然科学专业的，这些问题不关我的事。我只想说，像玛芙拉这样的人不是罕见的现象。喏，远的不说，我们城里的一位两个月前去世的别里科夫就是这样的人。他是我的同事，教希腊语的。您肯定听说过这个人。此人特别出名是因为即使是大晴天，他出门的时候也永远要穿着套鞋，拿着伞，永远穿一件暖和的棉大衣。他的伞也套着套子，怀表也套着灰色的麂皮套子，他掏出铅笔刀削铅笔时，你一看，他的铅笔刀也装在套子里。他的脸也包在套子里，因为他总是竖起领子把脸藏起来。他戴着墨镜，穿厚绒衣，耳朵里塞着棉花，当他坐马车的时候，总是吩咐把车棚支起来。总之，这个人永远表现出不可遏制地把自己包起来的强烈愿望，给自己造一个所谓的套子，以便把他跟外界隔离开来。现实让他感到恼火，害怕，惶惶不可终日。可能是为了证明自己的这种对现实的胆怯和厌恶是合理的，他总是称颂过去的时代以及从来没有过的东西，其实对他来说，他教的古代语言也不过是他逃避现实生活的套鞋和雨伞罢了。

"'哦，希腊语是多么的悦耳，多么美！'他表情沉醉地说。好像为了证明自己的话，他眯起眼睛，竖起一根手指，朗读道：'安特罗博斯[①]！'

"别里科夫把自己的思想也竭力装在套子里。对他来说，只有上峰的通告以及报纸上关于禁止某件事的文章是明确清晰的。如果上面下通令禁止学生晚上十点以后出门或是某篇文章表达不可以有性爱，那么这对他来说便很清晰，很明确，禁止了就放心了。而允许什么对他来说永远潜藏着可疑的成分，某种没有明说的暧昧的东西。当城里允许成立戏剧小组或图书室或开茶馆的时候，他就会摇着头，小声叽咕：

"'那个，当然，行是行。这都挺好。可是千万别闹出什么事来。'

"任何形式的对于规矩的破坏、偏离和忽视都会使他郁闷。其实，说实在的，跟他有什么关系？如果某个同事祷告时迟到了，或是听说学生们搞了什么恶作剧，或是看到一个有身份的太太很晚的时候跟一位军官在一起，他就会很不安，一个劲儿地叨咕，千万别闹出什么事来。而在教师会议上，他那份谨小慎微，疑神疑鬼，他那不折不扣的套子思维简直把我们压垮了。他说，如今男校和女校的年轻人很不像话，上课非常吵闹——哎

① 安特罗博斯：Anthropos，希腊语，人。

呀，万一上司知道了就麻烦了，可别闹出什么事来。他说，要是把二年级的彼得罗夫和四年级的叶果洛夫开除了就好了。结果怎么样？他的唉声叹气，磨磨唧唧，他的小白脸上那副黑眼镜——知道吗，他的脸跟黄鼠狼那么小——把我们大家都压垮了，我们让步了，扣了彼得罗夫和叶果洛夫的品行分，关他们的禁闭，最后把他俩都开除了。他有个奇怪的习惯——一家家串门子。他到了一个老师家，坐在那儿不说话，好像在查访什么。就这么一声不响地坐上一两个小时便走了。他把这叫作'和同事保持友好关系'，显然，来串门坐着对他来说是件苦差事，他只是认为这是他作为一个同事的义务才会这么做。我们这些教师都怕他，连校长都怕他。想想看，我们这些教师都是些很正派的，有思想的人，是受着屠格涅夫和谢德林的影响成长起来的，可是这个永远穿着套鞋，拿着雨伞的人竟然这么控制了整个学校整整十五年！何止是学校？他控制了全城！我们城里的太太们星期六不敢举办家庭戏剧演出，唯恐被他知道了；神父当着他的面不敢吃荤和打牌。在别里科夫这种人的影响下，最近十到十五年中，我们城里的人对什么都开始害怕，不敢大声说话、寄信、交际、读书，不敢接济穷人、教人认字……"

伊万·伊万内奇咳嗽了一声，好像想说点什么，可是他先是抽了口烟，看看月亮，随后才一字一顿地说道：

"是啊，有思想的正派人，读谢德林啊、屠格涅夫啊、巴克尔呀什么之类的，可是却屈服了，忍耐着……瞧瞧。"

"别里科夫跟我住在同一栋房子里。"布尔津继续说，"在同一层，门对着门。我们经常见面，我了解他在家里是怎么过的。在家他也是那一套：袍子啦、睡帽啦、百叶窗啦、门闩啦，一大堆不许和限制，还有——哦，可千万别闹出什么事！吃素是有害的，而吃荤又不行，因为人们也许会说别里科夫不守斋，所以他吃用牛油煎的鲈鱼——这不是素食，可是也不能算吃荤。他不用女仆，因为担心人们对他有猜疑，所以他请了一个叫阿方纳西的厨子，这是个六十来岁的老头，总是醉醺醺的，糊里糊涂，他当过勤务兵，会好歹弄点儿吃的。这个阿方纳西经常抱着膀子站在门口，总是深深地叹口气，叨咕着同一句话：

"'如今他们这号人多着咧！'

"别里科夫的卧室很小，好像一个箱子，床上挂着床帏。他躺下睡觉的时候要把头包严实，房间里又热又闷，风敲着紧闭的房门，炉膛里发出呼呼的声音，可以听到从厨房传来的叹息，不祥的声音……

"他躺在被子里也感到害怕。他唯恐出什么事，担心阿方纳西把他宰了，担心小偷摸进来，随后整夜做噩梦。早上，当我们一起去学校的时候，他的样子很萎靡，脸色苍白，看得出，他去的那个有很多人的学校让他觉得害怕、厌恶之极，而他这个生性孤僻的人跟我同路也是件苦差。

"'班上吵闹得很，'他说，好像试图解释他为什么心里那么不痛快。'真不像话。'

"可是就这么一个希腊语教师，这么一个套子里的人，竟然差点结婚了，您想得到吗！"

伊万·伊万内奇吃惊地朝板棚里瞅了一眼，说：

"开玩笑吧！"

"真的，差点结了婚，虽然这很奇怪。我们学校分来了一个新的史地教师，姓科瓦连科，叫米哈伊尔·萨维奇，是个乌克兰人。他不是一个人来的，跟他一起来的还有他姐姐娃瓦莲卡。他很年轻，高个子，黝黑的脸，一双大手，看他的长相你会觉得他说话的声音一定很低沉，实际上也是这样，他说话瓮声瓮气的，带着回音……而他姐姐已经不年轻了，有三十来岁，但也是身材高挑苗条，黑眉毛，红脸蛋，总之，这个女子长得很甜，而且很活泼，爱说爱闹，还喜欢唱小俄罗斯的罗曼司[①]，喜欢大笑：哈——哈——哈！我记得，我们是在校长的命名日跟科瓦连科姐弟正式认识的。在一群例行公事地前来祝贺命名日的刻板无趣的教师当中，我们突然看到一个从泡沫中浮现的崭新的阿佛洛狄忒：她高视阔步、大笑、唱歌、跳舞……她声情并茂地唱了《风在吹》，后来又唱了一首罗曼司，然

---

① 罗曼司：romance的音译，这里指抒情小曲。

后又唱了一首，她把我们大家都迷住了——所有的人，甚至别里科夫。他坐到她的身边，带着亲切的笑容说道：

"'小俄罗斯语的柔和悦耳的发音很像古希腊语。'

"这话让她心里舒坦，于是她感情充沛，富有感染力地告诉他说，她在加佳奇县有一个庄园，庄园里住着她的妈妈，那儿的梨、甜瓜和南瓜长得那么好！乌克兰人把南瓜叫作卡巴克，把酒馆叫作希诺克，他们用红的、绿的南瓜煮红菜汤，煮出的红菜汤'那个香呀，简直香死了！'

"我们大家听着听着，忽然，所有的人都冒出了同一个念头。

"'把他俩撮合在一块儿就好了。'校长太太小声跟我说。

"我们大家不知怎么忽然想起，我们的别里科夫没有家室，现在我们觉得奇怪，为何我们一直没有发现，完全忽略了他生活中的这一重要细节。他平时是怎么对待女人的？他如何解决自己的这个很要紧的问题？过去我们对此完全不感兴趣，也许我们甚至没想过，一个在所有天气都要穿套鞋出门、在床帏里睡觉的人会谈恋爱。

"'他四十好几了，而她三十多岁。'校长太太说出了她的想法。'我觉得她会乐意嫁给他的。'在我们外省，人们因为无聊做过多少多余的荒唐事啊！这都是因为有用的事做不来。您说，我们干吗突然需要给这个别里科夫找老婆呢？校长太太、教务长太太和我们学校所有的女士们都活跃起来，甚至都变好看了，好像忽然有了生活目标似的。校长太太在剧院订了包厢，我们看见瓦莲卡拿把扇子在包厢里一坐，容光焕发，情绪饱满，坐在她旁边的别里科夫则又小又皱巴，好像是被用钳子从家里夹出来的一样。我办一个聚会，太太们也一定要我邀请别里科夫和瓦莲卡。一句话，机器开动了。瓦莲卡并不反对嫁人。她跟弟弟一起过并不是很开心，两个人一天到晚地争执和吵嘴。他们总是这样子：人高马大的科瓦连科走在街上，穿着有绣花的衬衫，一绺头发从帽檐下垂到前额，一只手拎着一捆书，另一只手里拿着一根粗而多疤的手杖，他姐姐走在他身后，也拿着书。

"'你呀，米哈伊利克，没读过！'她大声争辩说，'我跟你说，我发

誓你根本没读过这个！’

“‘我跟你说，我读过！’科瓦连科嚷道，同时用手杖敲着人行道。

“‘哎呀呀，我的天，米契克！你为什么生气，咱们谈的可是原则问题。’

“‘我跟你说，我读过！’科瓦连科更大声地喊道。

“而在家里，只要有外人，他们就吵架。这样的生活她大概过够了，想有一个自己的窝，再说自己年纪也不小了，没法挑挑拣拣了，嫁谁都行，哪怕是希腊语教员。老实说，对我们的大多数小姐来说，嫁谁都无所谓，只要能嫁出去就行。不管怎么说，瓦莲卡开始对我们的别里科夫表示出明显的好感。

“那别里科夫呢？他也像跟我们一样，到科瓦连科家串门。他到了人家里，就那么一言不发地坐着。他不说话，而瓦莲卡给他唱《风在吹》，或者用一双黑眼睛若有所思地望着他，或是忽然大笑起来：

“‘哈——哈——哈！’

“在谈恋爱这件事情上，特别是在结婚这件事，别人的说合起着很大的作用。所有的人——同事们、太太们——都跟别里科夫说他应该结婚，说他一辈子除了结婚没有别的事情要做；我们都祝贺他，一本正经地说些废话，什么婚姻是严肃的一步啦之类的，况且瓦莲卡长得不难看，性格挺好，是五品文官的女儿，有个庄园，最重要的是，她是第一个亲切、诚恳对他的女人——于是他头脑发热，认为他真的应该结婚了。”

“那就把他的套鞋和雨伞扔了吧。”伊万 · 伊万内奇说。

“你想，这怎么可能？他把瓦莲卡的照片摆在桌子上，总是到我这儿来谈瓦莲卡，谈家庭生活，说婚姻是严肃的一步，也经常去科瓦连科家，可是他的生活方式一点儿没变，甚至相反，结婚的决定对他发生了不良的影响，他好像病了、瘦了，脸也更白了，好像躲进套子里更深了。

“‘我喜欢瓦尔瓦拉 · 萨维什娜，’他对我说，咧咧嘴，露出一丝笑容。‘我知道，每个人都必须结婚，可是……到底，您知道，发生得太突然……应该好好想想。’

"'有什么好想的？'我说。'结婚就是了。'

"'不行，结婚是很严肃的一步，应该先把面临的责任义务说清楚……免得日后闹出什么事。这叫我非常担心，现在我整宿整宿睡不着觉。我承认，我害怕：她跟她弟弟的思想方式挺怪，对事情的看法，您知道，很奇怪，性格也特别活泼。结婚可别招来什么事。'

"所以他迟迟不求婚，一拖再拖，让校长太太和我们那儿所有的女士大为失望；他反复掂量着面临的责任和义务，与此同时，他差不多天天跟瓦莲卡出去散步，大概他觉得以他的处境理当如此，并且经常找我来谈家庭生活的问题。从种种迹象来看，他最终多半会提出求婚，从而缔结一段愚蠢无谓的婚姻，在我们这儿，这种因为无聊和无所事事而缔结的婚姻多得是。但是发生了一件 Kolossalische Skandal[①]。需要说明一下，瓦莲卡的弟弟科瓦连科从认识别里科夫的第一天就对他非常厌恶。

"'我真不明白，'他耸耸肩对我们说，"我真不明白，你们怎么受得了这个告密的家伙，这张丑脸。嗨，先生们，你们怎么能这么生活！我们这儿的空气污浊，令人窒息，难道你们是教师，是搞教育的？你们是当官的，你们这儿不是科学的殿堂，而是警察局，这儿的酸臭味儿也好像班房一样。不行，伙计们，我在你们这儿再待一段时间就要回老家去，我要回到自己的庄园钓虾，教那些乌克兰人。我要离开，你们就留在这儿跟这个犹大在一块儿吧，见他的鬼。'

"有时候他哈哈大笑，笑得眼泪都流出来了，笑声时而低沉，时而尖细，然后摊开两手问我：

"'他坐在我家干吗？他要怎样？坐在那儿直眉瞪眼地看。'

"他甚至给别里科夫起了个外号叫作'吸血鬼或蜘蛛'。自然，我们避免跟他谈起他姐姐瓦莲卡想嫁给'蜘蛛'的事。有一次校长太太暗示他说，要是把他姐姐嫁给一个像别里科夫这样体面的、受大家尊敬的人的话，倒是件挺不错的事，他皱起眉，小声咕哝了一句：

---

① Kolossalische Skandal：德国语，大笑话。

“‘不关我的事。她爱嫁给蝮蛇我也不管。我不爱管别人的闲事。’

“现在您听我说，后来发生了什么事。有个家伙恶作剧，画了一张漫画：别里科夫穿着套鞋，卷着裤腿，打着伞，挽着瓦莲卡，下面的题字是“恋爱中的安特罗博斯”。您知道吗，那神态抓得惟妙惟肖。这位画家大概干了不止一个晚上，因为男校和女校的每一位教师，神学校的教师以及官吏们每人都收到了一份。别里科夫也收到了一份。这幅漫画让他心乱如麻。

“那天我们一起出门——那是五月一号，一个星期天，我们大家，学校的教师和学生约定在学校集合，然后一起步行去城外的树林。我们出门的时候，他脸色灰暗，阴沉极了。

“‘有些人真坏，真恶毒！’他说。他的嘴唇发颤。

“我甚至开始可怜他了。我们走着走着，忽然，您猜怎么着，科瓦连科骑着自行车过来了，瓦莲卡跟在后面，也骑着自行车，她的脸红红的，带着汗，但是很开心，很快活。

“‘我们先走一步！’她喊道。‘天气真好啊！简直受不了！’

“他们俩很快不见了。我的这位别里科夫的脸由灰变白，好像呆住了。他停下脚步，看着我……

“‘对不起，这是怎么回事？’他问道，‘要不，也许我看花眼了？学校教师和女士骑自行车，这成何体统？’

“‘有什么成何体统的？’我说，‘他们爱骑就骑嘛！’

“‘这怎么可以？’他嚷道，我的平静惹恼了他。‘您怎么这么说？’

“他深受刺激，以至不想再去郊游，掉头回家了。

“第二天，他整天焦虑地搓着手，身体发抖，看气色他一定很难受。他课没上完就回家了，这在他是破天荒的事。他没吃午饭，到傍晚的时候穿得暖和一些——尽管当时天气很暖和，已经是夏天的感觉了——就拖拉着脚步去科瓦连科家了。瓦莲卡不在，只有她弟弟在家。

“‘请坐，’科瓦连科皱着眉头冷淡地说。他一副没睡醒的样子，他午饭后睡了一会儿，正在闹起床气。

“别里科夫不声不响地坐了十来分钟后开了腔：

“‘我来拜访您，是为了心灵得到解脱。我非常非常难过。有个刻薄鬼画了一张画嘲笑我和一位跟我们俩关系都很近的人。我觉得有义务跟您澄清，这不是我的错……我没做出任何应该被这么嘲笑的事——相反，我的表现一贯符合正人君子的准则。’

“科瓦连科板着脸，一言不发地坐在那儿。别里科夫等了一会儿，然后用悲戚的语气小声说下去：

“‘我还有话跟您说。我教书很长时间了，您才刚开始教书，我认为作为老同事，我有责任给您提个醒。您骑自行车，对一个青年的教育者来说，这种娱乐不成体统。’

“‘为什么？’科瓦连科声音低沉地问道。

“‘难道这还用解释吗，米哈伊尔·萨维奇？难道这还不明白吗？如果教师骑自行车，学生们又该怎么样？他们就该头朝下走路了！既然没有通告允许，那就不可以。昨天我惊呆了！当我看到您的姐姐的时候，我两眼发黑。女士或姑娘骑自行车——这简直太可怕了！’

“‘您到底想怎样？’

‘我只想提醒您，米哈伊尔·萨维奇。您很年轻，前程远大，言行应当非常，非常谨慎，您太随意了，哎呀，实在太随意了！您穿绣花衬衫，总是拿着些书走在街上，现在又骑自行车。校长会知道您和您姐姐骑自行车的事的，然后会传到督学耳朵里……这会有什么好结果？’

“‘我跟我姐姐骑自行车，这不关任何人的事！’科瓦连科说，他的脸涨红了。‘谁要是干预我的家事，我就让他见鬼！’

“别里科夫脸白了。他站起身来。

“‘如果您用这种语气跟我说话，我就不能再说下去了。’他说，‘请您永远不要当着我的面对上司这么不恭。您应该尊敬政府。’

“‘难道我说了什么对政府不敬的话了吗？’科瓦连科凶巴巴地看着他说，‘请您别来骚扰我。我是诚实的人，不想和您这种先生过话。我不喜欢告密的人。’

“别里科夫狼狈不堪，神色惊惶地忙着穿外衣。有人对他使用如此粗鲁的言辞，这可是他一辈子第一次遇到。

“‘随便您怎么说，’他边从前厅往楼梯口走边说，‘但我要警告您：说不定有人听到了我们的谈话，为了不要让别人曲解我们的谈话，我应当向校长先生汇报我们谈话的内容……大致汇报一下。我有义务这么做。’

“‘汇报？去吧，汇报去吧！’

“科瓦连科从后面揪住他的领子搡了一把，伴着套鞋咣当咣当的一阵乱响，别里科夫顺着楼梯滚了下去。楼梯又高又陡，可是他滚到楼下时竟安然无恙。他爬起来摸摸鼻子，看看眼镜是不是摔坏了。可是恰好在他从楼梯向下滚的时候，瓦莲卡走进楼门，跟她在一块儿的还有两位女士，她们站在楼下全看见了这一幕——对别里科夫来说这是最可怕的。就是摔断了脖子，摔折两条腿大概都比成为笑柄强，因为现在全城都会知道，会传到校长、督学的耳朵里——哎呀，可不要出闹出什么事来！——有人会再画一幅漫画，而这一切最终会导致他被劝退……

“当他站起身来，瓦莲卡认出了他，看着他可笑的脸，皱巴巴的大衣，套鞋，她不知出了什么事，以为是他自己不小心摔了下来，她忍不住放声大笑起来，声音大得全楼都能听见：

“‘哈——哈——哈！’

“这洪亮的、‘哈——哈——哈’结束了一切：婚事和别里科夫尘世的生涯。他已经听不到瓦莲卡说了什么，两眼茫茫，好像什么也看不见一样。他回家以后的第一件事就是收起桌子上瓦莲卡的照片，然后躺下，再也没有起来。

“三天后阿方纳西来问我是不是要请大夫，先生不对劲儿。于是我过去看望别里科夫。他躺在床帏中，盖着被子，一言不发，问他什么，他只回答‘是’或‘不’，此外再不说一个字。他躺在那儿，阿方纳西皱着眉头在一旁走来走去，喘着粗气，他身上散发出的酒气有一个小酒馆那么大。

“一个月之后别里科夫死了。我们大家，也就是两所中学和一所神学校的同事一起安葬了他。此时他躺在棺材里，表情温顺而愉快，甚至美滋滋的，好像他很高兴终于被放进了一个套子里，再也不用出来了。是的，他达到了自己的理想！好像为了悼念他，葬礼时天气阴沉，还下着雨，我们大家都穿着套鞋，打着伞。瓦莲卡也参加了葬礼，当棺材下到坟墓里的时候，她哭了一阵儿。我发现乌克兰女人不是哭就是哈哈笑，没有中间状态的情绪。

“我承认，埋葬别里科夫这种人是一件惬意的事。当我们从墓地回来后，我们的表情都挺矜持肃穆，没人想表现出这种惬意的感觉——这种感觉就像很久很久以前，在我们小的时候，大人出门以后我们可以在花园里尽情玩耍一两个小时，享受着完全的自由的感觉。啊，自由，自由！说起它，即使是一点儿暗示，即使是微弱的希望也能给心灵插上一双翅膀，是不是？

“我们从墓地回来的时候心里挺舒坦，可是还没过一个星期，生活就回到了老样子，还是那么粗陋、愚蠢、令人厌倦，我们过的还是那没有明令禁止，但也没被许可的生活，一点儿没有起色。真的，别里科夫被埋葬了，可是世上还有多少这样的套中人，又还会出现多少这样的人啊！”

“说的是啊。”伊万·伊万内奇说，然后吸了口烟。

“还会出现多少这样的人？”布尔津又说了一遍。

这位学校教师走出板棚。这个人个子不高，很胖，完全谢顶了，黑色的大胡子很长，快到腰部了，跟他一起出来的还有两条狗。

“月亮真不错！”他望着天说。

夜已经深了。向右望去，整个村子都看得很清楚，一条长街伸向远方，差不多有五俄里。一切都沉入了寂静深沉的梦境，万籁俱寂，简直无法相信大自然会如此的寂静。当你在月夜看到村庄里宽宽的道路，路旁的农舍、草垛，睡意蒙胧的柳树，你的心情也会充满宁静，心灵在夜的阴影中沉静下来，忘了劳碌、忧烦和痛苦，变得柔软、忧伤而美好，好像连星星都在温情而感动地打量着它，好像世上已没有恶，一切都妥妥帖帖。向左望去，田野从村边绵延开去，直到地平线，在这片月光笼罩的辽阔田野里，也同样是万籁俱寂。

“说的是啊。”伊万·伊万内奇又说了一遍，“我们住在憋闷、拥挤的城市，写没用的东西，玩‘文特’，这些难道不是套子？我们在跟一群无所事事的人、好打官司的人、愚蠢空虚的女人周旋，消耗生命，自己胡侃，也听别人胡侃，难道这些不是套子？要是您愿意，我可以给您讲一个很有教益的故事。”

“不，该睡了。”布尔津说，“明儿见。”

两个人都进了板棚，躺在干草上。当两个人都盖好了，开始打盹的时候，他们忽然听到一阵轻轻的脚步声：嚓，嚓，嚓……有人在离板棚不远的地方走动；这人走过去不远，然后停下了脚步，过了片刻又走了起来：嚓，嚓……两只狗叫了起来。

“这是玛芙拉在走动。”

脚步声听不到了。

“你看见、听见别人在撒谎，”伊万·伊万内奇翻了个身，说道：“可是别人说你是傻瓜，因为你容忍这个谎言，忍气吞声，不敢公开说出你站在诚实、自由的人们一边，自己也撒谎、赔笑脸，所有这些都只是为了温饱，为了某个不值一钱的小官位——不，这么生活下去不行！”

“嗯，您扯得有点远了，伊万·伊万内奇，”教师说，“我们睡吧。”

十分钟以后，布尔津已经睡着了，而伊万·伊万内奇还翻来覆去地叨咕、叹气，后来他起来，走到外头，靠着树坐下，吸起烟斗来。

胖子和瘦子

在尼古拉耶夫斯基铁路的一个火车站，两个朋友偶然相遇了：一个胖子，另一个是瘦子。胖子刚刚在车站上吃过饭，嘴唇油光闪亮，就像熟透的樱桃。他身上散发出葡萄酒和香橙花的气味儿。瘦子呢，刚下火车，背着皮箱、包裹和一些硬纸盒子。他的身上有火腿肠和咖啡渣的味道。他的背后有个瘦瘦的、下巴挺长的女人在东张西望，那是他妻子，还有个眯缝着眼睛的高个子中学生，那是他的儿子。

“波尔菲里！”胖子看见瘦子，叫了起来，“真的是你吗？亲爱的同学！好多年咱们都没有见面了！”

“我的天！”瘦子分外惊喜。“米沙！童年的伙伴！你这是从哪儿冒出来的呀？”

两个朋友互相拥抱，亲吻了三次，眼睛里含着泪水，彼此打量着，两个人既高兴又惊讶。

“好同学！”亲吻以后，瘦子先开口说道，“真是想象不到！真是意外的惊喜！喏，你好好看看我，跟从前一样，还是个美男子！还是那么有魅力，衣着讲究！哎呀呀，我的天爷！快说说，你怎么样？发财了吧？成家了吧？我已经结婚啦，你看……这就是我太太露伊莎，娘家姓旺岑巴赫……路德派教徒……这是我儿子，叫纳法纳伊尔，三年级的学生。纳法尼亚，这是我小时候的伙伴！我们一块儿上学！”

纳法纳伊尔想了想，伸手摘下了帽子。

"我们一块儿上学！"瘦子接着说，"你还记得吗，那时候大家怎么跟你开玩笑？给你起外号叫赫洛斯特拉托斯[①]，原因是你抽烟烧坏了一本教科书；我呢，外号叫厄菲阿尔忒斯[②]，理由是我老爱搬弄是非。哈哈！……那时候我们还是小孩子！纳法尼亚，别害怕！离他近一点儿……这是我太太，娘家姓旺岑巴赫……路德派教徒。"

纳法纳伊尔想了想，藏到了父亲背后。

"嗯，你过得怎么样啊，朋友？"胖子望着瘦子，兴奋地问，"在哪儿任职？提拔晋升了吗？"

"我是在当差，亲爱的。我已经做了两年八等文官，得到一枚斯坦尼斯拉夫奖章。薪俸少得可怜……嗨，去他的吧！我太太教音乐课；我呢，私下里用木头做烟卷盒。烟卷盒棒极了！我卖一卢布一个。如果有人买十个以上，你知道，我就会给他一点儿优惠。我们总算是熬过来了。你知道，我过去做科员，现在调到这里来，还是那个部门的差使，可已经提拔当科长了……以后我就在这里任职。好啦，说说你怎么样？说不定已经做到五等文官了吧？啊？"

"不，亲爱的，你还得再往高里说一点儿，"胖子说，"我已经做到三等文官了……我有两个星章了。"

瘦子忽然脸色变得苍白，呆若木鸡，可是只过了一会儿，他的脸就拼命扭动，堆出了万分高兴的笑容，让人觉得他的脸、他的眼睛，都能迸发出火星来似的。只见他收缩肩膀，弯腰躬背，忽然变得矮小了许多……他背着的皮箱、包裹、硬纸盒仿佛也都在收缩，增添了许多皱纹……他太太的长下巴变得更长了；纳法纳伊尔挺直身体站成立正的姿势，系好了制服上所有的纽扣……

"大人……我……非常荣幸！斗胆说一句，小时候的朋友，忽然成了显要的官员！嘿嘿嘿！"

---

① 赫洛斯特拉托斯：希腊人，公元前356年放火烧掉了弗所城狄安娜神庙。

② 厄菲阿尔忒斯：希腊人，公元前5世纪初，为波斯人做奸细，引敌入境。

“嗨，算啦！”胖子皱起了眉头，“何必用这种腔调说话呢？我和你是从小的朋友，官场上的那一套根本用不着！”

“承蒙您宽宏大量……您说到哪儿去啦？……”瘦子赔着笑脸，身体收缩得更矮小了。“大人的恩惠……就像使人再生的甘露……大人，这是小人的儿子纳法纳伊尔，妻子露伊莎，路德派教徒……多多少少算是……”

胖子本来还想说不必这样，可是瘦子的脸上满是感激、甜蜜和酸溜溜的敬重，让三等文官忍不住想要呕吐。他把头扭到一边不看瘦子，伸出手去跟他告别。

瘦子伸出三个手指头去握手，深深地弯腰鞠了一躬，像中国人似的赔着笑脸：“嘻嘻嘻！”他的妻子也在笑。纳法纳伊尔两腿并拢，不小心帽子掉到了地上。他们一家三口人感到出奇的惊喜。

别墅消夏客

在市郊火车站月台上，一对刚刚结婚不久的年轻夫妇正悠闲地散步，来来回回，溜了好一段时间。丈夫挽着妻子的腰，妻子紧紧偎依着丈夫，他们觉得很幸福。从破碎的云片中露出脸儿来的月亮，看见他们，不禁皱起了眉头，大概，她有几分嫉妒，也有几分伤心，没有人追求她这个未婚的少女，因此她觉得凄凉。凝滞的空气中充满了丁香花和稠李花的芳香气息。铁路那边不知什么地方有秧鸡啼叫的声音……

“多好啊，萨沙，真好！”妻子说道，“真的，不妨设想，自然界万物都在梦境中。你看，这片小树林看上去多么舒适自在，多么温柔娴静！就连这结实而又沉默的电线杆子也显得可爱！萨沙，是这些电线杆子让风景焕发出生机，说明远方有人居住，存在着文明……当列车运行的轰鸣声随着一阵清风传到你的耳边，难道你不喜欢吗？”

“当然喜欢啦……可是，你的胳膊怎么这么热？都是因为你太激动了，瓦莉娅，我们今天晚饭准备了些什么呀？”

“杂拌凉汤和童子鸡……童子鸡足够我们俩吃的。从城里还给你捎来了沙丁鱼和鲟鱼干。”

月亮仿佛怕闻烟味儿似的，躲进云层里去了。人间的幸福让她意识到自己的孤单，使她想起了在森林和峡谷背后的卧榻，那是她孤零零的就寝之地。

“火车来了！”瓦莉娅说，“多好啊！”

远处，三只明晃晃的眼睛在闪耀。小站的站长出现在月台上。顺着铁轨有几处亮起了信号灯。

“送走了这列火车，咱们就回家。”萨沙说，紧接着打了个哈欠。“瓦莉娅，我和你一起生活实在太好了，好得叫人都不敢相信这是真的！”

黑乎乎的庞然大物无声无息爬向站台，停在那里不动了。光线暗淡的车厢窗口晃动着睡眼惺忪的面孔，扇动着帽子，摇晃着肩膀……

“嗨！嗨！”从一节车厢里传来欢呼声。“瓦莉娅和她丈夫一道来迎接我们啦！看，那不是他们吗？瓦莉娅！……瓦莲卡！嗨！——”

从车厢里跳下两个小姑娘，她们扑过来搂住了瓦莉娅的脖子。跟随在小姑娘后边的是一位上了年纪的胖太太，一位又高又瘦留着连鬓胡子的先生，随后是两个扛着行李包裹的中学生，跟在中学生后面的是家庭女教师，女教师身后是个老奶奶。

“瞧，我们来啦！我们真的来啦！好孩子！”留连鬓胡子的先生一边跟萨沙握手，一边说道。“大概你等急了吧？没准儿你会骂舅舅不来了呢！科里亚，科斯佳，尼娜，菲凡……孩子们，快！快亲亲表哥萨沙！我们全家是倾巢出动，都来看你啦，就住三四天。但愿你们不会觉得太麻烦！你对我们不必太拘泥礼节。”

看到舅舅一家人，年轻夫妇又惊又怕。就在舅舅正说话和接吻的那一瞬间，萨沙的脑海里闪现处这样的场景：他和妻子把三间居室、把枕头、被子，统统让给了客人；童子鸡、沙丁鱼、杂拌凉汤，片刻之间风卷残云一般被吃了个精光；表弟表妹折断了花枝，打翻了墨水，吵吵闹闹；舅妈一天到晚絮絮叨叨说她怎样生的病，说她肚子里有绦虫，有心绞痛，说她没有出嫁时，在娘家被尊称为冯吉赫家族的男爵小姐……

萨沙想到这里，不由得用仇恨的眼光注视年轻的妻子，悄悄对她说：

“他们都是冲你来的……真恨不得魔鬼把他们都给抓了走！”

“不对，他们是冲你来的！”脸色苍白的妻子回答说，口吻中也含着恼怒和怨恨。“他们不是我的亲戚，都是你的亲戚！”

不过，她还是扭过头来，脸上泛出客气的笑容说：

“请吧，请！欢迎光临！”

月亮又从云层里钻了出来。看上去，她似乎在微笑，她庆幸自己没有亲戚。而萨沙背过身去，免得客人看见他那张因生气而感到绝望的脸。尽管如此，他说话的声音却显得喜悦、开心：

“请！请！欢迎光临！尊贵的客人！”

变　色　龙

巡警督察官奥楚蔑洛夫穿着新大衣，手里提着个小包，从集市广场走过。他身后跟着一个棕褐色头发的巡警，双手端着筛子，上面堆满了没收来的醋栗。四周鸦雀无声……广场上不见一个人影儿……小铺子和饭馆敞开的门口，像饥饿的嘴巴，沮丧地张望着上帝创造的世界，在那些门口竟然没有要饭的乞丐。

“你敢咬人，该死的东西！”奥楚蔑洛夫忽然听见有人喊叫，“伙计们，别放它走！这年月可不许咬人！抓住它！哎哟——哎哟！”

接着传来了狗的尖叫声。奥楚蔑洛夫朝那边一看，发现从商人比丘金的木柴场里跑出来一条狗，只见它用三条腿一瘸一拐地逃窜，还不时扭过头去往后看。后边紧跟着追出来一个人，上身穿着浆洗过的花布衬衫，坎肩敞着怀。他奔跑着追那只狗，身体前倾，扑倒在地，一下子抓住了狗的后腿。又一次传来狗的尖叫声和呐喊声：“别撒手！”睡意蒙眬的脸纷纷从铺子里探出来，木柴场四周很快聚集了一群人，就仿佛是从地底下钻出来似的。

“别出什么乱子吧……长官！”巡警说道。

奥楚蔑洛夫把身子向左转，朝人群那边走去。在木柴场门口附近，他看见那个穿着坎肩敞着怀的男人，正举着右手，让人们看他血淋淋的手指头。他那醉意蒙眬的脸上似乎在说：“小坏蛋，我要撕掉你的皮！”而那血染的手指仿佛就是一面胜利的旗。奥楚蔑洛夫认出这个人是金银首饰匠赫留根。人群中央是惹出这场乱子的罪魁祸首——一只脑袋尖尖的白毛小猎狗，背上有块黄斑，只见它前腿叉开趴在地上，吓得浑身发抖。它那含着泪水的眼睛流露出痛苦和恐惧的神情。

“这里出了什么事儿？”奥楚蔑洛夫挤进人群问道，“都在这儿干什么？你怎么举着个手指头？……刚才谁在叫唤？”

“我正走路，长官，没招谁惹谁……”赫留根回答说，他用手掌捂着嘴咳嗽了两声。“我正跟米特里·米特里奇商量买木柴的事，冷不防这只下流坯子无缘无故就咬了我的手指头……您得体谅我，我是干手艺活儿的工匠……我干的活儿挺细致。得让他们赔我钱，因为我这个手指头可能一个礼拜都动弹不了……长官，法律上也没写这一条，挨了狗咬还得忍着……要是每条狗都随便咬人，这个世道真就没法活啦……”

“嗯……好吧……”奥楚蔑洛夫咳嗽了两声，皱了皱眉毛，严厉地说道。“好吧……这是谁养的狗？我不会轻易放过这件事。我给你们看看，我怎么整治那些放出狗来乱咬人的家伙！有些先生不愿遵守法规，现在是该管管他们的时候了！等到罚了这个混蛋的款，他就会知道我的厉害，知道让狗或者别的牲畜乱跑会有什么样的下场！我要整得他哭爹叫娘！……叶尔德林，”他对那个巡警说，“你去了解一下，这是谁家的狗，打个报告上来！这条狗呢，得把它弄死。别耽误时间！它可能是条疯狗……这到底是谁家的狗呀，我问你们呐！”

“这好像是西加洛夫将军家的狗！”人群里有个人说。

“西加洛夫将军？哦！……叶尔德林，帮我把大衣脱下来……天气这么闷热，真要命！大概是要下雨了……只是有一点我不明白，它怎么会咬你呢？”奥楚蔑洛夫扭过脸来对赫留根说。“这条狗够得着你的手指头吗？它那么小，你呢，又长得这么壮实！你的手指头大概是让小钉子划破的吧？后来脑子里想出了鬼点子，跑到这儿来撒谎。我知道你是出了名的人物！我认识你们这些鬼东西！”

“他呀，长官，为了开玩笑，拿烟卷去戳狗鼻子，结果这傻家伙就咬了他一口……这个人净胡来，长官！”

"你胡说，独眼龙！你又没看见，你怎么胡说八道？长官可是个明白事理的老爷，谁在撒谎，谁当着上帝的面凭良心说话，大人都看得明白……我要是说谎，那就让调解法官审问我好了。他的法律上写得明白……现在大家都平等啦……不瞒你们说，我兄弟就是穿警服当宪兵的……"

"你少说废话！"

"不对，这不是将军家的狗……"巡警好好想了想说道，"将军不养这样的狗，他府上养的都是个子很大的猎犬……"

"你有把握吗？"

"有把握，长官……"

"我自己早就知道。将军府上养的都是名贵的纯种狗，这条癞皮狗，鬼才知道是什么玩意儿！毛色不好，样子又丑，简直是个下流的畜生。谁愿意养这种狗呢？！你们怎么不长脑子呢？要是在彼得堡或者在莫斯科，碰见这样的狗，你们知道会该是什么样的结果？那里可不管什么法律，一眨眼的工夫——打死它就算完事！赫留根呀，你吃了亏，这种事不能不管……是该整治整治他们了！时候到了……"

"也许，备不住是将军家的狗……"巡警一边想，一边说，"反正狗脸上又没有写字……前几天我在他家的院子里好像见过一条这样的狗。"

"没错儿，是将军家的狗！"人群里有人说。

"哦……叶尔德林老弟，帮我披上大衣……好像起风了……有点儿冷……你带着这条狗去将军府上问问。你就说是我找到的，让你送去的……告诉他们，别再把狗放到街上来……也许这条狗挺金贵，万一碰到一个猪猡拿烟卷头儿戳它的鼻子，用不了多大工夫就毁了它。狗可是娇贵的动物……你个混蛋，还不把手放下来！没来由伸着手让人看！都是你自己惹的祸！……"

"那不是将军家的厨师吗！我们问问他好了……喂，普洛霍尔！老兄，请到这边来一下！你瞧瞧这条狗……是你们府上的吗？"

"瞎说！这号狗我们从来没养过！"

“那就用不着花费工夫去问了，”奥楚蔑洛夫说道，“它是条野狗！用不着多说废话了……既然他说是野狗，那就肯定是条野狗……弄死它算了！”

“这不是我们将军家的狗，”普洛霍尔接着说，“将军的哥哥最近来看将军，这是他哥哥的狗。我们将军不喜欢这种狗。他哥哥倒喜欢……”

“莫非他哥哥来了？是不是弗拉基米尔·伊万内奇？”奥楚蔑洛夫问，脸上堆满了逢迎的笑。“哎呀呀，我的天！一定是想弟弟了……我可一点儿也不知道！这么说来，这是他老人家的狗了？非常荣幸……你把狗带走吧……这小狗挺可爱的……真够灵巧的……一口就咬破了这家伙的手指头！嘿嘿嘿……喏，你怎么还发抖啊？汪汪……汪汪……这机灵的小狗生气了……这条小狗崽儿真不错！”

普洛霍尔喊了一声小狗的名字，带着它离开了木柴场……那群人哈哈大笑，他们嘲笑赫留根倒了霉。

“回头我再收拾你！”奥楚蔑洛夫吓唬他说道。

他裹紧了大衣，穿过集市广场，径自朝前边走去。

江　　鳕

这是个夏天的早晨。四周空旷寂静，只有一只蝈蝈在河岸上地叫，不知在什么地方一只雏鹰发出了胆怯的哀鸣。天上羽毛般的云絮一动不动，像是撒在那里的雪……离正在修建的浴棚不远，在柳丛的绿色枝条下面，木匠盖拉辛姆手忙脚乱地在水里打扑腾，他是个又高又瘦的农民，一头棕红色的卷发，满脸络腮胡须。他一阵阵喘着粗气，使劲儿眨巴眼睛，从柳丛的树根底下拼命想掏出什么东西来。他脸上一层汗水。离盖拉辛姆一俄丈远，木匠留比姆站在齐脖子深的水里，他是个年轻的罗锅儿，生就一张三角脸，眼睛细细的像中国人一样。盖拉辛姆和留比姆两个人都穿着衬衫和裤子。他们俩都冻得脸发青，因为他们已经在水里泡了一个多小时了……

“你怎么老是把手捅来捅去的？”罗锅儿留比姆大声嚷着说，像得了疟疾似的浑身发抖。“你个大笨蛋！你要抓住它，抓住，要不它就跑啦，该死的！抓住呀，我说！”

“它跑不了……它能跑到哪儿去呀？它钻到树底下去啦！……”盖拉辛姆用沙哑低沉的男低音说道，那声音好像不是从喉咙里发出来的，倒像是来自腹部深处。“太滑了，这鬼东西！怎么也抓不牢！”

“你抠住鳃，抠住喽！”

“摸不着鳃呀……慢着，我抓住了点什么……抓住的是鱼嘴……它敢咬我，这鬼东西！”

“不要拽嘴唇，不要拽，弄不好就跑啦！抠住它的鳃，抠住鳃！你又用手捅来捅去！你可真是个糊涂虫！求圣母宽恕吧！你可要抓住呀！”

“‘你可要抓住呀！’……”盖拉辛姆用嘲弄的口气说，“哪里来的指挥官呀？……你过来，自己倒试试看，鬼罗锅儿……你干吗站在那里？”

“要是能抓，我早就抓住啦……我个子这么矮，怎么能在靠岸的地方站着呢？那边水深！”

“水深没关系……你游过来吧！……”

罗锅儿挥舞着臂膀，游到了盖拉辛姆身边，用手抓住了柳树枝。他刚想站起来，不料，河水淹没了他的头顶，一串水泡冒了上来。

“我说过不是，水深！”他生气地转动着眼珠子，“让我骑在你脖子上，行不行？”

“那你就踩在树根上好了……树根挺多，像楼梯似的……”

罗锅儿的脚后跟触到了树根，立刻紧紧地抓住了几根柳树枝条，站立在树根上……他尽力保持身体平衡，在新的立脚点上站稳脚跟，弯下腰去，尽量不让河水灌进嘴里，他伸出右手在水里的树根之间摸来摸去。不料，手缠在水藻里，在树根表面的绿苔上来回打滑，突然触到了一只螃蟹的尖螯……

“想不到你在这儿，鬼东西！”留比姆说着，恶狠狠地把螃蟹扔到了岸上。

最后，他的手摸到了盖拉辛姆的胳膊，再顺着胳膊往下摸，结果摸到了一个滑溜溜凉森森的东西。

“哎呀，就是它！”留比姆笑着说，“个头儿还挺大，这个丑八怪！……你把手指叉开，我马上就，就抠住它的鳃……慢着，你别用胳膊肘顶我呀，我马上就，马上就抠住了……只要手够得着就行……这个丑八怪！在树根底下钻得更深了，没有法子抓住它……手够不到它的头……摸一摸，好像它只有肚子……我脖子上有只蚊子，叮得生疼，快拍死它！我马上就……摸到它的鳃……你从旁边使劲儿推，推呀！……用手指头扎它！”

罗锅儿憋了一口气，鼓着腮帮子，眼睛瞪得圆圆的，看样子他的手已经抠住了鱼鳃。不料，他左手揪住的几根柳树枝条突然折断了，他的身体失去了平衡，扑通一声摔进了水里！一圈儿一圈儿的波浪像受了惊吓似的从岸边荡漾开来，罗锅儿落水的地方冒出了一串气泡。留比姆钻出水面，喷着鼻子，身手抓住了树枝。

“你要淹死啦，鬼东西！弄不好，我倒要为你受惩罚！……”盖拉辛姆声音沙哑地说，“滚开！见你的鬼去吧！我自己也能拖出来！”

响起了一阵吵骂声……太阳越晒越热。影子越来越短，仿佛蜗牛的触角缩回到壳里去了……高高的青草，经太阳一晒，释放出蜜一般香甜的浓郁气味儿。快到中午了，可是盖拉辛姆和留比姆仍然在柳树丛下打扑腾。沙哑的男低音和尖细的，着了凉似的男高音，交错起落，不断打破夏日的宁静。

“抠住它的鳃，抠住！等一等，我把它推出去！你把个拳头朝哪儿杵啊？笨蛋！要用手指头，别攥拳！从旁边绕过来！从左边绕，左边，右边有个深坑！真该让魔鬼吃了你！揪住它的嘴唇！”

这时候传来了鞭子噼噼啪啪的响声……沿着平缓的堤坡，一群牲口懒洋洋地走到河边来饮水，后边跟着牧人叶菲姆。他是个上了年纪的老头子，只有一只眼睛，嘴歪歪着。他通常总是低着头走路，看着自己的脚底下。最先走到水边的是一群羊，羊后面是几匹马，马后面还有几头牛。

“你从肚子下边推它一把！”叶菲姆听见了留比姆的说话声，“你把手指头往里杵！你真是个聋子，鬼东西！难道你听不见吗？呸！”

“你们这是在逮什么呀，伙计们？”叶菲姆大声问。

“一条江鳕！怎么也揪不出来！钻到树根底下去啦！你从旁边绕过去，绕啊！绕啊！”

叶菲姆眯缝着一只眼睛，朝两个逮鱼的人看了一会儿，然后脱下了树皮鞋，从肩膀上扔掉了口袋，接着就开始脱衬衫。他没有耐性再去脱裤子，在胸前画了个十字，伸开两条又瘦又黑的胳膊保持着身体平衡，穿着裤子就下了河……他在积满淤泥的河底走了大约五十步，然后向前一扑，就游了起来。

“等一下，小伙子们！”他叫道，“等一下，你们别不管不顾地往外揪！弄不好，它就跑啦。逮江鳕可得有两下子！”

叶菲姆和两个木匠凑到了一起，三个人胳膊肘撞胳膊肘，膝盖碰膝盖，连呼哧带喘，骂骂咧咧，挤来挤去，乱成了一团……罗锅儿留比姆一不小心呛了几口水，于是尖利、急促的咳嗽声飘向了空中。

“赶牲口的在哪儿呀？”河岸上传来呼喊声。

“叶菲姆！放牲口的！你在哪儿？牲口钻进园子里去啦！你去把它们从园子里轰出来！快去呀！他到底在哪儿呀？这个老强盗！”

先是几个男人在喊叫，随后是女人的说话声……从地主的园子栅栏门里走出来一个人，他就是安德列·安德列伊奇老爷，他上身穿着波斯绸的长袖衫，手里拿着一张报纸……他不明白，为什么河面上有人吵闹，朝那个地方看了看，然后踩着碎步急急忙忙朝那里走去……

“这儿出了什么事儿？谁在大喊大叫？”他厉声问道，隔着柳丛的树枝，看见了三个湿漉漉的脑袋。“你们在这里瞎折腾什么？”

“鱼……我们在逮鱼……”叶菲姆顾不得抬头，支支吾吾地说道。

“逮鱼？瞧我给你点厉害！牲口都钻进了园子，你倒在这儿逮鱼！……浴棚什么时候才能盖好，懒鬼？干了两天活儿啦，你们都干了些什么？”

“就……就要盖好啦……”盖拉辛姆气喘吁吁地说，“夏天长得很，老爷，您有的是工夫洗澡……呸，呸！……这儿有条江鳕，我们怎么也掏不出来……钻到树根底下去啦，就像钻了洞似的：横竖揪不出来……”

“江鳕？”地主问，眼睛立刻闪起光来，“那就赶紧把它给我捞出来！”

“您出半个卢布做赏钱吧……既然我们出了力……肥肥大大一条江鳕，像个老板娘似的！准值半个卢布……别让我们白忙活。留比姆，你别掐它，别掐！可别弄死它。你从下边托一下！你把树根往上拽，不是朝下摁，魔鬼！别乱摇晃你的两条腿！”

过了五分钟，十分钟……地主再也忍不住了。

“瓦西里！”他扭过脸去，朝庄园那边喊，“瓦西卡，你们去给我把瓦西里叫来！”

马车夫瓦西里跑了过来。他嘴里嚼着什么东西，呼呼直喘。

“快下河！”地主吩咐他说，“去帮他们把江鳕捞上来！……他们捞不上来。”

瓦西里很快脱了衣服，下了河。

“让我来……”他咕哝着说，“哪儿有江鳕？让我来……一下子就得！叶菲姆，这儿没有你的事，你最好走开！上年纪的人，不是自己的事儿，别乱掺和！什么样的江鳕？我马上把它拽出来……它在这儿，你们松手！”

“怎么让我们松手？就知道说：你们松手！你倒是揪揪看！”

“这样哪儿能揪出来呢？该揪它的头！”

“可它的头在树根底下呢！谁都晓得，傻瓜！”

“喂，别乱叫唤，要不叫你倒霉！混蛋！”

“当着老爷的面，还说这种话……”叶菲姆喃喃地说，“那样拽不上来，伙计们！它在那儿藏得好极了！”

“等一等，让我来……”老爷说着话，匆匆忙忙开始脱衣服。“你们是四个笨蛋，连条江鳕都拖不上来！”

安德列·安德列伊奇脱掉衣服，让身子凉快凉快，三步两步下了河。可是就连他掺和进去，也还是没有什么结果。

“必须砍掉树根！”留比姆最后下了决心，“盖拉辛姆，去取斧子！把斧子递给我！”

“别把你的手指头砍掉了！”地主说，他听见了斧子在水下砍树根的声音。“叶菲姆，你快离开这里吧！等一下，让我把江鳕拽出来……你们别在这里碍手碍脚的……”

树根砍断了，断了的树根轻轻错开，让安德列·安德列伊奇觉得他的手指抓住了江鳕的鳃，这让他感到喜出望外。

“我抓住啦，伙计们！你们别挤！……站住，我就要拽出来啦！”

水面上显现出江鳕的大脑袋，随后是它乌黑的身体，足有一俄尺长。江鳕沉重地摇动尾巴，极力要挣脱它的身体。

“你还挺淘气……休想逃走啦，老弟！落在我手心儿里了吧？哈哈！”

大家的脸上都洋溢着满意的笑容。在沉默无言的观赏中过了一分钟。

“好大的江鳕呀！”叶菲姆小声说，伸手在自己的锁骨下面挠了挠。“哎呀！大概有十封特[①]重吧？”

“嗯，差不多……”地主表示同意，“它的肝脏一鼓一鼓的，好像要从肚子里蹦出来似的。哎呀呀！……”

突然，江鳕尾巴向上一翘，身体猛然一挺，逮鱼的几个人听见——扑通一声，只见水花四溅……几个人急忙伸手去抓，但是已经迟了。江鳕逃之夭夭，再也不见踪影。

---

① 封特：又称俄磅，1封特=0.41千克。

嘎 小 子

小伙子伊凡·伊凡内奇·拉普金仪表英俊，安娜·谢苗诺夫娜·赞布里茨卡娅翘鼻子天生俊俏，他们俩走下陡峭的河岸，双双坐到一张长椅上。这张长椅临近河水，四周是茂密的柳丛。这地方实在美妙！谁坐在这儿，他就远离了喧闹的世界——能看见他的只有小鱼儿，还有在水面上闪电般跳来跳去的水蜘蛛。这对年轻人随身携带着钓鱼竿、抄网、装蚯蚓的小罐和其他钓鱼的用具。他们坐稳当了，立刻就开始钓鱼。

拉普金扭头朝四下里看了看，开口说道："我们俩终于有机会单独相处了，我真高兴。安娜·谢苗诺夫娜，我有很多话必须告诉您……很多很多话……头一次看见您的时候……有鱼咬您的钩了……当时我就明白了：我为什么活着，什么地方有我崇拜的偶像，我清白勤劳的一生应该献给谁……咬钩的说不定是条大鱼……见到您，是我第一次恋爱，爱得痴迷！……等等您再拉竿……让鱼咬住了……告诉我，亲爱的，我向您发誓，我能不能指望——哦，并非指望相互爱慕，不！——这个我不配，连想我都不敢这样想——我能不能指望……嗨，快往上拉竿呀！"

安娜·谢苗诺夫娜抬手扬起钓竿，尖叫着用力一甩，一条青色小鱼在空中闪着银光。

"我的天，是条鲈鱼！哎呀呀……快！别让它脱钩！"

鲈鱼挣脱了鱼钩，在草地上蹦蹦跳跳，本能地逃向它熟悉的河水……扑通一声，落到水里了！

拉普金急忙去抓鱼，没有抓着，不知怎么的，无意之间却抓住了安娜·谢苗诺夫娜的手，又把这只手送到唇边……少女慌忙躲避，但为时已晚：嘴唇和嘴唇无意中贴在了一起，两个人接吻了。这一切都有点出乎意料。吻了一次又吻一次，随后发誓永远相爱……真是幸福时刻！不过，人世间的生活没有绝对的幸福。幸福本身往往包含着痛苦，或者受到外来的惊扰。这一次也遇到了意外。两个年轻人热烈亲吻的时候，突然传来了嘻嘻的笑声，他们朝河面一看，立刻惊呆了：水里齐腰站着个光屁股的男孩子。他是安娜·谢苗诺夫娜的弟弟，叫科利亚，是个中学生。男孩子站在河水里，瞅着两个年轻人，不怀好意地微笑。

“哎哟哟！……你们俩亲嘴呢！好啊！我去告诉妈。”他说。

“我求求你，做个正派人好不好……”拉普金满脸通红张口结舌地说，“偷看别人，缺德，告密更卑鄙、无耻、可恶……我希望你做个正派、高尚的人……”

“给我一个卢布，我就不说！”高尚的人回答说，“不给，我就去告诉妈。”

拉普金从口袋里掏出一卢布，把它递给科利亚。那小子把卢布攥在湿淋淋的手心里，吹了声口哨，游走了。经过了这意外的搅扰，一对恋人再也没有心思接吻了。

第二天，拉普金从城里给科利亚带来了画画的颜料，还有一个皮球。姐姐呢，先是把她珍藏的盛丸药的那些盒子都送给他，后来被逼无奈又送给他几颗刻着狗头的纽扣。这嘎小子，显然很喜欢这一套，为了得到更多的礼物，他开始跟踪他俩。拉普金和安娜走到哪儿，他就跟到哪儿，一分钟也不让他们单独待在一起。

“小坏蛋！”拉普金咬着牙气愤地说，“这么小，就这么多坏心眼儿！等长大了该多么可怕呀？！”

这对儿可怜的恋人，由于科利亚的跟踪骚扰，整个六月没有过一天好日子。只要嘎小子看上眼的东西，他就要挟人家送礼，不然就威胁要去告密，他贪得无厌，最后提出来要怀表。有什么办法呢？只好答应把怀表送给他。

有天吃午饭的时候，仆人端来了维夫饼干，科利亚突然嘿嘿嘿笑起来，他冲拉普金挤了挤一只眼：

“说不说？啊？”

拉普金面红耳赤，吓得把餐巾当成了维夫饼干嚼起来。安娜·谢苗诺夫娜从桌子旁边跳起来，跑到另一个房间里躲起来了。

置身这种尴尬的处境，这对年轻人一直熬到八月底，熬到拉普金终于向安娜·谢苗诺夫娜求婚的那一天。噢，这个日子是多么幸福啊！拉普金同安娜的双亲谈过话，同意他们俩成亲，拉普金要做的头一件事，就是跑到花园里去找科利亚算账。找到了那个嘎小子，拉普金兴奋得差点掉眼泪。他一把揪住他的耳朵。安娜·谢苗诺夫娜跑过来，也来找科利亚算账，她揪住了嘎小子的另一只耳朵。现在轮到科利亚哭着央求他们了：

“亲爱的，好心人，最亲的亲人哪，我再也不敢啦！哎哟，哎哟，饶了我吧！”

后来这对年轻人承认，他们俩彼此钟情相依相恋的那段时间，从来没有体验过这样的快乐——那就是两个人同时揪住嘎小子的耳朵，他们俩体验到了无上的幸福，快乐到了极点。

马　姓

退役少将布尔杰耶夫得了牙疼病，疼得挺厉害。他用伏特加、白兰地漱口，往病牙上抹烟油子、鸦片、松节油、煤油，往腮帮子上擦碘酒，往耳朵眼儿里塞浸过酒精的棉花，试过很多办法，谁知全都不管用，有时弄不好，反而让他恶心，忍不住想呕吐。医生来了，把那颗病牙又是挖又是剜，折腾了好半天，末了，开了奎宁，可仍然止不住疼。医生劝他说，索性把病牙拔掉算了，但将军坚决予以回绝。家里所有的人——夫人、子女、仆人，甚至连厨师的小徒弟别奇卡都很着急，纷纷想出了各种各样的治疗办法。这时候，布尔杰耶夫的管家伊万·叶甫谢伊奇来见将军，给他出主意说，为了止疼，不妨念念咒语。

“老爷，就在我们县里，”他说，“大约十年前，有个税务员，叫雅可夫·瓦西里耶维奇，会念咒治牙疼，人称一绝。他常常扭过身去，面对着窗户，小声念叨着什么，啐口唾沫——牙疼立刻消失！他这个绝招儿，据说天生就会……”

“眼下他在什么地方？”

“听说他被解除了职务，不再当税务员，他在萨拉托夫城，住在丈母娘家里。要是有什么人牙疼，就到他那里去，他治得特别灵验……凡是萨拉托夫那里的人，他都在自己家里给治，要是其他城市的求医，他就打电报治疗。老爷，您不妨发一封加急电报，如此这般地告诉他……比方说，上帝的仆人阿列克谢患有牙疼，恳求给予医治。至于医疗费用嘛，可以通过邮局汇去。”

“胡说八道！纯粹是骗钱！”

“老爷，您不妨试试看。这个人最爱喝酒，他跟他老婆已经分居，养着个德国女人，他常常骂人，不管怎么说吧，他可是位神通广大的先生！”

“你去拍封电报吧，阿廖沙！”将军夫人恳求说，“你就是不信咒语。可是我有过亲身经历。就算你不相信，可拍封电报费什么事呢？写封电报，反正手也掉不下来。”

“得啦，就依你说的，”布尔杰耶夫同意了，“这封电报不只是拍给税务员，也是寄给魔鬼！……哎哟！哎哟哟！我可受不了啦！说吧，你那个税务员住在哪儿？给他打电报，地址该怎么写呢？”

将军在桌子旁边坐下来，顺手拿起了一支笔。

“在萨拉托夫城，连每条狗都认识他！”管家说，“因此，老爷，您写上萨拉托夫就行……再写上他的大名雅可夫·瓦西里耶维奇……瓦西里耶维奇……”

“还有，他姓什么呢？”

“瓦西里耶维奇……雅可夫·瓦西里耶维奇……说到他的姓……姓什么来着？唉，我怎么给忘了呢！……瓦西里耶维奇……见鬼！他到底姓什么来着？刚才来的路上，我还记着呢……让我再想想……”

管家伊万·叶甫谢伊奇仰起头来，眼睛望着天花板，嘴唇一张一合，不停地活动。布尔杰耶夫和他的夫人急切地等待着。

“马上就……瓦西里耶维奇……雅可夫·瓦西里耶维奇……姓什么，想不起来了！其实是个挺平常的姓……好像跟马有些关系……骒马林？不对，不是骒马林。慢着……仿佛是公马勃曹夫？不，也不是公马勃曹夫。我记得那个姓跟马有关系，到底是个什么姓呢？我这个笨脑袋瓜子忘了个一干二净……”

“是不是公马肉尼科夫呢？”

“不，不可能。等一等……骒马贝里岑……骒马肉尼科夫……狗贝列夫……”

“怎么扯到狗了呢？狗又不是马。马驹布契科夫？”

“不对，不对，也不是马驹布契科夫……马沙吉宁……马沙科夫……马驹布金……嗨，全都不对！”

“真是的！那我可怎么给他写呢？你再想想！”

“是，是。我想，我想。马沙德金……骒马贝尔金……骒马诺依……”

“是不是辕马尼科夫？”将军夫人问。

“绝不是。套马加日金……不对，不对，也不是！真给忘了！”

“既然忘了，干什么跑来给我乱出馊主意？你给我滚！见你的鬼去吧！”

伊万·叶甫谢伊奇慢吞吞地走出门去，将军用手捂着腮帮子，在房间里走来走去。

“哎哟！哎哟！我的上帝啊！”他忍不住叫出声来，“哎哟哟！我的妈呀！哎哟哟！可疼死我啦！”

管家走进园子里，抬着脸仰望天空，拼命回想那个税务员究竟姓什么。

“马驹布契科夫……马驹布科夫斯基……马驹宾科……不，不，不对！马沙金斯基……马沙杰维奇……马驹科维奇……骒马梁斯基……”

过了一会儿，主人又打发人来叫他进去。

“想起来了吗？”将军问他。

“怎么也想不起来，老爷。”

“也许是骏马夫斯基？良马德尼科夫？对不对？”

就这样，将军家里上上下下争先恐后想出一个又一个姓氏来。他们掐着手指头提到马的口齿、年龄、性别、品种，甚至还想到了马鬃、马蹄、马缰绳、马鞍子……宅院里，花园里，仆人的下房和厨房里，人们不停地走动，从这个角落走到那个角落，反反复复搔着头皮，搜索枯肠琢磨那个姓……

管家不时被叫到上房里去。

“马群诺夫？对吗？”人们问他。“马蹄贝京？马驹波夫斯基？是不是？”

“一点儿也不对，”伊万·叶甫谢伊奇回答说。他仰着脸，眼睛向上翻，一边想，一边顺口念叨：“骏马宁科……马岑科……马驹别耶夫……骒马列耶夫……”

“爸爸！”儿童卧室里传来了叫声，“三套马伊金！马缰杰奇金！”

整个庄园里吵吵嚷嚷，几乎闹翻了天。将军万分痛苦，疼得忍无可忍，他说愿出赏钱，哪个人要是能想得出那个跟马有关的姓氏，就奖赏五个卢布！这么一来，伊万·叶甫谢伊奇屁股后边跟了一大群人。

“枣红马多夫！”人们七嘴八舌对他说。“快马西斯德伊！宝马季茨基！”

一个姓，人们就这样想啊，想啊，想到天黑还是没有想起来。将军夫妇，管家，仆人，无可奈何，只好上床睡觉，那封电报到底没有拍成。

将军通宵没有睡着，在屋里走来走去，不停地呻吟，后半夜两点多钟，他从上房里出来，走到管家的住处，敲了敲他的窗户。

“是不是骟马梅里耶夫呀？”他的问话带着哭腔。

“不对，不是骟马梅里耶夫，老爷。”伊万·叶甫谢伊奇抱歉地叹了一口气。

“会不会那个姓跟马没有关系？没准儿是另外一个姓。”

“说实话，老爷，确实跟马有关系，是马姓……这一点我记得清清楚楚。”

“你啊，老弟，真是个糊涂虫！……对我来说，现在世界上什么东西都不如这个姓宝贵！我都快疼死了！”

早晨，将军又打发人去请大夫。

“让他拔掉算啦！”他下定决心，“再也没有力气忍受了……”

医生来了，拔去了那颗病牙。疼痛立刻止住了，将军也平静了下来。医生看完了病，收下了出诊的报酬，坐上他的马车要回家，出了庄园的大门，来到野外，医生遇见了管家伊万·叶甫谢伊奇……只见他站在路边，盯着自己的脚下，聚精会神地正想什么心事。从他紧皱的眉头和他的眼神看得出来，他的思索既紧张又痛苦……

“黄骠马布诺拉夫……马肚带尼科夫……”他嘴里嘟嘟囔囔，“马轭波宁……马沙茨基……”

“伊万·叶甫谢伊奇！”医生跟他说，“好朋友，我能不能从您这儿买五俄石燕麦啊？我们那儿的农民也卖给我燕麦，可他们卖的质量太差……”

伊万·叶甫谢伊奇呆呆地看了看医生，不知为什么怪笑了一声，一句话也没有回答，一拍双手，拔腿就往庄园里奔跑。他跑得飞快，仿佛后边有一条疯狗在追他似的。

“我想起来啦，老爷！”他跑进将军的书房，兴冲冲地喊叫，声音都变了腔调。“我想起来啦！燕麦奥甫索夫！上帝保佑，但愿他身体健康！燕麦奥甫索夫！燕麦奥甫索夫就是税务员的姓！燕麦奥甫索夫！老爷，快给燕麦奥甫索夫发一封加急电报吧！”

“去你的！”将军轻蔑地说，他握紧了拳头，把拇指从食指和中指之间露出来，用这个羞辱人的手势，冲着管家的脸晃了两晃。“我再也不需要你的马姓啦！你给我滚！快滚！”

猎　手

这是个又热又闷的中午。天上没有一丝云彩……草被太阳晒得发蔫，显得无精打采：就算下一场雨，草地也不那么绿了……树林静悄悄的，一动不动，树冠似乎凝视着什么地方，又像是在等待什么。

在林间空地的边缘，懒洋洋地走着一个男人，高个子，窄肩膀，看样子四十上下，上身穿件红衬衫，下身一条老爷穿过的、已经打了补丁的裤子，脚上一双大皮靴。他沿着道路走走停停。右边是绿色的林间空地，左边是成熟的黑麦，像金黄色的海洋一般铺展到远方的地平线……他脸色通红，满头大汗。他的淡黄色的头发挺好看，上面神气地扣着一顶白色便帽，直直的帽檐让人想起骑手帽，看得出来，这顶帽子是哪一位慷慨的地主少爷送给他的礼物。他的肩膀上斜挎着一个猎物袋，里面有一只团成一团的雷鸟。这男人手里端着双筒猎枪，已经扳起了枪机。他眯缝着眼睛瞅着他的猎犬，那是一条又老又瘦的狗，跑在前面，不停地在树丛里嗅来嗅去。四周静悄悄的，没有一点儿声音……所有的动物都藏到了隐秘的地方躲避炎热。

“叶果尔·符拉西奇！”猎人忽然听见有人轻轻地呼唤他。

他浑身一颤，皱着眉头，回头看看。就在他身边，仿佛从地底下钻出来似的，站着一个脸色苍白的婆娘，手里拿着一把镰刀，看样子三十岁出头。她眼巴巴地望着他的脸，腼腆地笑了笑。

“哦，是你呀，别拉盖娅！”猎人停住了脚步说，缓慢地松开了扳机。

“嗯！……你怎么跑到这儿来啦？”

“我们村子里的婆姨们来这里做工，我也跟她们一起来了……来做短工，叶果尔·符拉西奇。”

“是这样……”叶果尔·符拉西奇含糊地说了一句，继续慢腾腾地往前走。

别拉盖娅跟着他，两个人都不说话，大约走了二十步。

“好长时间我没有见过您啦，叶果尔·符拉西奇……”别拉盖娅说，温柔地瞅着猎人晃动的肩膀和肩胛骨。“复活节时，您到我们的小屋里喝过水，自打那以后，我就再也没有见到过您……复活节您顺路过来，只待了一小会儿，再说天晓得是怎么回事，您喝得醉醺醺的……骂我、打我，然后就走了……我等啊，盼啊……眼睁睁地盼着……一直等待着您……哎，叶果尔·符拉西奇，叶果尔·符拉西奇！哪怕是来一次也好啊！”

“我到您那儿去干什么呀？”

“倒是没有什么该做的事，不过呢，总还有些家务活儿……看看过的怎么样……您是主人啊！您已经打了一只雷鸟啦，叶果尔·符拉西奇！您最好能坐下来，歇一会儿……”

别拉盖娅说这些话的时候，像个傻姑娘似的微笑，仰着头望着叶果尔的面庞，她的脸上洋溢着幸福的神情……

“坐一会儿？好吧……”叶果尔漫不经心地说，他在两排枞树之间选了一块地方坐了下来。“怎么你还站着？你也坐下吧。”

别拉盖娅稍微离他远一点儿，坐在太阳地里，她为自己的欣喜觉得不好意思，伸出一只手捂住微笑的嘴巴。有两分钟他们没说话。

“哪怕是来一次也好啊。”别拉盖娅小声说。

“干什么去呀？”叶果尔叹了一口气，摘下帽子，用袖子擦擦红红的脑门儿。“根本没有必要。去一两个小时，白白浪费工夫，反倒给你添麻烦；可是要一直住在村子里，我又忍受不了……你自己也知道，我是个过惯了舒服日子的人……我希望有床，有好茶叶，能跟人客客气气地聊天……各种各样讲究的东西我都想拥有，可是你住的那个村子穷得要命，屋里尽是煤烟灰……我连一天也待不下去。如果上面有一道命令，比方说吧，一定要我住在你那里，那我就放一把火烧掉你那间小屋，再不然我就自杀。从小我就娇生惯养，一点儿办法也没有。”

“现在你住在什么地方呢？”

“在德米特里·伊万内奇老爷家里，当一名猎手。我为他家的餐桌提供一点儿野味儿，不过，他愿意收留我，大多是为了……为了取乐。”

“您干的不是什么正经事，叶果尔·符拉西奇……在别人看来，打猎只不过是玩儿，您倒把它当成了一门手艺……当成正经的营生了……”

“你不明白呀，你真傻。”叶果尔望着天空说道，目光里流露出幻想的神情。“你从来就不理解，大概一辈子也不理解我是个什么样的人……在你看来，我吊儿郎当，是个不走正道的人。可有些明白人，认为我是全县顶尖的好射手。有些地主发现了这一点，甚至在杂志上发表文章评论我。要论打猎这一行，没有一个人能跟我相比……至于说到我瞧不起乡下的各种庄稼活儿，那倒不是因为我娇惯，也不是因为我傲慢。我从小时候起，你知道，除了玩枪玩狗，我是任什么农活儿都没干过。不让我玩枪，我就拿钓鱼竿钓鱼，不让钓鱼，我赤手空拳也要去打猎。对啦，我还贩卖过马匹，手里趁钱的时候，就东奔西跑四处赶集。你知道，无论哪个庄稼汉，一旦他迷上了打猎或是贩运马匹，那就永远抛弃了犁耙。既然一个人打心眼儿里喜欢自由，那你就无论如何也改变不了这种心思。同样的例子还有的是，一个贵族老爷一心一意要当演员，或者迷恋上了其他的艺术，那么他就再也不会去当官，也不会安心做地主了。你是个妇道人家，你不明白，但是你应该明白这个道理。”

“我明白，叶果尔·符拉西奇。”

“既然你想哭，说明你还是不明白……”

“我……我不哭……”别拉盖娅扭过脸去说，“罪过呀，叶果尔·符拉西奇！你跟我这个不幸的人哪怕是过一天也好啊。我嫁给你已经十二年了，可是……可是我们连一回也没有亲热过！……我……我不哭……”

“亲热过……”叶果尔挠一挠手喃喃地说，“根本就不可能亲热。我们做夫妻只不过是个名义，实际上哪有那么回事？对你来说，我只不过是个野人，对于我来说，你是个不明事理的傻婆娘。我们怎么能成为一对夫妻呢？我无拘无束，随随便便，四处游荡，你呢，打短工，穿树皮鞋，住在肮脏的地方，忙得腰都直不起来。我这么理解你，是因为在打猎这一行里，我是头号的猎手，可是你总用惋惜的目光看着我……这怎么能成为夫妻呢？”

“可我们在教堂举行过婚礼呀，叶果尔·符拉西奇！”别拉盖娅呜呜咽咽地说。

“举行婚礼是身不由己……莫非你忘啦？这都是谢尔盖·巴甫雷奇伯爵做主……还怪你自己。伯爵嫉妒我比他的枪法好，就整天让我喝酒，足足灌了我一个月。一个醉汉，别说让他举行婚礼，就是让他改信别的宗教也能办得到。不管同意不同意，他就让醉汉娶了你，那是报复……把猎手和下贱的丫头配成一对儿！你明明看见我醉得不省人事，为什么还要嫁给我？你又不是农奴，你可以反抗呀！当然，一个下贱丫头能嫁给猎手，也算运气不错，但也该仔细考虑不是？得，现在你只好伤心，只有哭哭啼啼的份了。伯爵只是开个玩笑，可你得流泪……你得拿脑袋撞墙……”

一阵沉默。三只野鸭从林间空地的上空飞过。叶果尔望着它们，目送它们越飞越远，直到变成隐隐约约的三个黑点，落到森林那一边去了。

“你现在靠什么生活？”他问，把目光从野鸭身上收回来，转而望着别拉盖娅。

“现在嘛，四处打短工，到了冬天，从育婴堂抱回一个小娃娃，天天喂他牛奶吃。每个月人家给一个半卢布。”

“是这样……”

又是一阵沉默。刚刚收割过庄稼的那块地里响起了轻轻的歌声，但歌儿才唱了个开头儿就中断了。炎热使人难以歌唱……

“听人们说，您为阿库力娜盖了一间新木房。”别拉盖娅说。

叶果尔没有说话。

“这么说是她合乎您的心意……”

“这就是你的命运，认命吧！”猎人说着话伸了个懒腰，“忍着点儿吧，苦命的人。不过，再见吧，光顾说话了……傍晚以前我得赶到波尔托沃……”

叶果尔站起来，伸展一下双臂，把枪挎在肩膀上。别拉盖娅也站了起来。

“那您什么时候到村子里来呢？”她小声问了一句。

“还是不去为好。清醒的时候，我肯定不去。喝醉了去，对你没有任何好处。喝醉了我爱发脾气……再见吧！”

“再见，叶果尔·符拉西奇……”

叶果尔把帽子往后脑勺上一扣，吧嗒着嘴招呼他的狗，继续走他的路。别拉盖娅站在原地，从背后望着他……望着他那晃动的肩膀，好看的后脑勺，懒洋洋的、漫不经心的脚步，她的眼睛里充满了忧伤和温柔的依恋……她的目光上下打量着丈夫又瘦又高的身影，给他以爱抚与温存……他似乎觉察到她的目光，于是停下脚步，扭过头来……他没有说话，但是从他脸上的表情，从他微微耸起的肩膀看来，别拉盖娅觉得他有什么话想对她说。她怯生生地走到他眼前，用恳求的目光望着他。

“给你吧！”他把脸扭到一边说。

他给了她一张揉得皱皱巴巴的一卢布的钞票，随后加快脚步离开了。

“再见吧，叶果尔·符拉西奇！”她心不在焉地接过那张钞票说道。

他走了，脚下的道路又长又直，就像一条绷紧的皮带……她站在那里，脸色惨白，一动不动，恰似一座雕像，她的目光紧紧注视着他每一次移动的脚步。但是，渐渐地，他衬衫的红色与裤子的深色混在了一起，脚步已看不清楚，那条狗和他的靴子也难以分辨了。看得见的只有那一顶帽子，不料……叶果尔突然向右拐了个弯，走进了林间空地，白色便帽在一片淡绿中消失了。

“再见吧，叶果尔·符拉西奇！”别拉盖娅像耳语一样轻轻地说，她踮起脚跟，巴不得再次看一眼那顶白色便帽。

嫌 疑 犯

法院侦讯官面前站着一个乡下人，只见他个子矮小，瘦得出奇，上身穿一件花粗布衬衫，下身是打补丁的裤子。一张麻子脸生满毫毛，眼睛深藏在突出的浓毛底下，让人几乎难以察觉，所有这些使他的表情显得阴沉而又冷酷。他的头发长时间不梳洗，乱蓬蓬的，就像一顶皮帽子扣在头上，这使他越发显得严厉，像一只大蜘蛛似的。他光着脚。

“戴尼斯·格利高里耶夫！”侦讯官开口说，“你走近一点儿，回答我的问题。7月7日，铁路巡道工伊万·谢苗诺夫·阿金伐夫早晨沿铁路线巡查，在一百四十一俄里处，碰见你正在拧掉一个螺丝帽，那螺丝是联结铁轨与枕木用的。看，就是这个螺丝帽！他抓住了你，还有这个作为罪证的螺丝帽。事情是这样的吗？”

“说啥？”

“事情的全部经过是像阿金伐夫所说的那样吗？”

“当然有过这事。”

“好。说吧，你为什么要拧掉螺丝帽？”

“说啥？”

“你这个‘说啥’给我打住，你要回答问题：为什么你要拧掉螺丝帽？”

“要是它没有用处，谁也不会去拧它。”戴尼斯用沙哑的声音回答，斜着眼睛看天花板。

“你要这个螺丝帽干什么用呢？”

“螺丝帽吗？我们用它做坠子……”

“‘我们’指的是些什么人？”

“我们，老百姓呗……也就是克里莫沃村的庄稼人。”

“听着，老乡，你不要跟我装傻充愣，你要说正经事儿。这儿用不着撒谎扯什么坠子！”

“我从出娘胎就没撒过谎，这会儿撒什么谎……”戴尼斯嘟囔着，一边说一边眨巴眼睛。“有些东西，老爷，哪能没有坠子呢？要是你把做诱饵的小鱼或是蚯蚓安在钓钩上，没有坠子，它能沉到水底吗？还说我撒谎呢……”戴尼斯冷笑了一声。“做诱饵的小鱼要是在水面上漂来漂去，那才叫活见鬼呢！鲈鱼、梭鱼、江鲟，总爱在水底下吃食，鱼饵要是漂浮在河面上，那就只有鲇鱼会咬钩，再说那种事也少见……我们这条河里没有鲇鱼……那种鱼喜欢宽阔的水面。”

“你跟我说了半天鲇鱼有什么用？”

“说啥？这是您亲口问的呀！在我们那儿，连地主老爷也这么钓鱼。就连最小的毛孩子没有坠子也不去钓鱼。当然啦，有些不懂行的人，哼，没有坠子他们也去钓。傻瓜从来就不懂什么规矩……”

“这么说来，你拧了这个螺丝帽为的就是用它做坠子？”

“那还用说吗？又不是当球儿弹！”

“但是，要想做坠子，你可以找铅块、子弹壳、钉子什么的……”

“铁路上找不到铅块，得去买，钉子又不合适。再也找不到比螺丝帽更好的物件了……它又沉，还有一个窟窿眼儿。”

“装得真像个大傻瓜！就像昨天刚出生，像从天上掉下来似的。笨蛋，莫非你真不明白，拧掉螺丝帽会有什么后果吗？要不是巡道员发现，火车很可能会脱轨，很多人会丧命！你会害死多少人呀！”

“上帝保佑别出这种事，老爷！为什么要害人呢？难道我们不是信徒，倒是坏人？谢天谢地，好心肠的老爷，我们活了一辈子，别说没有害过人，脑袋瓜子里连那样的想法都没有过……圣母呀，你发发慈悲救救我吧……老爷，您都说些什么呀！”

“那么，照你看来，火车翻车是怎么引起的呢？要知道，只要拧掉两三个螺丝帽，就可能造成翻车！”

戴尼斯脸上泛出了冷笑，眯缝着眼睛，怀疑地瞧着侦讯官。

“拉倒吧！我们全村子的人拧螺丝帽拧了好多年了，托上帝保佑，这会儿却说什么翻车……害死很多人……要是我弄走一段铁轨，或者打个比方，把一根大木头横放在铁路上，哼，那说不定能把火车弄出轨，可现在呢……呸！不就一个螺丝帽吗！”

“你该明白，是那些螺丝帽把铁轨固定在枕木上的呀！”

“这一点我懂……我们又没有全都拧下来……还留下好多呢……做事不能不动脑筋……我们懂……”

戴尼斯打了个哈欠，赶紧冲着嘴画十字。

“去年这个地方有一列火车就出了轨，”侦讯官说道，“现在才清楚发生车祸的原因……”

“您说什么？”

“我说，现在我明白了，是什么原因造成了去年那次火车脱轨……我明白了！”

“您受教育为的就是明白事理，我们的恩人……上帝晓得该让什么人明白事理……比方说吧，您能够判断来龙去脉、是非对错，可那个巡道工也是个乡巴佬，一点儿也不讲道理，揪住领子，使劲拉扯……您得先讲理，然后才能带人走！俗话说，庄稼人庄稼脑袋……老爷，您还得记下来，他打过我两个耳光，还朝我胸口打了一拳。”

“在你家里搜查的时候，还发现了一个螺丝帽……这个螺丝帽你是在什么地方、什么时候拧下来的？”

“您说的那个螺丝帽，是放在红漆柜子下面的那一个吗？”

“我不知道它在你家里放在什么地方，反正是搜出来了。你是什么时候把它拧下来的？”

“那不是我拧的，那是独眼龙谢苗的儿子，伊格纳什卡给我的。我说的这个螺丝帽就是柜子下边那一个。院子里雪橇上那个螺丝帽，是我跟米特罗方一起拧下来的。”

“和哪一个米特罗方？”

“就是米特罗方·彼得罗夫……您没听说过？他在我们村子里编渔网，卖给地主老爷们。就是这种螺丝帽，他要的可多着呢。一张渔网，数一数，得用十个……”

“你听着……刑法第一千零八十一条规定：凡蓄意损坏铁道，致使该线铁路运输发生危险，而肇事者明知此种行为将导致不幸后果……听明白了吗？明知！你不可能不知道，拧掉螺丝帽会造成什么后果……肇事者当判处流放及苦役。”

“当然，您了解得更清楚……我们都是些粗人，我们能懂些什么呢？”

“你什么都懂！你这是撒谎，装傻充愣！”

“干吗要撒谎呢？不信，您到村子里去打听打听……没有坠子只能钓欧鲌鱼，最差的是鱼，可要是没有坠子，你连鱼也钓不着。”

“想必你还会讲到鲇鱼吧！”侦讯官笑了。

“我们那里没有鲇鱼……我们不用坠子，安上蝴蝶做钓饵。把钓丝抛在河面上，倒是有大头来咬钩，不过那种事很少碰见。”

“得啦，你住嘴吧！”

一阵沉默。戴尼斯两只脚交替着用力站在那里。他看着那张铺着绿呢子的桌子，使劲眨巴眼睛，仿佛他看见的不是呢子，而是太阳。侦讯官飞快地写着什么。

“该让我走了吧？”戴尼斯沉默了一会儿问道。

“不。我得把你关押起来，再送往监狱。”

戴尼斯不再眨巴眼睛，他扬起两道浓眉，疑惑不解地望着那位官员。

“这么说，是要蹲监狱？老爷！我可没有工夫，我还得赶集去呢；叶果尔欠我三个卢布，他买了荤油没给钱，我得找他去要账……”

“住嘴，别捣乱！”

“蹲监狱……做了什么坏事才关监狱，可像这样，日子过得好好的……凭什么？我一没偷东西，二没跟人打架……您要是疑心我交的税款不够的话，老爷，那您可别相信村长……那个村长可是个丧尽天良的人……”

“住嘴！”

“住嘴就住嘴……”戴尼斯小声嘟哝说，“村长在账本上做了手脚，这一点我敢起誓……我们是哥仨：库兹马·格利高里耶夫、叶果尔·格利高里耶夫，还有我，戴尼斯·格利高里耶夫……”

“你妨碍我办公……喂，谢苗！”侦讯官喊了一声，“把他押下去！”

“我们哥仨，”戴尼斯嘟哝着，两个强壮的士兵押着他走出审讯室。“弟弟不该替哥哥还账……库兹马欠了钱，你，戴尼斯归还……这算什么法官！我们过世的老爷是个将军，愿他升入天堂，他要活着，准得给你们这些法官点儿厉害瞧瞧……审案子得会审，不能由着性子胡来……抽一顿鞭子也行，但要有根有据，要凭良心……”

嫁　妆

我平生见过很多房子：大的、小的、旧的、新的、砖瓦的、木头的，有一所房子深深地留在记忆里。那不是一幢大房子，而是所小房子，是只有三个窗户的很小的平房，像矮小、驼背、戴着包发帽的老太婆。小房子的墙刷成了白色，房顶铺着瓦，烟囱灰泥脱落，四周都是绿色葱茏的桑树、槐树、白杨树，那是房主人的爷爷、甚至老爷爷亲手栽种的。绿树掩映，从外面看不见那所小房子。不过，绿树环绕并不妨碍它置身城市。它宽阔的院落跟其他同样种了很多树木的大院子连成一片，成了莫斯科街的组成部分。这条街很少有马车经过，就连行人也很少见。

小房子的百叶窗常年关闭：住在房子里的人不喜欢光亮。他们觉得光亮没有用。窗户从不打开，因为房子的主人不爱新鲜空气。常年居住在桑树、槐树、牛蒡的环境当中，人对大自然界变得淡漠。只有住别墅的人们，蒙上帝赏赐才具备欣赏大自然之美的能力，其他的人对这种美却懵懂无知。东西太多，人们就不放在心上。“凡是拥有的，我们就不珍惜”。其实远不止于此：我们甚至厌烦自己拥有的东西。小房子四周仿佛人间天堂，树木茂密，栖息着快乐的鸟儿，可小房子里面，唉！夏天闷热，冬天热气升腾像个澡堂，还有煤气的臭味，简直是无聊乏味，一点儿意思也没有……

我头一次因公事出差访问这所小房子，已经是很久以前的事了：房主人契卡马索夫上校指派我到那儿去看望他妻子和女儿。头一次访问，我印象深刻，难以忘怀。

您不妨想象一下当时的情景：您从过道走进堂屋，一个四十岁上下矮小虚胖的女人面带惊恐打量着您。您是外来的“生客”，您“年轻”，这就足以使她疑惑与惶恐了。您手里没拿短锤，没带斧子，更没有手枪，您冲她友好地微笑，迎接您的却是忐忑不安。

“请问您，有何贵干？”上年纪的女人声音颤抖地问，您认出她就是女主人契卡马索娃。

您报上您的姓名，说明来意。疑惑与惶恐忽然变成了尖细欢快活喊叫声“啊”，她的眼珠不停地转动。尖叫声“啊”如同回声，从过道传到堂屋，从堂屋传到客厅，从客厅传到厨房……连续不断，一直传到地窖里。稍后，整座住宅都回荡着各种声调、喜气洋洋的“啊”。大约过了五分钟，您坐在客厅里一张又软又热的大沙发上，听见“啊”“啊”的叫声已经传出大门，响彻了整条莫斯科街。

房间里弥漫着除虫粉和新羊皮鞋的气味，皮鞋就放在我身旁的椅子上，用头巾包裹着。窗台上摆着天竺葵，还有一团薄纱抹布。抹布上落着吃饱的苍蝇。墙上挂着某个教长的油画肖像，镜框玻璃的一角已经破裂。教长肖像旁边，是一排祖先的画像，柠檬色的黄面庞，长得全都像茨冈人。桌子上放着顶针、线团和一只没织完的袜子。地板上有件黑色女上衣，潦草地缝在一块纸样上。隔壁房间里有两个老太婆，惶恐不安地从地板上收拾起纸样和裁衣服用的画粉……

“我们这儿太凌乱了，请您原谅！”契卡马索娃说。

契卡马索娃一边跟我说话，一边不好意思地瞥一眼里屋的门，门里边的老太婆还忙着收拾纸样。屋门仿佛也不好意思，一会儿稍稍打开，一会儿又轻轻关闭。

“喂，你怎么回事？”契卡马索娃冲着门说。

“我父亲从库尔斯克寄给我的那个领结在哪儿？”门里边有女人用法语问话的声音。

“啊，难道，玛丽娅，难道……唉，难道可以……我们这儿现在有位新来的客人 ……你问露凯丽雅吧……”契卡马索娃用法语回答。

“瞧，我们的法国话说得多好！”我从契卡马索娃的眼睛里读出这样的意思，她高兴得红了脸。

随后屋门敞开了，只见一个姑娘走了出来，她大约十九岁，长得又高又瘦，身穿薄纱长连衣裙，系着一条金色腰带，我还记得她腰带上挂着把缀着珍珠的扇子。她走进客厅，行个屈膝礼，脸就红了，先是有几颗麻子的长鼻子泛出红晕，从鼻子红到眼睛，又从眼睛红到鬓角。

“这是我女儿！”契卡马索娃用唱歌般的声音说，“这个年轻人，玛涅奇卡，就是……”

我自我介绍，然后对这里有那么多的纸样表示惊讶。母女俩都垂下了眼睛。

“耶稣升天节，我们这里有个大市集，”母亲说，“我们总在市集上买些衣料，然后整年做针线活，直到下次过集。我们的衣服从不交给外人做。我的彼得·谢苗内奇挣的钱不太多，我们容不得自己太铺张。没办法只能自己动手做了。”

“可是谁能穿这么多衣服啊？家里不就只有你们母女俩吗？”

“嗨……怎么能现在穿的？这不是现在穿的衣服！这是——嫁妆！”

“哎呀，妈妈，您说些什么呀？！”女儿说，脸上又泛起红晕。“让人家真以为……我决不出嫁！决不！”

她嘴上这么说，可说到“出嫁”两个字，她的眼睛闪闪发亮。

她们端来茶、糖、果酱、奶油，然后她们又请我吃加鲜奶油的马林果。傍晚七点钟吃晚饭，有六道菜。吃晚饭时，我听见很响的哈欠声，有人在隔壁房间里大声打哈欠。我惊讶地瞧着屋门：只有男人打哈欠才会这样响亮。

“这是彼得·谢苗内奇的弟弟叶戈尔·谢苗内奇……”发现我感到惊讶，契卡马索娃就解释说。“他从去年起就住在我们这儿。您要原谅他，他不能出来见您。简直像个野人……见着生人就心慌……他打算进修道院去……他原来当差，后来受人欺负……因此他挺伤心……”

晚饭后，契卡马索娃给我看一件袈裟，那是叶戈尔·谢苗内奇亲手刺绣，准备日后献给教会的礼物。玛涅奇卡一时也打消羞怯，把她为爸爸刺绣的一个烟荷包拿给我看。等到我流露出赞叹她针线活儿的神情，她就脸红了，贴着母亲的耳朵悄悄说了几句话。母亲顿时容光焕发，请我跟她一块儿到贮藏室里走一趟。在贮藏室里，我看见五口大箱子和许多小箱子、小盒子。

“这些……都是嫁妆！”母亲对我小声说，“都是我们自己做的。”

我看了看那些愁眉苦脸的箱子，就开始向两位殷勤好客的女主人告别。她们要我答应日后有空再来她们家做客。

这个诺言，初次访问后又过了七年之久，我才有机会兑现。这次因在一起诉讼案件中充当鉴定人，我奉命又来到这座小城。走进我熟悉的那所小房子，我又听见了“啊”的一声喊叫……她们认出我来了……那还用说吗！我头一次访问，成了她们生活里的重大事件，缺乏大事的地方，大事就被人记得牢。走进客厅里，我发现契卡马索娃发胖了，头发已经花白，正趴在地板上裁一块蓝色衣料。女儿坐在长沙发上刺绣。这里仍旧有纸样，仍旧有除虫粉的气味，仍旧有那幅画像和残破一角的镜框。不过变化还是有的。教长肖像旁边挂着彼得·谢苗内奇的画像，两个女人都穿着丧服。彼得·谢苗内奇是在提升为将军后仅仅过了一周去世的。

开始回忆……将军夫人呜呜咽咽地哭起来了。

“我们太不幸了！”她说，“您知道吗？彼得·谢苗内奇……已经不在了。我和她成了孤儿寡母，只能自己照料自己了。叶戈尔·谢苗内奇还活着，不过提起他，我们没有什么好话可说的。修道院不肯收留他，因为……因为他好喝酒。现在由于伤心他喝得更凶了。我打算到首席贵族那儿去告他的状。说来您也许不信，他有好几次打开箱子……偷偷拿走玛涅奇卡的嫁妆，送给他那些朝圣的香客。有两口箱子已经全空了！要是这种状况继续下去，那我的玛涅奇卡将来就没有一件嫁妆了……”

“您在说什么呀，妈妈！”玛涅奇卡尴尬地说，“人家真不知会想到哪儿去呢……我决不出嫁！决不！”

玛涅奇卡抬起眼睛，兴奋而又带着希望，瞧着天花板，看来她不相信自己所说的话。

过道里闪过一个矮小、秃顶男人的身影儿，他穿着棕色上衣，脚上穿着套鞋而不是皮靴。他像耗子那样悄悄地溜过去，转眼不见了。

“这大概就是叶戈尔·谢苗内奇吧。”我心里猜想。

我瞧着她们母女俩：两个人都苍老消瘦得厉害。母亲的头发满是银丝。女儿憔悴，萎靡不振，看样子，母亲比女儿仿佛顶多大五岁光景。

“我打算到首席贵族那儿去一趟，”老太婆对我说，她忘了这句话已经说过了。“我想告状！叶戈尔·谢苗内奇把我们缝的衣服统统偷走了，他送人想拯救自己的灵魂。我的玛涅奇卡落得没有嫁妆了！”

玛涅奇卡涨红了脸，这一回却什么话也没说。

“我们只好重新再做衣服，可是话说回来，上帝知道，我们不是阔气的人！我和她是孤儿寡母啊！”

“我们是孤儿寡母！”玛涅奇卡重复一遍。

去年，命运又驱使我回到了熟悉的那所小房子。我走进客厅，看见老太婆契卡马索娃身穿一身黑色丧服，衣袖上缀一条白布，她坐在沙发上做针线活。跟她并排坐着的是个小老头，穿着棕色上衣，脚上蹬着套鞋而不是皮靴。小老头看见我，就跳起身来，从客厅里一溜烟跑出去了……

为了回答我的问候，老太婆微微一笑，用法语说：

“现在又见到您，我很高兴，先生。”

“您在缝什么？”过了一会儿，我问。

“这是女衬衫。我做好，就送到神甫那儿去，托他替我保管，要不然，叶戈尔·谢苗内奇就会把它拿走。我现在把所有的东西都交托神甫保管了。”她小声说。

她面前的桌子上放着女儿的照片，她看一眼照片，叹了口气说：“要知道我成了孤魂！”

那么她女儿在哪儿呢？玛涅奇卡在哪儿呢？我不敢问穿着一身丧服的老太婆。不论我坐在这所小房子里，还是后来起身告别辞，玛涅奇卡始终没出来见我，既没听见她的说话声，也没听见她轻微胆怯的脚步声……一切都显而易见，因此我的心情异常沉重。

在 药 房

夜深了。家庭教师叶果尔·阿列克谢伊奇·斯沃依金从医生那里出来，径直朝药房走去。

“简直像是找有钱的情妇，又像是求见铁路承包商，”他心里想着，踏上了药店铺着地毯，扶手锃亮的楼梯。“踩上去都害怕！”

斯沃依金走进药店，立刻闻到了普天下药房里都有的那种气味儿。科学和医学逐年在发展变化，但是药房的气味儿却像物质不灭定律一样永恒。我们的爷爷那一辈闻过这种气味儿，到我们的孙子那一辈儿，闻到的还会是这种气味儿。天色很晚了，药店里已经没有顾客了。一张亮堂堂的、高高的黄色写字台，上面摆放着一些贴了标签的小药瓶。写字台后边站着一位先生，身材修长，庄重地向后仰着头，表情威严，连鬓胡子保养得很好——从种种情况判断，他就是药剂师。他那小小的秃头顶、粉红色的长指甲，全都经过了精心的修饰，浑身上下平平整整，干干净净，仿佛被什么舔得溜光，马上就要去参加婚礼似的。他的眼神阴郁，自上而下看平方在写字台上的报纸，原来他在读报。旁边铁栏杆后面，坐着一个会计，正在懒洋洋地数零钱。一道柜台把配药室与外面的人隔开。柜台那边，昏暗的灯光下晃动着两个模糊的人影。斯沃依金走到写字台前，把药方递给那个浑身光洁的先生。那个人把报纸读到一个段落，才接过药方，看也没有看他，微微向后边转过头去，声音含混地用拉丁语说：

“甘汞二厘，糖五厘，粉剂，共服十次。”

“是！”从药房深处传来尖利响亮的回答，那人说的是德语。

药剂师依然用他那沙哑沉稳的声音把药水的配方又念了一遍。

“是！”从另一个角落里传来了回答声，说的也是德语。

药剂师在药方上写了几个字，皱着眉头，脑袋后仰，眼皮下垂，继续读报。

“过一个小时配好。”他一面从牙缝里挤出几个字来，一面用眼睛寻找刚才读报中止的那个段落。

“能不能快一点儿？”斯沃依金小声说，“我实在不能久等了。”

药剂师没有回答。斯沃依金只好坐在沙发上开始等候。会计数完了零钱，深深叹了一口气，钥匙弄得哗啦哗啦响。配药室深处，一个人影正围着大理石研钵忙碌，另一个人影往蓝色玻璃瓶里掺和药水。不知从什么地方传来壁钟平稳缓慢的嘀嗒声。

斯沃依金觉得很难受。他感到嘴里滚烫，两条胳膊和两条腿一阵阵酸疼，脑袋昏沉麻木，脑海里游荡着模模糊糊的影子，一会儿像飘动的浮云，一会儿像一群紧裹着大衣的行人。他腾云驾雾似的看着药剂师，放药罐的架子、煤气灯、立柜，恍惚间觉得，大理石研钵的单调捶击声和壁钟缓慢的嘀嗒声，似乎不是在外界，倒是在他脑袋里面嗡嗡回响。他越来越觉得浑身虚弱，头脑发晕，过了不多会儿，大理石研钵的捶击声一阵阵让他想要呕吐，为了振作精神，他决定搭讪着和药剂师说几句话……

“大概我的热病发作了，”他说，“大夫说了，我得的是什么病，还很难确诊，不过，我非常虚弱……我还算幸运，病在都市里，上帝保佑，可别在乡下得这种病，那里既没有医生，也没有药房。”

药剂师站着，一动不动，头向后仰着，仍然读他的报纸。斯沃依金跟他说话，他仿佛没有听见，一句话也不回答……会计大声打了个哈欠，呲啦一声在裤子上划着了一根火柴……捶击大理石研钵的声音越来越响亮。斯沃依金见人家不理睬他，只好抬起眼睛看架子上的药罐子，读罐子上的标签……在他眼前闪过的是用拉丁词写出来的各种各样稀奇古怪的药名。随后看到的是酊剂、油剂、药籽，附带的药名一个比一个深奥，一个比一个古怪。

“这儿大概有许多没用的东西！”斯沃依金心里想。“这些药罐子里肯定有不少陈腐的药品，只不过依照传统才把药罐子摆放在那里，可是看上去一切都那么威严庄重。”

斯沃依金把目光从药罐子转向身边的玻璃柜，看见里面陈列着一些橡皮圈、橡皮球、注射器、牙膏罐、皮埃罗药水、阿代尔盖伊姆药水、化妆皂、生发膏，等等医药用品。

药房里进来一个系着肮脏围裙的小学徒，他买了十戈比的牛胆。

“请问，牛胆能治什么病？”斯沃依金问药剂师，他为找到了一个话题感到高兴。

问题没有得到回答，斯沃依金开始仔细端详药剂师那张高傲、威严、学识渊博的面孔。

“不错，都是一些怪人！”他想，“何必在脸上摆出一副博学的样子？其实，你不就会蒙骗别人吗？不就是一个卖生发膏的吗？有什么了不起？可看那副神气，让人以为他们真是献身科学的大学者呢！他们写拉丁文，说德国话……硬把自己装扮成中世纪的古董……身体健康的时候，你不会注意这些古板冷漠的面孔，可是一旦你生了病，像我现在这样，你就会十分害怕，害怕神圣的事业落入这些缺乏情感、浑身光鲜的人物之手……”

仔细打量着药剂师死板僵硬的那张脸，斯沃依金突然产生了一种愿望，就是不顾一切地躺倒在地，远远离开这个世界，离开那张博学的面孔，离开大理石研钵的捶击声……病体的虚弱使他觉得难以支撑……他走到柜台前，满脸苦相地恳求说：

“行行好……让我走吧！我……我有病……”

“马上就好……请不要把胳膊肘支在这里！”

他又坐到沙发上，尽力驱赶头脑中那些模糊的影像，他开始看会计怎么样抽烟。

“才刚刚过了半个小时，”他心里想，“还得再等这么长时间……太难熬了！”

不过，最后终于有个穿黑衣服的小个子配药师走到药剂师跟前，把一盒药粉和一瓶药水放在他旁边……药剂师把报纸读到一个段落，才慢条斯理地离开写字台，把药瓶拿在手里，举到眼睛前面来回摇晃……随后写了一张服药说明的单子，把单子系到瓶颈上，探着身子去取图章……

“哎，何必要这么烦琐呢？”斯沃依金想，“多耗费时间，然后就凭这个再多收钱。”

药剂师把药水包好，扎紧，盖上图章，然后又把药粉同样摆弄了一番。

“请拿好！”最后他说道，连看也不看斯沃依金，“到收款处去交一卢布六戈比……”

“一卢布六戈比？”斯沃依金小声嘟哝着说，感到难为情，“可是我只有一个卢布……我还以为一个卢布就够了呢……该怎么办呢？”

“这我可不知道！”药剂师一字一顿地说，接着又开始读他的报纸。

“既然这样，那就请原谅了……六戈比，我明天送来，不然就派人带来……”

“这不行！……我们药房从不赊账……”

“那……我可怎么办才好呢？”

“回家走一趟，拿来六戈比，那时候你就能取药了。”

“好是好……不过……我走路非常吃力，又没有人能替我来……”

“我不知道你该怎么办……这事跟我没关系……”

“嗯……”斯沃依金想了想说，“好吧，我回家去一趟……”

斯沃依金出了药房，吃力地往回走……走到家门口以前，在路上停下来休息了五次。进了家门，在桌子上找到了几枚铜币，他坐到床上想喘一口气……一种无名的力量让他的头倒在枕头上……他躺下身去，心想只躺一分钟……他恍恍惚惚，似乎又看见了飘浮的云团，裹紧大衣步履匆匆的行人，模模糊糊的影像使他感到眩晕……他一直惦记着，应该再去药房一趟，他一再想让自己站起来，但最终还是疾病占了上风。几枚铜币从他手里撒落到地板上，病人进入了梦乡，他梦见自己走进了药房，在那里再一次跟药剂师攀谈起来。

运气不济

上午九点多钟，两个地主，加久金和施洛赫沃斯托夫，坐着马车去参加本地区调解法官的选举。天气格外晴朗。他们的马车行驶的那条道路泛着绿色伸展向远方。路边的老桦树排成两行，刚刚长出不久的嫩叶发出轻轻的喧响。左右两边开阔的草地一望无际，不时传来鹌鹑、凤头麦鸡和鹬鸟的鸣叫声。地平线上，蓝莹莹的远天映衬出一座座白色教堂，地主庄园错落的房顶呈现出墨绿色。

“真该把我们的主席揪到这儿来，戳着他的鼻子让他看看……”加久金抱怨说。这位贵族老爷身体肥胖，头发花白，戴一顶肮脏的草帽，系着松散的花领结。说话间他们的马车不停地颠簸，咣咣当当响着绕过一座小桥。“我们地方自治会修建的这些桥梁，就像成心让人绕道似的。上次地方自治会开会，杜勃列维伯爵说得好——地方自治会造桥是为了考验人们的智力：如果谁能够绕过桥去，那么，他就是一个聪明人；谁要是冒冒失失赶着车过桥，因而不可避免地发生车祸，摔断了脖子，那就说明他是个大傻瓜。所有这些都是主席的过错。假如我们的主席换一个人，换的不是酒鬼，不是瞌睡虫，不是糊涂蛋，那就绝不会有这样的桥梁。这个位置上的人，一定要头脑精明，体力充沛，伶牙俐齿口才好，比方说吧，像你……你去竞选什么调解法官，真是鬼迷心窍！你作主席候选人最合适，真的！”

“你就等着瞧吧，等到今天落选，就算自己不情愿，我也只好去做主席候选人了。”施洛赫沃斯托夫谦虚地说，他是个大高个，头发棕红，戴一顶崭新的贵族宽边帽。

“你不会落选……”加久金打个哈欠说，“我们需要有文化的人，就说大学毕业生吧，咱们县满打满算就一个，那就是你！不选你，还能选谁呢？大家早就商量定了……只是你不该去竞选调解法官……其实你更应该去做主席……”

“反正都一样，朋友……调解法官薪俸两千四，主席也是两千四。调解法官尽管坐在家里审案子调解，可主席呢，时不时要乘上马车颠簸着去县府……调解法官不知轻松多少，再说……”

施洛赫沃斯托夫没有把话说完……突然，他忐忑不安地扭动着身体，眼睛死死地盯着前面的道路。他的脸一下子变得通红。他啐了一口吐沫，身体向后一仰。

“我就料到会这样！我的心早有预感！”他喃喃地说道，随手摘下帽子，擦了擦脑门儿上的汗。“又要落选了！”

“怎么回事？为什么要落选？”

“难道你没有看见，奥尼西姆神甫坐着车迎面过来了吗？没错儿，准是他……你在路上碰到这个家伙，趁早调头往回走，碰见他，决不会有什么好结果。这一点我早就知道！米奇卡，掉转马车往回赶吧！上帝啊，我诚心诚意早点儿起程，怕就怕遇见这个犹大，偏偏不遂心愿，让他嗅出来我要出门，他的鼻子可真尖！”

“得了吧，瞧你说的！你这可是胡思乱想，真的！”

“我可不是胡思乱想！遇见教士路上走，必有大祸要临头，每回我去参加选举，他必定出现在路上挡横。这个老家伙，就剩一口气儿，该死的人了，还这么歹毒，连造物主都不收容他！怪不得二十年来他得不到提拔哪！为什么他总要对我报复呢？就因为思想方式！他不喜欢我的思想！我知道，有一次，我们俩都在乌里耶夫家做客，吃完饭以后，我在钢琴旁边坐下来，当然，我是多喝了几杯，你知道，考虑问题也不那么周到，当时我唱了两支歌：《香草酒》和《面对诚实的人欢歌狂舞》。没想到他听了以后说什么：‘法官不该这样，这种思想方式有碍为官之道。我决不会允许他参加选举！’从那个时候起，每次选举，他都出来挡我的道。我骂也骂过他，也曾走过另外一条路——可无论怎么做，全都无济于事！我坐上马车一动身，他就闻出气味儿来了……有什么办法呢？不管怎么说，我也当选不了啦！这是定而不疑的……从前那几次，我都落选了，究竟是什么原因呢？想来都是他在作怪！”

“得了，快别说了，一个受过教育的人，大学毕业，怎么倒像婆婆妈妈那样迷信……”

“我从来不迷信，只不过我相信征兆：凡是十三号那天，我着手做什么事，或是碰见这号人，结局总是挺糟糕。当然，这些都是瞎说，是无稽之谈，不能信以为真，但是……请你解释解释，为什么征兆预示的，总能够发生呢？恐怕你也解释不了！照我看，迷信倒不必，可为了稳妥起见，倒不妨顺从那些该死的征兆……咱们回去吧！老兄，不管是我还是你，这一次都不会当选，说不定还有更倒霉的事儿，比如断了车轴，或者打牌会输钱什么的……你就走着瞧吧！”

一辆农民的大车赶过来了，走到与四轮马车错车的位置。大车上坐着个矮小衰迈的教士，头上那顶宽边高礼帽由于年久日深颜色已经发绿，身上是帆布法衣。两辆车错车的一刹那，他摘下礼帽，弯腰行礼。

“这样做可不好，神甫！”施洛赫沃斯托夫摇了摇手说，“这种恶毒的行径跟您的圣职不相称！是啊！临到末日审判，你会为此遭到报应呀！……我们回去吧！”他转过脸来对加久金说，“只不过是白白跑了这么远……”

不料加久金却不同意往回返。

同一天傍晚，两个朋友坐着马车往回走……他们俩全都脸色通红、神情抑郁，就像天气骤变以前西天的晚霞。

“我本来跟你说过应该回去！”施洛赫沃斯托夫抱怨说，“我原本说过。为什么你不听我的？你还说什么迷信！看你现在信不信！落选倒也罢了，那些下流痞子们还指责，嘲笑，该死的东西！说什么酒馆，说‘你在你的地盘上开酒馆！'哼，我就是开酒馆了！这跟旁的人有什么相干？我就开，就开！谁敢管？！"

"算了吧，再过一个月你就是主席候选人了，"加久金安慰他说，"今天大家故意不选你，为的是好选你当主席……"

"你说的倒好听，像夜莺唱歌似的！你总是安慰我，阴险的家伙！其实，第一个投我反对票的就是你！今天一张赞成票也没有，全是反对票，由此可见，你这个朋友投的也是反对票……多谢了……"

过了一个月，两位朋友坐着马车沿着同一条路去参加自治会主席的选举，但这一次不是九点多钟上路，而是六点多就动身了。施洛赫沃斯托夫在四轮马车里坐不安稳，提心吊胆地望着那条大道……

"他想不到我们动身这么早，"他说，"可不管怎么说，还是该快点走……他这个人鬼极了，说不定他有暗探！赶车吧，米奇卡！快！……昨天，老兄，"他扭过脸来对加久金说，"我打发人给奥尼西姆神甫送去了两袋燕麦和一封特茶叶……想给他点儿好处，让他心软下来，谁知他收下礼物，却对费多尔说：'替我向你家老爷问好，就说我谢谢他送来的礼物，不过，你还要告诉他，就说我是收买不了的。别说只送一点儿燕麦，就算是送来金条也动摇不了我的想法。'是不是不通人情？走着瞧吧……你坐车出门，弄不好会撞上个胖魔鬼……赶车吧，米奇卡！"

四轮马车驶进了神甫奥尼西姆住的村庄……经过神甫家院子的时候，两个朋友往大门里看了一眼……只见奥尼西姆正手忙脚乱地围着大车转，急于把马套上车去。他一只手扣紧自己的腰带，用另一只手和牙齿把皮套套到马背上去……

"晚喽！"施洛赫沃斯托夫哈哈大笑，"暗探打了报告，可惜迟了！哈哈！让你咬不着！怎么样，完蛋了吧？叫你说什么收买不了！哈哈！"

四轮马车驶出了村庄，施洛赫沃斯托夫觉得已经脱离险境，他不禁欢呼起来。

"啊，老兄，在我的管辖下，绝不会有这样的桥梁！"未来的主席眨了眨眼睛，开始吹牛。"我要把那些包工头们严加控制！在我的管辖下，不会有这样的学校！只要我一发现，哪个教师是酒鬼，或者是社会主义者——走人吧，老兄！立刻给我走！在我的管辖下，自治会的医生绝不敢穿着红衬衫大摇大摆地走路！我，老兄……你，老兄……快赶车，米奇卡，免得再碰见别的教士！……呶，看样子我们能顺利到达……哎呀！”

施洛赫沃斯托夫突然脸色煞白，一下子跳了起来，向被毒蛇咬了似的。

“兔子！兔子！”他大声叫道。“兔子横穿道路！哎、哎、哎！见鬼！恨不得把它撕碎了才好！”

施洛赫沃斯托夫摇了摇手，垂下了头。他沉默了一会儿，想了想，伸手摸摸惨白有汗的脑门儿，小声说道：

“运气不好！看起来，我是挣不到两千四了……往回走吧，米奇卡！运气不好！”

村　长

在某县城一家肮脏的小饭馆里，村长希里玛坐在桌边，还在吃一盆油腻的肉粥。他不停地吃，每吃完三勺肉粥，就喝一杯酒，并且总说这是喝的“最后一杯”。

“就是这样嘛，你真是我的知心人，农民的案子很难办！”他对小饭馆的老板说，在桌子底下不时扣上那些撑开的纽扣。“是啊，好兄弟！农民的案子这种事，连俾斯麦[①]也缺乏了解。要办这种案子，脑子得特别灵，还得有手腕。为什么那些农民那么喜欢我？为什么他们像苍蝇似的围着我转？啊？我总能吃带油的肉粥，别的律师连点油星儿也沾不上，这都是什么原因？就因为我脑袋瓜儿好使，有才干。”

希里玛喘着粗气喝干一杯酒，神气十足地伸直了肮脏的脖子。这个人不仅脖子不干净，他的两只手、衬衫、裤子、餐巾、耳朵……全都肮里肮脏透着龌龊。

“我没有什么学问。干什么撒谎呢？我不是大学毕业，也不像学者们那样穿大礼服，不过老弟，我不采用任何压制措施，可以毫不谦虚地对你说，像我这样精通法律的人，在一百万人当中你也找不出第二个来。换句话说，斯科平的案子[②]我没审过，萨拉·贝凯尔的案子[③]我也没办过，可

---

① 俾斯麦：普鲁士王国和德意志帝国首相，推行铁血政策，发动战争，对外扩张。

② 斯科平的案子：指1884年莫斯科的斯科平银行倒闭案。

③ 萨拉·贝凯尔的案子：指1884年发生在莫斯科的一起有名的凶杀案。

是牵涉到农民的案子，那就不管什么样的辩护律师，不管什么样的检察官，全都不在话下……没有一个是我的对手。真的，上帝作证！只有我一个人擅长办理农民的案子，别的人都不行！就算你是罗蒙诺索夫[①]，就算你是贝多芬，要是你没有我这份才干，那最好别来插手管我的事。举个例子，就拿列普洛沃村的村长那个案子来说吧。你听说过这个案子吗？”

“没有，没听说过。”

“这案子很有意思，需要点手腕！普列瓦科[②]遇上他也会栽跟头，可我一经手，办得干净利索。是这么回事，离莫斯科不远，我的兄弟，有一座铸造大钟的工厂。就在这个工厂里，我的知心人，我们列普洛沃村的一个农民在那里当工长，他的名字叫叶甫多吉姆·彼得罗夫。他在那里已经干了二十来年。看他的身份证，当然喽，他是庄稼人，穿树皮鞋的乡巴佬，要是看他的仪表相貌，那就全不像个乡下人。在这二十年中间，他有了文化，变得非常体面。你知道吗，他穿着花呢子衣裳，手上带着几枚金戒指，肚子上还绷着一条金链子——你看了都不敢接近他！完全不像个庄稼人！其实他这样子毫不奇怪，我的兄弟！一千五百卢布的薪水，管住，管吃，老板跟他称兄道弟，就这样，他不由自主地扎进了老爷堆儿里。他脸上的表情，你知道吗，也真那个……”说话的人喝了一杯酒，“……也真叫人感动。不过，我的兄弟，这位叶甫多吉姆·彼得罗夫忽然心血来潮，想回自己的家乡看看，也就是想回到我们的列普洛沃村。他本来日子过得挺好，可忽然有点儿想念家乡。大钟铸造厂里生活赛过蜜糖，当工长的似乎没有什么发愁的事儿，但是，你知道那句名言：‘家乡的炊烟也香甜！’就拿你来说吧，要是你能去美国，在那里发了大财，金钱堆成了堆儿，你仍然会想念你这个小饭馆。这位好心肠的工长也像这样想念家乡。得，说走就走！他向老板请了一个星期的假，就动身上路了。回到家乡列普洛沃，头一件事就去看望他的本家和亲戚。

① 罗蒙诺索夫：俄罗斯伟大的学者，诗人。
② 普列瓦科：俄国法学家，法庭演说家。

他说：'想当年我在这地方住过。我在这儿放牧过父亲的羊群。我在这个地方睡过觉。'如此这般讲个没完……一句话，回想的全都是小时候的经历。喏，他免不了也有吹牛夸口的时候，比如说什么：'嗨，弟兄们，你们也瞧瞧！从前像你们一样，我也是穿树皮鞋的穷汉子，可我靠劳动，靠汗水，一步一步成了上等人，有了钱财，过上了饱暖的日子。你们也该好好干啊！……'那些大老粗起初听他吹，夸奖他，可是后来他们想：'话说得不错，是个好人，你说的这些都好极了，只是你能给我们什么好处呢？你在我们这儿待了都一个星期了，连半瓶子酒都舍不得请我们喝……'他们就派出乡村警察去见他……'叶甫多吉姆，请拿出一百卢布吧！''这是为什么？''给村社打酒喝……村社的人想热闹热闹祝福你健康长寿……'

"但叶甫多吉姆为人稳重，信教敬神。他既不喝酒，也不抽烟，同时也不允许别人这样做，他说：'打酒，我连一个小钱都不给！''怎么能这样说话？你有什么权力这样横？难道你不是我们的人？''是你们的人又怎么样？我没有拖欠税款……该交的都交了。凭哪条哪款我该出钱？'

"你一言我一语，争来争去。叶甫多吉姆坚决不给，村社的人坚持让他出钱。最后，村社的人发火了。你肯定了解那些浑人！跟他们讲不通道理。他们打定主意想喝酒热闹，哪怕你有十二张嘴他们也不听劝，哪怕用大炮去轰，也镇不住他们。就一门心思想喝酒，铁了心了！说起来这件事的确让人恼火。一个本地乡亲发了财，却一毛不拔，一点儿油水儿不出！他们就琢磨着找茬，连敲带诈也要让叶甫多吉姆掏出一百卢布来。全村社的人琢磨来琢磨去，什么办法也没想出来。他们就围着叶甫多吉姆住的房子来回转悠，不停地吓唬他：'看我们怎么收拾你！我们要给你点厉害尝尝！'可他坐在自己家里满不在乎，全当耳旁风。他想：'我是清白的，面对上帝，面对法律，面对村社，我都问心无愧，我怕什么呢？我是一只自由鸟！'说得好！那些农民发现，他们见不到钱，就像见不到自己的耳朵一样。他们就开始琢磨怎样把这只自由鸟翅膀上的毛统统拔光，以惩罚他的大不敬。他们想不出好办法，就打发人来找我。

我就来到了列普洛沃。他们说：'是这么这么回事，丹尼斯·谢苗内奇，他不肯给钱！你给想个计策吧！'我的兄弟，你说该怎么办呢？什么计策也想不出来，事情明摆着，叶甫多吉姆完全有权利这样做。任何一个检察官也想不出什么计策来，哪怕想上三年也白搭……连魔鬼也难找他的茬。"

希里玛喝干了一杯酒，挤了一下眼睛。

"可是我就想出了个找碴儿的法子！"他嘿嘿地笑着说，"是啊！你猜猜我想出了什么主意？恐怕你一辈子也猜不出来！我说：'这么办吧，乡亲们，你们选举他当你们的村长好了。'他们领会了我的意思，果然选上了他。你接着往下听。他们给叶甫多吉姆送去当村长的铜牌牌。叶甫多吉姆一看就笑了，他说：'你们真会开玩笑，我可不愿意给你们当村长！''我们愿意让你当！''可我不愿意！明天我就走人！''不行，你走不了！你没有这个权利。法律规定，村长不能随便抛弃他的职位。'叶甫多吉姆听了说：'既然这样，那我就辞去这个职务。''你没有这个权利。村长上任起码得干三年，只有法院判决才能撤销他的职务。既然我们选上了你，那就无论是你，还是我们……谁都不能撤销你的职务！'

"我的那位叶甫多吉姆急得叫了起来。他像火烧屁股似的飞跑着去找乡长。乡长和文书搬出了所有的法律条文给他看。他们说：'根据某条条款任职不满三年，你不能辞职。你就干三年吧！干满三年你再走！''说什么干三年！我连一个月也等不了！缺了我，老板就像缺了左右手！他要亏损几千卢布呀！再说，除了工厂的事儿，我那里还有家，还有老婆孩子哪！'

"这件事一直没完。又过了一个月。叶甫多吉姆想塞给村社的已经不是一百，而是三百卢布了，只求他们看在基督的分上能放他离开。那些人倒是乐意把钱收下，但是他还是走不了，因为钱交得太晚了。叶甫多吉姆去见常任委员先生。他把事情的来龙去脉讲了一遍，然后说：'大人，由于家庭环境的拖累我不能任职。我祈求上帝保佑，您放我走吧！''我没有这样的权利。没有解除职务的法律依据。第一，你没有生病；第二，你

没有被法院判处有罪。你必须担任村长。’

“还应该告诉你，那儿的人说话一律用‘你’称呼对方。在这个国家，乡长和村长都不是小人物，他们比任何办事人员都更有地位，更显要，可是许多人跟他们讲话都说‘你’啊‘你’的，就跟招呼听差似的。身穿花呢衣裳的叶甫多吉姆听见人们总是用‘你’称呼他，心里很不是滋味儿！他恳求常任委员看在基督的面上放他走。

“‘我没有这种权利，’他说，‘你要不信，那就到县府去问问。他们会给你说清楚。别说是我，就连省长也不能解除你的职务。村社大会的决议，只要不违背法律，就不能撤销。’

“叶甫多吉姆去见首席贵族，从首席贵族府上出来又去求见县警察局长。他走遍了全县，所有的人对他说的都是同一句话：‘你干吧！我们没有权利放你走。’怎么办才好呢？工厂寄来了一封信又一封信，拍来了一封又一封电报，催他回去。叶甫多吉姆的亲戚劝他派人来请我。他呢，你信不信？根本就没有派人，而是亲自坐着马车找我来了。一进门，二话不说把一张十卢布的红票子塞到我手里，说：‘我只能指望您了。’

“‘这有什么难的？’我说，‘我照办就是。只要您肯出一百卢布，我就替您想办法解除职务。’

“我接过一百卢布，办法也就想好了。”

“怎么办呢？”小饭馆的老板问。

“你猜猜看。小匣子一掀就开，问题很简单。谜底就在法律本身。”

希里玛走到老板跟前，哈哈笑着凑近他的耳朵小声说：

“我给他出了个主意，让他去偷点儿东西，然后去法庭受审。怎么样？这个计谋妙不妙？起初，老弟，他惊呆了。‘怎么能去偷东西呢？’我说：‘不妨这么做，你从我这儿把这个空钱包偷走，就会判你坐一个半月的班房。’开始的时候，他死活不肯，怕坏了他的好名声，顾虑很多。我又说：‘见鬼，你的好名声有什么用？你当你这是填写履历表吗？你在班房里待一个半月，案子就算了结，因为你有这判罪的前科，村长那块铜牌牌就可以摘掉啦！’那家伙想了一会儿，一甩手，就把我的钱包给偷走了。现在，他的服刑期已经满了，他正为我向上帝祈祷呢。你瞧瞧，老弟，咱这脑瓜灵不灵！说到办农民的案子，整个世界就再也找不出第二个这样的行家来，能办这种案子的，只有咱是独一份。谁都不能推翻原来的案子，我却做到了。是的，一点儿不跟你吹牛！”

希里玛又要了一瓶伏特加，开始讲第二个故事：列普洛沃村的农民怎么样偷人家的庄稼然后去换酒喝。

未婚夫和好爸爸

“我听说您要结婚啦！”在别墅晚会上，一个熟人问彼得·彼得罗维奇·米尔金，“什么时候举办婚礼酒会呀？”

“您听谁说我要结婚？”米尔金的脸红了，“哪个傻瓜对您说的？”

“大家都在说呀，而且从种种迹象也看得出来……不用隐瞒了，老弟……您以为我们什么都不知道，可我们把您看得很透，我们了解您！嘿嘿嘿……凭各种情况都看得出来……您从早到晚总是在康德拉什金家坐着不走，在那儿吃中饭，吃晚饭，唱爱情歌曲……您只陪娜斯金卡·康德拉什金小姐一个人散步，您也只为她一个人带去鲜花……我们把这些都看在眼里啦，先生！前几天我碰见了康德拉什金本人，这位有名的好爸爸对我说，你们的事已经准备就绪，只等您从别墅搬进城里，立刻就举行婚礼……是这样吧？上帝保佑！与其说我是为您高兴，倒不如说我为康德拉什金高兴……要知道这个可怜的好人有七个女儿！七个！这是开玩笑吗？求上帝保佑，哪怕先嫁出去一个也好啊……”

“见鬼去吧！……”米尔金心里想，“这已经是第十个人提到婚礼的事了，都说我要娶娜斯金卡。他们有什么根据得出这种结论呢？统统都该死！就凭我天天都在康德拉什金吃饭，跟娜斯金卡一块儿散步？……不，是时候了，必须制止这些流言蜚语！不然的话，一不留神，真让他们撺掇着结了婚，那可就糟了！……明天我就去找那个糊涂虫康德拉什金，跟他解释解释，让他别心存妄想，说完了一走了事！”

就在这次谈话的第二天，米尔金怀着慌恐不安和有几分胆怯的心情，走进了七品文官康德拉什金别墅的书房。

“您好啊，彼得·彼得罗维奇！”主人迎上来说，“日子过得怎么样？觉得无聊了吧，天使？哈哈！……娜斯金卡马上就来……她到古谢夫家里去了，一会儿就回来……”

“说真的，我不是来找……”米尔金声音含混地说，慌乱中用手搔了搔眼皮。“我想找您谈谈……有些话我想对您说……眼睛里好像有什么东西……”

“那您准备谈什么呢？”康德拉什金一只眼睛挤了一下说道，“哈哈……年轻人呀，您为什么这样心慌意乱？啊，男子汉啊，男子汉！有为难的事了吧，小伙子！我知道您想跟我谈什么！哈哈！……早就该说啦！……”

“说真的，怎么说好呢……是这样，您看，这么说吧，我……我是来向您告别的……明天我要走啦……”

“您是说您要离开这里？”康德拉什金问道，眼睛瞪得圆圆的。

“很简单……我要走了，就这么回事……请允许我感谢您的殷勤款待……您的女儿都非常可爱……我永远不会忘记那些时刻……”

“对不起，先生……”康德拉什金涨红了脸说道，“我没有完全弄明白您的意思。当然，每个人都有权利离开，您想做什么事情尽可以去做，不过，仁慈的先生，您……这是逃避……这样做很不诚实呀，先生！”

“我……我……我不明白，这怎么算是逃避？”

“整个夏天您往这里跑，吃吃喝喝，撩拨人的希望，从早到晚跟女孩子们说说笑笑、东拉西扯，现在倒好，突然冒出来一句：我要走啦！”

“我……我可没有撩拨什么人的希望……”

“当然……您还没有求婚，但是，您为求婚已经迈出了好几步，难道这还看不出来吗？您每天都来吃饭，整个晚上挽着娜斯金卡的胳臂散步……难道这些做法都是无缘无故的吗？只有求婚的人才天天来吃饭，您要不是来求婚，我何必白白让您吃喝？先生，不诚实呀！我连听都不想听您解释！请您当机立断提出求婚吧，不然的话，我可就……那个……”

“娜斯金卡非常可爱……她是个好姑娘……我尊敬她，而且……找不到比她更好的妻子……不过，我们俩的信念和观点合不来……”

“这就是理由？”康德拉什金笑了笑说，“只有这一条理由吧？你真是我的宝贝儿！与丈夫观点合得来的妻子，难道能找得到吗？哎，年轻人呀，年轻人！太稚嫩啦，太稚嫩！年轻人一涉及什么理论，那就，真的，嘿嘿……简直叫人脸上发烧……现在观点合不来，过一段日子，所有这些疙疙瘩瘩的小摩擦全都磨平啦……刚修好的马路，不好行车，等车来车往多跑上几遍就好多了，这真是说怪也不怪！”

“道理是这个道理，不过……我配不上娜斯金卡·康德拉什金……”

“配得上，配得上！没关系！你是个非常出色的小伙子！”

“您不知道，我有许多缺点……我穷……”

“不要紧！您能挣到薪水，这就谢天谢地啦！……”

“我……是个酒鬼……”

“不，不，不！我从来没见您喝醉过！……”康德拉什金摇着手说，“年轻人没有不喝酒的……我自己也是打年轻时走过来的，那时候常常喝过了头。这是免不了的……”

“但是我酗酒成性，这是老一辈遗传下来的毛病！”

“我不信！这么有朝气，忽然说酗酒成性，我才不信呢！”

“我骗不了这个魔鬼！”米尔金心里想，“他真是巴不得把女儿打发出去！”

“我不仅酗酒成性给自己带来苦恼，”他接着大声说，“我还有别的坏毛病，我贪污受贿……”

“好孩子，这年月谁不贪污受贿啊？哈哈哈！这个嘛，不必大惊小怪！”

“再者说，还不知道下一步我的命运如何，因此我也没有权利结婚……我一直隐瞒着不敢对您说，不过，现在您应该知道这件事了……我……我因为盗用公款将受到审判……”

“受审判？”康德拉什金惊呆了，“哦……这倒是个新闻……这件事我不知道。真的，不知道自己命运如何，的确不能结婚。那您盗用的公款很多吗？”

“十四万四千卢布。”

“噢，数目不小！真的，得去体验西伯利亚的风寒啦……这样一来我那个丫头就白白地给毁啦。既然如此就没有什么办法了，愿上帝保佑您吧……”

米尔金轻松地长出了一口气，探过身子去拿帽子……

“不过，”康德拉什金想了想接着说，“如果娜斯金卡爱您，她就能跟着您到那里去。假如她害怕做出牺牲，那还叫什么爱情呢？再者说，托木斯克省是个物产富饶的地方。老弟，在西伯利亚可比在这个地方好过。要是没有家庭拖累，我自己也乐意去那边。您可以求婚！”

“好一个固执己见的魔鬼！”米尔金心里想，“为了减轻他肩上的负担，不惜把女儿嫁给罪犯。”

“但这还不是全部实情……”他接着大声说，“我受审判，除了盗用公款，还因为伪造文书。”

“横竖都一样！不就是惩罚一次吗！”

“呸！”

“你啐吐沫为什么那么大声音？”

“没什么……您听我说，我还没有把实情统统说出来……您不要逼我吐露我生活中的秘密……那是个可怕的秘密！”

“我不想探听您的秘密！无非是些小事！”

“不是小事，基利尔·特罗菲梅奇！要是您听了，了解了我是什么人，那您会躲避唯恐不及呢……我……我是个逃亡的苦役犯！”

康德拉什金像被毒蛇咬了似的，一下子从米尔金身旁跳到一边，目瞪口呆地盯着米尔金，随后倒在圈椅里，不停地呻吟。

“真没料到……”他含含糊糊地说，“焐在我怀里的是个什么东西！您走吧！看在上帝的面上，您快走吧！让我再也别看见您！唉！”

米尔金拿起了帽子，庆幸自己的胜利，朝门口走去……

“等一等！”康德拉什金叫住了他，“为什么直到今天您没有被捕呢？”

“我用的是别人的名字……要逮捕我很难……”

“也许，直到去世的那一天，您可以就这样生活，谁也不会知道，您是什么人……您等一等！现在您已经是个诚实的人，早就已经悔改了……上帝保佑您，这么说来，您还是可以结婚！”

米尔金吓得浑身冒汗……撒谎，承认自己是个逃亡的苦役犯，再接着往下编已经找不到词儿了，现在出路只剩下一条：不怕丢面子悄悄逃走，也不说明逃走的理由……他已经盘算好溜出门去，但脑子里突然闪现出一个念头……

“您听我说，您还是不了解全部真情！”他说，“我……我是个疯子，神经病患者和疯子是不准结婚的……”

“我不信！疯子说话不可能这么有条不紊……”

“这么说来，您还是不明白！难道您不知道，许多疯子只是在一定的时候发疯，其他时候跟正常人没有什么差别吗？”

“我不信！你别说了！”

“既然这样，我去找医生开证明，然后给您看。”

“证明，我相信，但我不信您说的话……好一个疯子！”

“过半个小时，我把证明给您送过来……那就再见吧……”

米尔金一把抓起帽子，赶紧跑出门去。过了五分钟，他走进了他的朋友菲邱耶夫医生的家，不巧的是，他来得不是时候，医生和他的妻子刚刚发生了一场争吵，此刻医生正在梳理他那考究的发型。

“我的朋友，有件事求你帮忙！”米尔金对医生说。“是这么回事……有人死死纠缠逼我结婚……为了逃避这场灾难，我想证明自己是个疯子……这倒有几分像是哈姆雷特的办法……疯子，你知道，是不能结婚的……作为朋友，给我开一张证明吧，证明我是疯子！”

“你不想结婚？”医生问。

“不管怎么说都不愿意！”

“既然这样，我不能给你开证明，”医生说，用手摸了摸考究的头发，“谁不想结婚，他准不是疯子，恰恰相反，他是个聪明人……等到什么时候你想结婚了，得，那时候你再来找我开证明吧……显然，到那时候你就真的发疯了……”

一家之主

通常是打牌输了一大笔钱，或是酗酒引起胃炎发作以后，往往会发生这种事。斯杰潘·斯杰潘内奇·瑞林刚刚睡醒，他的心情格外烦躁。只见他耷拉着脸，眉头紧锁，头发乱蓬蓬的。脸色发灰，气呼呼的样子，也不知道什么人招惹了他？也不知道什么事让他心烦？他慢腾腾地穿衣服，慢腾腾地喝着法国产的维希矿泉水，从这个房间走到那个房间，不停地走来走去。

“我倒要弄个明白，是哪个畜生在这儿来回溜达，也不把门儿关上？”他气冲冲地吼叫，掩紧长袍的衣襟，大声朝旁边啐唾沫。“把这张纸拾起来，怎么乱扔在这儿？我们养着二十个奴仆，可家里比小酒馆还乱。谁在那里拉门铃？哪个可恶的家伙来啦？”

“来的是安菲莎大妈，我们的费佳是她给接的生。”妻子回答说。

“老到这里来闲逛……这些白吃饱的东西！”

“真叫人弄不明白，斯杰潘·斯杰潘内奇，是你自己亲自叫她来的，现在你又骂人家。”

“我这不是骂人，我是在说话。你还是干点儿正经事儿去吧，太太！不要总抄着手坐着，动不动就找茬吵架！以我的名义起誓，简直弄不明白，这些妇道人家，怎么能一天到晚什么事也不做！丈夫做事，像一头牛，像牲口似的干活儿，可是太太呢，那生活的伴侣，却像个宝贝儿似的闲坐着，什么活儿也不干，就等着瞅空子跟丈夫争吵、怄气解闷儿。是时候啦，太太，该把贵族女子学校那一套习气抛到一边去啦！现在，你已经不是女学生，不是小姐了。你当了母亲，你是人家的妻子！你扭过脸去干什么？啊哈！沉痛的真理让你听着不舒服，是不是？”

“说来也怪，你说出沉痛的真理时，一定是肝脏又在疼痛。”

“好啊，一场闹剧又要上演啦，又开始叫板啦……”

“昨天你进城了，是不是？必定又在什么人家打过牌，对不对？”

“打过牌又怎么样？谁管得着？莫非我还得请求什么人批准吗？我输的钱，难道不是我自己挣的吗？我自己花的那些钱，还有这个家所有的花销，统统都是我自己的！你听见了吗？那都是我的钱！”

翻来覆去，絮絮叨叨，他说的都是这一套。但是，吃午饭的时候，当全家人都坐在了他的旁边，斯杰潘·斯杰潘内奇絮叨得最起劲，最严厉，也说得最有道理。话题通常总是由菜汤说起。刚刚喝完头一勺汤，瑞林突然皱起眉头，不再吃东西。

“鬼才知道这是什么汤！……”他气哼哼地抱怨说，“看起来，只好上饭馆去吃饭了。”

“怎么啦？”妻子不安地问，“莫非汤不好喝？”

“除非有猪一样的胃口，要不然，谁也喝不下这泔水一样的汤！放盐太多，还有抹布的气味儿……没有放葱花儿，倒像是搁了几个臭虫似的……简直叫人恶心，安菲莎·伊万诺芙娜。”他扭过脸去对前来做客的安菲莎大妈说，“为了吃饭，每天流水似的花钱……自己什么都舍不得买，可是给你吃的竟然是这种肮脏东西！大概他们成心想让我辞掉公职，亲自下厨房去烧菜做饭啦！”

“今天的汤好喝……”家庭女教师怯懦地说。

“是吗？您这样认为？”瑞林说，生气地眯缝着眼睛盯着她。“不过，每个人都有自己的口味儿。一般说来，应该承认，我和您口味方面大不相同，瓦尔挖拉·瓦西里耶芙娜。比方说吧，这个孩子做什么，您都喜欢。”瑞林用不以为然的手势指了指自己的儿子费佳。“您看见他就高兴得不得了。可是我……我看见他就有气。真的，小姐。”

七岁的男孩费佳面色苍白，像有病的样子，他的嘴停止了咀嚼，不再吃东西，垂下了眼睛，脸色更加苍白了。

“是的，小姐，您高兴得很，我却感到生气……我们两个当中谁是谁非，我不知道，但是我敢断定，作为父亲，我比您更加了解自己的儿子。您瞧瞧，他那副坐相！难道有教养的孩子能那样坐着吗？你给我坐好喽！”

费佳抬起下巴，伸直了脖子，他以为坐得端正多了，眼睛里的泪水几乎快要流出来了。

“吃饭！把汤勺儿拿好！你给我小心点儿，回头我会收拾你，你个小坏蛋！不许哭！抬起头来看着我！”

费佳极力抬起头来看着父亲，可是他的脸在发抖，眼睛里满含着泪水。

“啊哈……你哭！你错了，你还有脸哭？去，站到墙角去，畜生！”

“不过，先让他吃完饭吧！”妻子求情说。

“不许吃饭！这么坏……这么淘气的孩子没有权利吃饭！”

费佳哭丧着脸，浑身哆嗦，从椅子上爬下来，朝墙角走去。

“不听话还会处罚你！”当父亲的继续说，“如果没有人愿意管教你，那么只好由我来管……有我在，孩子，不许淘气，吃饭的时候不准哭！笨蛋！你得做事！明白吗？做正经事！你父亲做事，你也得做事！谁也不能白吃面包！你必须做个人！做个正派的人！”

“你别说了吧，看在上帝的面上！”妻子用法语请求说，“至少别当着外人的面骂我们……这老太太什么都听见了，她一张扬，弄的全城的人都会知道……”

“我不怕外人知道，”瑞林用俄语回答，“安菲莎·伊万诺芙娜看得出来，我说的话有道理。怎么着，瞧你的意思，对这个顽皮的孩子，我应该表示满意吗？你知道他让我破费了多少钱？难道你以为我会造钱，我的钱是白来的吗？不许哭！闭嘴！你到底听不听我的话？小坏蛋，你是不是想让我用鞭子抽你一顿？”

费佳尖声大叫，开始号啕痛哭。

“这真让人受不了！”孩子的母亲说，她把餐巾丢开，从桌子旁边站了起来。“他从来不让我们安安静静吃顿饭！你的那块面包卡在我这里！”

她摸了摸后脖颈儿，用手绢捂住眼睛，从饭厅里走了出去。

“她觉得委屈了！”瑞林抱怨说，勉强地笑了笑。“娇生惯养……这么说，安菲莎·伊万诺芙娜，人们都不喜欢听真话……我们反倒有错了！”

一连几分钟没有人说话。瑞林用眼睛扫视着那些盘子，发现谁也没有碰过菜汤，不由得深深叹了一口气，然后目不转睛地盯着家庭女教师涨得通红、充满惊恐不安的脸。

“您为什么不吃呀，瓦尔挖拉·瓦西里耶芙娜？”他问，“您生气了，是吧？是啊……不喜欢说真话。得，请您原谅，小姐，我天生就是这样的脾气，我不会弄虚作假……我从来都说实话。”他又叹了一口气。“不过，我看得出来，我在这儿，让人不高兴。当着我的面，大家不便于说话，不好意思吃饭……怎么才好呢？告诉我一声，我就走……我现在就走。”

瑞林站起来，威严地朝门口走去。费佳仍在哭泣，从他身边经过时，瑞林收住了脚步。

“这里发生的事都过去了，您获得自由了！”他对费佳说，威严地向后仰着头。“从今往后，对于您的管教我再也不插手了。我洗手不干了！请您原谅吧，作为父亲，我真诚地希望您好，不料却给您和培育您的老师添了麻烦。这一回我要永远卸去肩上的重担，对您的命运再不负责……”

费佳尖声叫着，哭得更厉害了。瑞林威严地扭过身躯，朝门口走去，随后回到了自己的卧室。

饭后睡了一会儿，睡醒以后，瑞林觉得良心不安。他觉得对不起妻子，对不起儿子，对不起安菲莎·伊万诺芙娜，以至于一想到午饭时发生的那一幕情景，他就感到害怕，感到难以忍受，但是他的自尊心又很强，没有勇气坦诚地认错，因此他就继续撅着嘴，不停地抱怨……

第二天早晨醒来，他觉得心情非常好，洗脸的时候，快活地吹着口哨。走进饭厅去喝咖啡，他在那儿看见了费佳。费佳见父亲走进来，就站起身来望着他，脸上一副茫然的表情。

“嘿，怎么样，年轻人？”瑞林坐在桌子旁边，快活地问道。“您有什么新闻吗？年轻人？过得好吗？喏，过来，小胖子，亲亲你的父亲。”

费佳面色苍白，表情严肃，走到父亲跟前，用颤抖的嘴唇碰了碰他的面颊，然后走回去，默默地坐到自己的位子上。

士官普里希别耶夫

“士官普里希别耶夫，您被指控今年九月三日用语言和行动侮辱了本县警察瑞根、村长阿良波夫、乡村警察叶菲莫夫、见证人伊万诺夫、加甫利洛夫，以及六个乡民，况且前面三个人是在执行公务的时候，受到了您的侮辱。您承认自己有罪吗？”

普里希别耶夫士官满面皱纹，脸上疙里疙瘩好像长着刺，他把两只手贴紧裤缝，用沙哑沉闷的声音回答问话，每一个词都咬得清楚准确，就像喊口令似的：

“老爷，调解法官先生！事情是这样，依据法律的全部条款，有必要让双方陈述当时的种种情况。有罪的不是我，而是他们那一伙人。这件案子的全部起因是由于一具尸体——但愿他灵魂升天！三号那天，我和我老婆安菲莎正在平静、规矩地走路，忽然看见河岸上乱乱哄哄站着一大群人。平民百姓有什么权利扎堆聚会？我要问清楚，究竟为什么？哪一款法律条文上写着人们可以成群结伙？我大喝一声：散开！然后就连推带搡让那些人走开，各自回家，我还命令乡村警察揪着他们的脖子轰他们走……”

“请问，您既不是县里的警察，又不是村长，驱散人群这件事，难道该由您来管吗？”

“不归他管！不归他管！”从审讯室的各个角落响起来了人们的喊叫声，“他搅得老百姓都没法活了，老爷！十五年来我们忍受他的欺压！自打他从军队退役回来，我们都巴不得能从村子里逃走。全村人个个都受他的折磨！”

“正是这样，老爷！”作证的村长说道，“我们整个村社都怨声载道！跟他在一起，简直没法过日子！不管是过节时抬着圣像沿街巡游，还是有人家举办婚礼，或者，比方说，出了一点儿鸡毛蒜皮的小事儿，到处都能听见他大声吼叫，吵吵嚷嚷，总在维持秩序。见了小伙子们，他拧人家的耳朵；暗地里监视婆姨们的行动，生怕出什么事儿，仿佛他是人家的公公似的……前几天，他挨门挨户下命令，不准许人们唱歌，不许点灯。说什么，压根就没有一条法律允许人们唱歌！”

“请您等一等，您还有机会提供证词，”调解法官说道，“现在，让普里希别耶夫接着讲。请继续往下说吧，普里希别耶夫！”

“遵命，先生！”士官声音沙哑地说，“您，老爷，承蒙您指教，驱散人群不是该我管的事……好吧……万一出了乱子呢？难道能容忍平民百姓胡闹吗？哪一条法律写着老百姓可以由着性子乱来呢？我可不能容忍，先生！我要不把他们赶走，我要不去追究，哪个人敢出面来管？什么是真正的秩序，谁都不懂。整个村子里只有我一个人，可以这么说，老爷，只有我知道，怎么样整治那些平头百姓，老爷，什么事情我都明白。我不是乡巴佬，我是士官，退役的军需中士，在华沙的司令部里服过役。在那以后，您知道，我干脆退了伍，当了消防队员，再后来，由于身体不好离开了消防队，在一所专门招收男生的正统初级中学当了两年守卫……所有的规章守则我都懂，先生！至于庄稼人，都是些愚昧的草民，他们什么都不懂，应该听我的话，因为这对他们有好处。比如，就拿这件事来说吧……我驱散人群，在河岸沙地上有一具尸体，那是从河里捞上来的。我要问，到底他有什么理由躺在那个地方？哪儿有这样的规定？为什么县级警察看着不管？县级警察，我说，你为什么不向上级长官报告？这个人可能是投河自尽，也可能是件凶杀案，案犯得流放到西伯利亚。十有八九这是件凶杀案……但是县里的警察瑞根竟然不闻不问，只顾抽他的烟。他说什么，这家伙怎么在这里指手画脚？他是打哪儿冒出来的？还说什么，少了他，难道我们就不知道该怎么办了吗？我听了就说，既然你站在这儿不闻不问，就说明你这个大傻瓜不知道该怎么处理。他说他昨天就给县警察分局局长打了报告。我就问，为什么给县警察分局局长打报告？依据的是法典的哪一条？像投河、上吊，以及诸如此类的案子，怎么能由县警察分局局长审理呢？我说，警察局长管刑事案件，至于民事案件……我说，必须赶紧派人禀报侦讯官大人和法官大人。我说，头等紧要的是你该打一个报告，给调解法官大人送去。不料他，这个县级警察，竟然一边听，一边笑。那些庄稼汉也跟着起哄。所有的人都跟着笑，老爷。我敢为我的供词发誓。看，这个人笑过，这个人也笑过，连瑞根都笑过。我说，你们龇牙咧嘴笑什么？县里的警察说什么：'调解法官不审理这样的案子'。我一听这句话就冒火。县级警察，这句话是不是你说的？"士官扭过脸去质问瑞根。

"是我说的。"

"大家都听见了，当着那么多平民百姓，你竟然说出这种话来，'调解法官不审理这样的案子，调解法官不审理这样的案子'。大家都听见了，这话是你说的……这句话最让我冒火，老爷，我甚至感到害怕。我说，你再重复一遍，不知深浅的家伙，你把你说过的话再重复一遍！他把他说的话又重复了一遍……我走到他跟前，我说，你怎么敢这样说调解法官大人？你身为警察局的县级警察，竟然反对当局？啊？你知道吗？我说，调解法官他老人家要是恼怒，单凭这句话，就能把你押解到省城的宪兵队，判你个言行不端！我还说，你知不知道，就凭你这些有政治煽动性的言论，调解法官会把你流放到什么地方去？可是村长说话了，他说什么，调解法官从来就不管他权限以外的案子。只有一些小案子才归他审理。他就是这么说的，很多人都听见了……我质问他说，你怎么敢贬低执政官员？我还说，喂，你不要跟我大吵大嚷，老兄，不然的话，没有什么好下场。当年我在华沙，后来在正统中学当守卫的时候，一听到什么违禁犯忌讳的话，就往大街上瞧，看有没有宪兵。看见宪兵我就说：'老总，请到这边来一下。'然后就把事情经过从头到尾向他报告一遍。可如今在村子里，能够向谁报告呢？……我很气愤，不由得一阵恼怒，现在的人太放肆，不服管教，简直忘了他是姓什么的啦，我忍不住抡起巴掌给了他一下子……当然，没怎么使劲儿，就像这样，轻轻地拍打了一下，让他提到老爷您的时候再不敢说那样的昏话……县里的警察却给村长帮腔，因此我也给那个警察来了一巴掌……这样就打了起来……我气得浑身发抖，老爷，您知道，有时候不打人也不行。见了蠢人，你不打，你的灵魂就造了孽。再说这是为了办案子，既然出了乱子……”

“请让我问一句！出了乱子，自有人管。管事的有县里的警察，有村长，还有乡村警察……”

“县里的警察不可能什么都管，再说，我明白的事理他又不明白……”

“可您要明白，这件事跟您没有关系！”

“什么？怎么能说跟我没有关系？怪啦！……人们无法无天，却说跟我没有关系！怎么，莫非要我称赞他们吗？他们向您抱怨，告我不允许他们唱歌……但是歌曲里究竟有什么好玩意儿？本来应该干正经事儿，他们却哼哼唧唧去唱歌！……他们还赶时髦，晚上点着灯坐着。该上床睡觉，他们却说说笑笑。我都给记下来啦，大人！”

“您都记了些什么呢？”

普里希别耶夫从衣服口袋里掏出一张油迹斑斑的纸片，戴上眼镜，念了起来：

“以下几个农民点灯坐着：伊万·普罗霍罗夫、萨瓦·米吉伏罗夫、彼得·彼得罗夫。士兵的老婆舒斯特罗娃是个寡妇，跟谢苗·吉斯洛夫非法姘居。伊格纳特·斯维尔乔克玩弄巫术，他老婆玛芙拉是个巫婆，每到夜晚就偷偷摸摸出去挤别人家奶牛的奶。”

“够啦！”调解法官说道，然后开始审问证人。

普里希别耶夫把眼镜往脑门儿上一推，吃惊地看着调解法官，显然，法官并不站在他这一边。他那双向前凸出的眼睛闪着亮光，鼻子变得通红。他看看调解法官，看看那些证人，左思右想也弄不明白，究竟为什么调解法官会那样激动，不明白为什么审讯室里各个角落常常响起抱怨声，有时还听得见压抑不住的笑声。法庭的判决更让他难以理解：拘禁一个月！

“凭什么拘禁我？！”他摊开双手大惑不解地说，“依据哪一条法律关押我？”

对他说来，有一点是清楚的：世道变了，在这个世界上，无论如何是没法活了。他满脑子都是阴郁沮丧的念头。谁知刚走出审讯室，一看见那些农民，见他们聚在一起议论什么，难以克制的习惯又主宰了他：只见他把两只手贴近裤缝，用气愤沙哑的声音吼叫道：

“百姓们，散开！不许成群结伙！赶快回家！”

厨娘嫁人

七岁的男孩儿戈里沙是个小胖墩儿，他站在厨房门口，一边透过钥匙孔往里瞧，一边偷听。厨房里发生的事，在他看来很不平常，以前从来没有见过。厨房里有一张案子，平日用来剁肉切葱，现在，案子旁边坐着个高大结实的乡下人，穿着马车夫常穿的那种长袍，长着红褐色的头发，大胡子，鼻子上有颗挺大的汗珠儿。他用右手五个手指头托着茶碟喝茶，同时把糖块儿嚼得嘎崩嘎崩直响，戈里沙听了脊背上直起鸡皮疙瘩。上了年纪的老保姆阿克西尼娅·斯杰潘诺芙娜，坐在乡下人对面一个肮脏的凳子上，她也在喝茶。保姆的脸色庄重，同时又流露出一种得意扬扬的神情。厨娘别拉盖娅在炉灶旁边张罗忙碌，看得出来，她想躲得远远的，不让人家看见她的脸。可是，戈里沙发现，她脸上容光焕发……脸蛋儿像是着了火，不停地变换着各种颜色，一开始是紫红色，到最后变成了一片惨白。她走来走去，一刻不停，用颤抖的手去拿刀子、拿叉子、拿劈柴、拿抹布，嘴里嘟嘟哝哝，拿东西磕磕碰碰，可实际上，她什么也没有做。人家在桌子旁边喝茶，她对那张桌子却看也不看一眼。保姆问她话，她总是头也不回，回答得颠三倒四,十分慌乱。

“吃吧，丹尼洛·谢苗内奇！”保姆招待马车夫说，“您怎么老是喝茶呀？您该喝杯酒啊！”

保姆说着，把一小瓶酒和一只酒杯推到客人面前，同时她的脸上显示出非常狡黠的表情。

“我平时不喝酒……不喝……”马车夫推辞说，“您不要让啦，阿克西尼娅·斯杰潘诺芙娜。”

“您这个人怎么回事？当马车夫，却不会喝酒……光棍汉没有不会喝酒的。喝一杯吧！”

马车夫斜着眼睛看看酒瓶，又看看保姆狡猾的脸，他自己的脸上也浮现出同样狡猾的表情，仿佛说：“不，您骗不了我，老妖婆！”

“我不喝酒，别让啦……干我们这一行的，不能沾这玩意儿。手艺人能喝酒，因为他坐在一个地方不动，可我们这帮人，总是在人群堆里，谁都看得见，不是这样吗？你走进小酒馆，外头的马走丢了。要是喝多了，那就更糟糕：眨眼的工夫就睡着了，再不就从车坐上栽下来。就这么回事。”

“那您一天挣多少钱呢，丹尼洛·谢苗内奇？”

“天天都不一样。有的日子能挣一张三卢布的绿票子，有的日子一个小钱也挣不到，只好赶着车回大车店。每天每天都不一样。这年月，我们这营生分文不值。您自己也知道，赶马车的多得不得了，草料很贵，坐车的人又小气，总是巴不得去坐公共马车。不过，话说回来，我没有什么可抱怨的，谢天谢地！吃得饱，穿得暖……甚至还能让养活一个人，让她也过好日子……”马车夫斜着眼睛瞟了别拉盖娅一眼，“……要是人家也能相中的话。”

他们后来还说了些什么话，戈里沙没有听见。妈妈来到厨房门前，吩咐他到儿童室去温习功课去了。

“念书去！听什么？这儿没有你的事儿！”

戈里沙回到儿童室，把课本《祖国语言》摆到面前，但是他没有心思念书。刚才看到的和听到的种种情况，在他脑子里引起了一连串的疑问。

“厨娘结婚……”戈里沙心里想，“奇怪。为什么要结婚呢？我不明白。妈妈跟爸爸结婚。表姐薇罗琪卡跟巴威尔·安德列伊奇结婚。不过，跟爸爸、跟巴威尔·安德列伊奇结婚就结婚，倒还说得过去，因为他们有金表链，有好衣服，他们的皮靴总是擦得锃亮；但是跟这个可怕的马车夫结婚，他长着红鼻子，穿着毡靴子……呸！去他的吧！再说，保姆为什么一心要让可怜的维拉奇卡结婚呢？”

等客人离开厨房走了以后，维拉奇卡出来收拾打扫房间。她仍然有些激动。她的面颊红红的，仿佛受了惊吓。她手里拿着笤帚几乎挨不到地板，每个角落都扫了五次。在妈妈坐着的那个房间里，好长时间她都不想离开。看得出来，她不愿意一个人待着，想跟别人说说话，谈谈自己的印象，把心里的话讲出来。

“他走了！”见妈妈没有开口说话，她小声嘟哝着说。

“看得出来，他是个好人，”妈妈说，眼睛没有离开针线活。“不喝酒，人挺稳重。”

“真的，太太，我不想出嫁！”别拉盖娅满脸通红，忽然大声说，“真的，我不想出嫁！”

“你别犯傻，也不小啦。这可是终身大事，应该好好想想。这样吵吵嚷嚷没有用。你喜欢他吗？”

“您想到哪儿去了，太太！”别拉盖娅害羞地说，“大家都这么说，说什么好呢……真的……”

“她最好说：不喜欢！”戈里沙心里想。

“你怎么扭扭捏捏的……喜欢吗？”

“可是，太太，他太老！咳！”

“你瞎琢磨什么呀！”保姆从隔壁房间里顶撞别拉盖娅说，“还不到四十呢。再说你要那么年轻的有什么用？傻瓜，脸长得好又不能当饭吃……出嫁吧，嫁给他没错儿！”

“真的，我不想出嫁！”别拉盖娅尖叫了一声。

“简直胡闹！什么样的魔鬼合你的意？换一个人早就给他下跪了，你倒说什么不想出嫁！你总是跟那些邮差和家庭教师眉来眼去！我们的家庭教师来给戈里沙上课的时候，太太，她老是不停地冲人家挤眉弄眼。哼，不要脸的东西！”

“以前你见过这个丹尼洛吗？”太太问别拉盖娅。

“我哪儿见过他？今天是头一次见面。阿克西尼娅不知从哪儿把他弄了来……这该死的魔鬼！……真不知道他从哪儿跑出来纠缠我！”

吃午饭的时候，别拉盖娅端来食物，大家都盯着她的脸，拿那个马车夫跟她开玩笑。她的脸涨得绯红，不时发出嘿嘿嘿的讪笑声。

“结婚大概是件丢脸的事……”戈里沙想，“又丢脸又可怕！”

所有的菜都做得太咸，没有烤熟的雏鸡还带着血丝，这还不算，吃饭的时候，碟子和刀子几次从别拉盖娅的手里掉下来，就像从散了架的碗橱上掉下来一样。好在没有一个人责怪她，因为大家都理解她的心情。只有一次，爸爸生气地扔掉餐巾对妈妈说：

“你怎么那么乐意叫人家娶亲或是出嫁呢？这种事跟你有什么关系？他们愿意结婚，让他们自己去结婚好了！”

午饭以后，左邻右舍的几个厨娘和女仆陆陆续续出现在厨房里，听得见喊喊喳喳的说话声，一直说到傍晚。至于她们是从什么地方探听到有人来相亲的消息，就只有天晓得了。戈里沙睡到半夜醒来，听见儿童室帷幔外面有人在小声说话，保姆叽叽咕咕地劝说，厨娘一会儿呜呜咽咽地哭，一会儿又嘿嘿嘿地笑。听了一会儿，戈里沙就睡着了，他做了一个梦，梦见黑海魔王和老妖婆把别拉盖娅给抢走了……

第二天，一切又恢复了平静。厨房里的活儿再次走上了正常轨道，好像世界上根本没有那个马车夫似的。只有保姆时不时地蒙上新头巾，脸上露出既庄重又得意的表情。她常常出门，出去一两个钟头就回来，大概去什么地方和人家商量什么事情……别拉盖娅和马车夫再也没有见面，当人们跟她提到他的时候，她就涨红了脸大声叫嚷：

“谁要说我想他，就让说话的人一天挨三遍骂！”

有一天傍晚，别拉盖娅跟保姆在厨房里正在专心剪裁一件新衣服，妈妈走进来说道：

“你要嫁给他，当然可以，这是你自己拿主意的事。不过，别拉盖娅，你要记住，他不能住在这里……你知道，我不喜欢外人坐在厨房里。你留心点儿，你要记住……再说，我也不会放你出去在外边过夜。”

“天晓得您都想到哪儿去了，太太！”厨娘大声说，“怎么一提起他来，您就数落我？叫他害一场瘟病才好呢！看他还来不来跟我添麻烦，让他见鬼去吧！……”

一个星期天的早晨，戈里沙往厨房里瞅了一眼，一下子惊呆了。厨房里挤得满满当当的都是人，有同住一个院落的各位邻居家的几个厨娘、一个扫院子的仆人、两个警察、一个带领章的军士，还有一个叫菲尔卡的小男孩儿……这个菲尔卡平常日子总是围着洗衣房转来转去，跟几条狗一块儿玩，可现在他的头发梳得挺整齐，脸也洗得干干净净，双手捧着圣像，圣像的法衣上贴着金箔。别拉盖娅站在厨房中央，她穿了一身印花布新连衣裙，头上戴着花。她的旁边并排站着马车夫。两个新人都面色红润，脸上冒汗，一个劲儿地眨巴眼睛。

“好啦……看样子时辰到啦！”沉默了很长时间后，军士开口说道。

别拉盖娅五官扭动，放声大哭……军士从桌子上拿起一个大面包，跟保姆站在一起，开始为新婚夫妇祝福。马车夫走到军士跟前，砰的一声跪倒在地，吧的一声吻了军士的手。他在阿克西尼娅面前照样又做了一遍。别拉盖娅仿照他的样子，心不在焉地也扣了两个响头。最后，外边的房门开了，一股白茫茫的雾气吹进了厨房，所有的人热热闹闹地从厨房走到院子里。

“可怜呀，可怜！”听见厨娘号啕的哭声，戈里沙心里想。“他们把她要带到哪里去啊？为什么爸爸妈妈不出面为她说话呢？”

举行完婚礼，人们在洗衣作坊里不停地唱歌，拉手风琴，一直闹到深夜。妈妈好长时间很生气，因为保姆的嘴里有酒气，由于举行婚礼，再也没有什么人烧茶炊了。到戈里沙上床睡觉的时候，别拉盖娅还没有回来。

“可怜的厨娘，天这么黑，她还不知道在什么地方哭泣呢？”戈里沙想，“马车夫准对她说：‘不许哭！不许哭！’”

第二天早晨，厨娘又在厨房里干活儿了。马车夫来了几分钟，他向妈妈表示感谢，严肃地瞅了一眼别拉盖娅，说道：

“求求您啦，太太，多管教她吧。您就做她的生身母亲好了。还有您，阿克西尼娅·斯杰潘诺芙娜，也别撒手不管，您要照看她，让她规规矩矩……不要惹是生非……是这样，太太，请您允许从她的工钱里交给我五个卢布，马皮套坏了，得买新的。”

在戈里沙看来，这又是一个解不开的谜：别拉盖娅本来自由自在，想怎么样过就怎么样过，用不着什么人来管束，可是，忽然间，平白无故冒出来个陌生人，也不知道他从什么地方得到那么大的权力，竟然敢约束她的行动，花她的钱！戈里沙心里很难受。他觉得，厨娘已经成了整个人类残暴力量的牺牲品了，想到这里，他流下了眼泪，特别想去安慰安慰她。他在贮藏室里挑选了一个最大的苹果，悄悄溜进厨房，把苹果塞到别拉盖娅的手里，又急急忙忙扭头往回跑。

异国他乡

星期天中午，地主卡枚舍夫坐在他家的餐厅里慢腾腾地吃早饭，餐桌上的餐具豪华又气派。陪他同桌吃饭的是沙穆朋先生，这位法国老人衣着整洁，胡子刮得干干净净。从前，沙穆朋在卡枚舍夫府上当家庭教师，教地主的孩子们学习礼仪，学习法语和地道的外国口音，还学习跳舞。后来，卡枚舍夫孩子们都长大了，都当上了中尉，沙穆朋就留下来，充当了类似男性保姆的角色。这位当年的家庭教师，职责并不复杂。他只要穿着体面，身上散发出香水的气味儿，耐心倾听卡枚舍夫东拉西扯漫无边际的闲聊，再就是吃饭、喝酒、睡觉，此外也就没有什么该做的事情了。由于这份差使，他得到一份伙食，一间住房，还有一份数额与发放时间都不固定的薪水。

跟往常一样，卡枚舍夫一边吃饭，一边又闲聊起来。

“辣死了！”刚刚吞咽了一块抹着厚厚一层芥末酱的火腿，他擦了一把眼睛里流出的泪水说道。“哈！这股辣味儿直撞脑门儿，所有的关节都麻酥酥的。你们法兰西的芥末酱可没有这么大的劲头儿，哪怕吃他满满一罐子也不行。”

“芥末酱，有人喜欢法兰西的，有人喜欢俄罗斯的……”沙穆朋说话的口吻很温和。

“没有人喜欢法兰西的芥末酱，大概只有法兰西人喜欢。一个法兰西人，不管你给他端来什么东西，他统统都会吃掉：什么蛤蟆啦，耗子啦，蟑螂啦……哎哟哟，他全都吃！比方说吧，这块火腿您不喜欢，因为它是俄罗斯的。要是给您端来一块烤过的玻璃，说这是法兰西菜，您肯定会一边吃，一边吧嗒嘴唇呢！……照您看来，一切俄罗斯的东西都是龌龊的。”

“我可从没说过这种话。”

“一切俄罗斯的东西都是龌龊的，而法兰西的东西——噢，那就十分可爱！在您的眼里，世界上没有比法兰西更好的国家了，可是依我看呢……哼！法兰西算老几？！说句良心话，巴掌大的一块土地罢了！把我们的县警察局长派到那里去，不出一个月，他就会请求调回来：因为那地方小得连转个身子都不灵便！乘上马车，一天就能游遍你们整个法国。可是在我们这里，你坐车出了大门，那可是一眼望不到边！你就尽情地赶车奔驰吧，保你跑不到头！……”

“的确，先生，俄罗斯是个大国。”

“这话算您说对啦！在您的心目中，没有什么人比法兰西人更优秀。法兰西民族有学问，聪明！文明！这我同意，法兰西人都有学问，讲风度……这话不错……法兰西人从来不允许自己失礼：及时为女士让座，吃龙虾不用叉子，不随地吐痰，但是……他们缺少那么一种精神！可惜我不能给您解释清楚，这话究竟该怎么说，法兰西人缺少那么一种……这个……这个……”说话的人不停地活动手指头，“缺少这个……法学方面的东西。我记得在一本什么书里读到过，你们那些人的智慧都是后天得来的，从书本里学的；我们的智慧却是天生的。如果俄罗斯人认真学习科学，那么你们法兰西的教授就没有一个能跟我们相比。”

“也许是吧……”沙穆朋说话的口气有点儿勉强。

“不对，不是也许，而是肯定！您用不着皱眉头，我说的是实话！俄罗斯的智慧是发明的智慧！当然，只是没有给它施展的机会，再说，俄罗斯人也不会吹牛……俄罗斯人发明了什么东西，随后很快就弄坏它，或者丢给小孩子当玩意儿；要是你们法兰西人发明了一种什么乌七八糟的东西，就会大喊大叫，好让全世界都听见。前几天，马车夫姚纳用木头做了个小人儿，一拽木头人身上的线，它就做下流动作。可人家姚纳就不吹牛。一般说来……我不喜欢法兰西人！看外表仿佛还像个人似的，实际上他们像狗一样生活……就拿婚姻来说吧：我们这里只要一结婚，就跟老婆摽在一起，没有二话可说；你们那里呢，鬼才知道是怎么回事儿。丈夫成天价泡在咖啡馆里，妻子呢，招惹了满屋子男人，跟人家跳下流的康康舞。”

“这不是实情！”沙穆朋再也忍不住了，不由得涨红了脸说道，“在法兰西，家庭原则是颇受尊重的！”

“我们了解这个所谓的原则！您为它辩护该感到害臊。说话要公正：猪就是猪……感谢德国人，把法国佬狠狠地揍了一顿……真的，谢谢德国人，愿上帝保佑他们身体健康！……”

“话既然这么说，我倒不明白了，”法国人跳起来，眼睛里闪着光说道，“既然您痛恨法兰西人，为什么您要挽留我呢？”

“可我把您弄到什么地方去呢？”

“您让我走好了，我要回法兰西！”

“您说什么，难道您以为现在您还能返回法兰西吗？要知道，您背叛了自己的祖国！您一会儿说拿破仑[①]是个伟人，一会儿说甘必大[②]了不起……鬼都闹不清您是怎么样的一个人。”

“先生，”沙穆朋用法语说，嘴里喷出唾沫星，手里揉搓着餐巾。“您这样侮辱我的感情，连我的敌人都说不出口！一切都结束了！！”

法国人做了一个很悲壮的手势，很有风度地把餐巾朝桌子上一扔，满怀自尊地走了出去。

过了三个小时，桌子上换了一套餐具，仆人端来了午餐。卡枚舍夫一

---

① 拿破仑：全名拿破仑·波拿巴，法国资产阶级政治家和军事家，法兰西第一帝国皇帝。

② 甘必大：全名莱昂·甘必大，法兰西第二帝国末期和第三共和国初期著名的政治家，曾任法国内阁总理兼外交部长。

个人坐下来吃饭。喝完饭前的一杯酒以后，他心里产生了随便聊聊的欲望。他想尽情地说，但是没有人听……

“阿尔方斯·留道维科维奇在干什么呢？”他问听差。

“他正收拾箱子呢，老爷。”

“这个呆瓜，求主宽恕他吧！……”卡枚舍夫说着，站起身来去找那个法兰西人。

沙穆朋在他的房间里坐在地板上，两只手哆里哆嗦地往箱子里收拾东西，什么内衣、香水瓶、祈祷书、背带、领结，一一都码放整齐……他文质彬彬的整个体态，他的手提箱、床铺、桌子，全都散发出一种优雅和文弱的气息。他那双天蓝色的大眼睛流淌着泪水，大大的泪滴一点一点落在手提箱上。

“您这是要去哪里啊？”卡枚舍夫站着看了一会儿问道。

法兰西人默不作声。

“您想走，对吗？”卡枚舍夫接着说，“好吧，随您的便吧……我不敢挽留您……只不过有件事叫人纳闷儿：没有护照，您可怎么走呢？我简直感到惊讶！您知道，我把您的护照早就弄丢了。我把它夹在什么文件里，以后就不见了……在我们国家，检查身份证是非常严格的。您还没有走出五俄里，就会被人家抓起来。”

沙穆朋抬起头来，以怀疑的目光看着卡枚舍夫。

“就这么回事！……您就走着瞧吧！单凭您的脸色，人家就能看出来，您老没有护照，立刻会问：‘您是什么人？’阿尔方斯·沙穆朋！我们可了解这些阿尔方斯·沙穆朋，知道他们是些什么人！也许您会被押送到某个不太遥远的地方，没准儿那样对您更合适！”

“您这是开玩笑吧？”

“我为什么要开玩笑呢？完全没有那个必要！只不过您要注意，咱们事先说好：您走了以后，不要哭哭啼啼，也别给我写信。到时候，您戴着镣铐从我旁边走过，我连手指头都不会动一下！”

沙穆朋一下子跳起来，脸色煞白，瞪大了眼睛，迈开大步在房间里来回走动。

“您对我干了些什么事啊？”沙穆朋一边说，一边用手拍打自己的头，他感到绝望。“我的上帝呀！真该诅咒那个时刻，是我一时昏了头，竟然离开了祖国！”

“算啦，算啦，算啦……我是说着玩的。”卡枚舍夫压低声音说，“真是个怪人，连说句笑话都不懂！简直不能说话了！”

“我尊敬的朋友！”沙穆朋尖叫了一声，卡枚舍夫说话的口气让他放了心。“我向您起誓，我舍不得离开俄罗斯，我也舍不得离开您和您的孩子们……真要离开您，对我说来，比死亡还要难受！可是您的每句话，都像刀子一样扎我的心！”

“唉，怪人！我骂法兰西人，您何必要生气呐？我们骂过的人还少吗？莫非挨过骂的人都生气？您可真怪！您该学一学我们的佃户拉扎尔·伊萨基奇……我动不动就骂他，骂他是犹太人，骂他是癞痢头，用衣襟装扮成猪耳朵的样子，骂他是猪，揪他的长头发……可是他从来就不生气！”

“但他是个奴隶！为了一个小钱，他情愿低三下四。”

“好，好，好……算啦！咱们去吃饭！言归于好吧！”

沙穆朋在刚才还流泪的脸上扑了点儿粉，跟着卡枚舍夫走进了餐厅。头一道菜是在沉默中吃完的。但是吃完第二道菜以后，老一套的信口闲聊又开始了，就这样，沙穆朋的痛苦永远没有尽头……

苦　恼

能向谁诉说我的苦恼呢？……

黄昏朦朦胧胧。刚刚点燃的街灯映照着大片大片湿漉漉的雪花懒洋洋地飘洒飞旋。房顶上、马背上，人们的肩膀上、帽子上，都罩上了又薄又松软的一层雪。马车夫姚纳·波达波夫浑身发白，像个幽灵似的，弯腰弓背坐在车座上，身子弯得不能再弯，一动不动。看样子纵然是身上积雪成了堆，他似乎也不会挪动一下抖掉身上的雪……他那匹小母马也浑身发白，同样纹丝不动。它那僵硬静止的姿态，凹凸分明的轮廓，棍子一样直挺挺的四条腿，很像一戈比[①]一个的马形蜜糖饼干。从种种迹象判断，这匹小母马正在想什么心事。哪一匹马要是受人驱使离开犁铧，离开它习以为常的朴素风光，硬被赶到这旋涡似的街道上，赶到这处处闪烁怪异的灯光、到处充满不停的喧嚣、来往行人匆匆奔跑的街道，那么，它就不可能不陷入沉思……

姚纳和他的小母马原地不动已待了很长时间。还是在午饭以前，他们就离开了落脚的院子，但始终没招揽到一趟生意，连一个愿意坐车的乘客也没有。而现在沉沉暮色已经笼罩了城市。街灯的苍白已被霓虹灯生动的光辉所替代。街道变得越来越嘈杂热闹了。

“马车夫！到维堡街去！”姚纳听见有人叫车，“马车夫！”

---

① 戈比：和卢布一样都是俄罗斯货币单位，1卢布=100戈比。

姚纳不由得浑身一抖，透过黏着霜雪的睫毛，看见一个穿大氅戴风帽的军人。

“去维堡街！”军人重复了一句，“你是睡着了还是怎么的？到维堡街去！”

姚纳抖了抖缰绳表示顺从，这样一来，片片积雪就从马背上，从他肩膀上纷纷洒落……军人坐上了雪橇。马车夫吧嗒着嘴唇，啧啧有声，他把脖子伸得像天鹅似的，身子微微前倾，挥动了手中的马鞭，这动作与其说出于需要，倒不如说出于习惯。那匹小母马也伸直了脖子，棍子似的四条腿开始弯曲用力，犹犹豫豫拉动了雪橇……

“你往哪儿乱赶啊？该死的蠢货！”姚纳赶车没走几步，就听见影影绰绰来来往往的人群里有人斥骂。“鬼东西，你往哪儿赶车呀？靠右边走！靠右！”

“难道你不会赶车？朝右边赶！”军人生气了。

一个车夫从四轮轿式马车上破口大骂，一位行人脚步匆忙横穿马路，肩膀正好蹭着马鼻子。那个人一边抖掉袖子上的雪，一边恶狠狠地瞪了姚纳一眼。姚纳在车座上身子摇晃，如坐针毡，他把胳膊肘向左右两边撑开，眼睛东瞅瞅，西看看，一时间心慌意乱，仿佛不明白他这是在什么地方，不明白为什么会在这里似的。

“统统都是下流痞子！”军人尖刻地说道，“他们故意冲撞你，成心往马蹄子底下钻。他们早就商量好啦！”

姚纳扭过头去看了看乘客，嘴唇嚅动……看来他是想说些什么，但是，除了喉咙里发出呜呜哝哝的声音，却什么话也没有说出来。

“你想说些什么呀？”军人问。

姚纳苦笑着，嘴角咧了咧，嗓子眼儿里用力，才嘶嘶哑哑地说出一句话来：

“老爷，嗯，我……我儿子这个星期死了。”

“噢！……他怎么死了呢？”

姚纳整个身子扭过去，对乘客说道：

“谁晓得他是怎么回事呢，大概是得了热病……在医院里躺了三天就死了……这是上天的旨意。”

“闪道，该死的！”昏暗中传来叫骂声，“眼睛瞎了吗？老狗！瞪大眼珠子瞧着点儿！”

“赶车吧，赶车吧！……”乘客说，“照这样走法，我们明天也到不了。快赶车吧！”马车夫再一次伸直了脖子，身体微微前倾，笨拙而优雅地挥动马鞭。后来，他几次回过头去瞅着乘客，可是只见军人闭上了眼睛，显然不想再听他絮叨什么。姚纳把乘客送到了维堡街，让军人下了车，随后把雪橇停在一家小饭馆旁边，他又弯腰弓背坐在车座上，一动不动地待在那里……湿漉漉的雪又把他和他的小母马变成了一片白。就这样过了一个钟点，又一个钟点……

人行道上脚步杂沓，雨鞋啪哒啪哒响，三个年轻人走过来，其中两个又高又瘦，另一个身材矮小，还是个罗锅，他们相互谩骂，说话粗鲁。

“马车夫，去警署桥！”罗锅用刺耳的声音尖叫，“我们仨……二十戈比！”

姚纳抖了抖缰绳，嘴唇吧嗒着发出啧啧的声响。只付二十戈比，是不公道的，但是他没有心思讨价还价了……人家给一个卢布，或是给五戈比，在他看来，现在都一样，只要有乘客就行……年轻人挤挤撞撞，嘴里说着下流话，一上雪橇三个人就争抢座位。两个座位只能坐两个人，谁该站着呢？这成了必须解决的问题。经过长时间的对骂、指责、争执、吵闹，最后定下来让罗锅站着，理由是数他个子矮小。

“得啦，赶车吧！”罗锅站稳脚跟，用刺耳的声音命令说。他呼出的气息径直吹向姚纳的后脑勺。“嗨，快赶！我说老兄，你这顶帽子可真叫少见！走遍整个彼得堡，怕也找不出一顶更破烂的喽！……”

“嘿嘿！……嘿嘿！……”姚纳嘻嘻嘻地笑着说，“什么样的帽子都有啊……”

“什么样的都有，去你的吧！快点儿走！一路上你就这样子赶车？是不是？你想挨耳光子吗？……”

“我的脑袋瓜子疼得像裂了缝似的……”一个高个子说道，“昨天在杜科玛索夫家里，我和瓦西卡两个人一口气喝了四瓶白兰地。”

“我真不明白，你干吗要吹牛？”另一个高个子生气地说，“胡说八道，简直像畜生。”

“我要瞎说，让上帝惩罚我，真的……”

“你要说的是真话，连跳蚤打喷嚏也成真的喽！”

“嘿嘿！”姚纳听了，不由得笑出了声，“几位老爷好快活！”

“呸！关你什么事？混账东西！……”罗锅恼怒地说，“赶你的车吧，讨厌鬼！你还不快赶？就这样磨磨蹭蹭？抽它一鞭子！哈，见鬼！哈，狠狠抽它！”

姚纳感觉得到罗锅在他背后身子扭动，说话声音发颤。他听见罗锅在骂他。车上有人，他心中的孤独感渐渐淡漠了。罗锅一个劲儿地破口大骂，骂人的话变着花样连成一串，直骂到喘不上气来，不停地咳嗽。两个高个子开始谈论一个名叫娜杰日达·彼得罗芙娜的女人。姚纳几次扭过头去瞅瞅他们。等到他们的谈话稍有间歇，就回过头去声音含糊地说：

“这个星期……我……我儿子死了！”

“我们大家将来都得死……”罗锅喘着气说，接着又一阵咳嗽，然后用手抹了抹嘴唇，“嗨，赶车吧，快赶！先生们，这样子站在车上，我可再也受不了啦！什么时候才能把我们送到地方啊？”

“那你就稍微给他鼓点儿劲……冲他脖子上来一巴掌！”

“听见了吗？你个老不死的讨厌鬼！看我怎么抽你的脖子……跟你们这号人讲客气，还不如自己走路更爽利哪！……听见没有？你个老怪物！莫非我们说的话你敢当成耳旁风？”

话音刚落，姚纳听见脖子后面啪的一声响，麻木的皮肤似乎在隐隐疼痛。

“嘿嘿！……”姚纳赔着笑脸说，“几位老爷真快活。愿上帝保佑你们福体康泰！”

“赶车的，你有老婆吗？”一个高个子问。

“我？嘿嘿……快活的老爷！这日子我那老婆都变成烂泥了……嘿，哈哈……就是说，她早就埋进坟墓啦！……我儿子也死了，我反倒活着……你们说，这怪不怪？死神认错了人啦……她不该叫走我的儿子，她该来找我……”

姚纳扭过身子，想说说他儿子是怎么死的，可这节骨眼儿上，罗锅轻轻舒了一口气，说了声谢天谢地，他们总算是熬到头啦。姚纳收下二十戈比，好长时间目送那几位快活的游客，直到他们走进一个黑漆漆的大门洞，消失了身影。又剩下姚纳孤零零一个人了，寂寞又朝他袭来……刚刚淡忘不久的苦恼又浮现在心头，更加有力地撕扯着他的胸膛。姚纳用焦灼而痛苦的目光打量着街道两边脚步匆匆的行人，他思索着：这数以千计的人当中莫非就找不到一个愿意听他说说心里话？但是人群川流不息，谁也不理睬他，谁也不理会他的苦恼……而那份苦恼是如此浩大，简直无边无际，假如姚纳的胸腔破裂，任苦恼从中流泻出来，必定洪水一般把世界淹没。话虽这么说，可这苦恼谁也看不见。苦恼竟然潜藏在这样一个平凡渺小的躯壳里，你就是大白天打着灯笼也找不到它……

姚纳看见一个手里拿着纸包的守门人，就想跟他攀谈几句。

“好心人，现在几点啦？”他问。

“九点多……你把车停在这儿干什么？快赶车走吧！”

姚纳把雪橇赶到几步开外，弯腰弓背又陷入了苦恼……他觉得用不着再向什么人诉说苦闷了。可是过了不到五分钟，他就直起身子，不停地摇晃脑袋，好像头疼得厉害，忍不住抖了抖缰绳……他再也挺不住了。

“回院子里去，”他想，“回院子里去。”

小母马仿佛猜透了主人的心思，四蹄翻腾轻快地跑起来。过了一个半钟头，姚纳已经坐在一个又大又脏的火炉子旁边了。炉台上，地板上，长条椅子上，到处都有人呼呼酣睡。空气臭烘烘的，叫人感到憋闷……姚纳看看睡觉的人们，搔搔自己的头，后悔收车回来得太早了……

“连买燕麦的钱都没挣够，”他想，“这也正是苦恼的一个根由。一个人，要是活儿干得好，自己的肚子吃得饱，他养的马也吃得饱，那么他就会什么时候都心里安稳……"

一个年轻车夫从墙旮旯里站起来，睡眼惺忪地咳嗽了两声，就踉踉跄跄朝水桶走去。

"想喝水啦？"姚纳问。

"对，想喝水。"

"那就尽管喝吧，喝点水，身体好。可是我，老弟，儿子死啦……你听说了吧？这个星期在医院里死的……惨啊！"

姚纳打量着，看他说了话有什么反应，可什么反应也没看出来。年轻人用被子把头一蒙，又呼呼睡着了。老头儿长叹了一口气，挠挠身上发痒的地方……正像年轻人忍不住想喝水一样，他是忍不住想说话。儿子死了快一个星期了，可他还没有跟什么人正儿八经地谈过这件事……是该说说，说个清楚，讲个明白……该说说儿子怎么得的病，怎么样忍受痛苦折磨，临死前说过些什么话，怎么样咽了那口气……应该详细讲讲下葬的情景，讲讲他去医院取儿子去世后留下的衣服。他还有个叫阿尼霞的女儿住在乡下……她的情况也该跟人说一说……现在他可以说的话难道还少吗？无论谁听了都该唉声叹气，伤心落泪……也许去找几个婆娘说说反倒更好。婆娘们虽说愚蠢，可几句话就会说得她们呜呜痛哭。

"出去看看马吧，"姚纳想，"想睡觉还有的是工夫……用不着担心，足够你睡的。"

他披上衣服，走向马棚，他的马就在那里。姚纳心里想着燕麦、干草，想着天气……只有他一个人的时候，他可不敢想儿子……跟别人谈谈儿子倒还行，独自一个人，一想起儿子长的什么模样，心里就发怵，堵得慌……

"正吃干草呢？"注视着小母马亮晶晶的眼睛，姚纳对它说，"好，吃吧，吃吧……我们挣不来燕麦，那就嚼干草算啦……不错，论赶车，我的年纪已经老喽……儿子赶车正合适，不该我赶，他是个出色的车把式……要是还活着就好啦……"

姚纳沉默了一会儿，接着又说：

"是这么回事，我的小母马呀……再也见不着库济马·姚内奇了……他死了，冷不丁平白无故就死了……现在咱们打个比方说吧，要是你生下一头小马驹，你就是这马驹子的亲娘……万一这小马驹冷不丁就死了……能不叫人伤心吗？"

小母马嚼着干草，听姚纳说话，不时还闻闻主人的手……

姚纳说得起劲，就把憋在心里的话原原本本都讲给了小母马听……

睡意蒙眬

地方法院正在开庭审理案件。被告席上坐着一个脸色憔悴但却不失体面的中年人。他被指控犯了挪用公款和伪造文书罪。身材消瘦、胸脯狭窄的书记官，用平缓的男高音宣读起诉书。他根本不管什么逗号、句号，只顾单调呆板地往下念，就像蜜蜂嗡嗡嗡，又像小溪流水哗啦哗啦响个不停。听着这样的宣读声，最适合于幻想、回忆往事或是打瞌睡……那些法官、陪审官、旁听席上的人们都觉得无聊，一个个无精打采……法院里很安静，只是从走廊里偶尔传来什么人平稳的脚步声，有时候听得见打哈欠的声音，有的陪审官用手捂着嘴轻轻咳嗽的声音……

生着一头卷发的辩护人，用拳头支撑着下巴，悄悄地打盹儿。书记官嗡嗡嘤嘤的宣读声使得他的思绪完全失去了条理，变得恍恍惚惚，飘浮不定。

“这位民事执行官的鼻子长得真长啊。”书记官心里想着，极力睁开沉重的眼皮。“造物主何苦要把一张聪明的面庞糟蹋得这么不像样子呢？！假如人们的鼻子都长得这么长，长到两三沙绳[①]，大概人住的地方就显得狭小，不得不把房子盖得更加宽敞高大了……”

像一匹被芒蝇叮咬的马，辩护人突然摇晃了一下脑袋，接着又往下想：

---

① 沙绳：又称俄丈，俄制长度单位，1沙绳=2.134米。

"我家里的人这会儿正干什么呢？往常这个时候全都在家：妻子、岳母、孩子……两个孩子，科里卡和济娜，现在大概正在我的书房里……科里卡站在安乐椅上，胸脯紧贴着桌子，在我的文件上画画儿。他画了一匹马，长着尖尖的头，点了一个黑点儿当眼睛，又画了一个人，举着长长的胳膊，还画了一座歪歪斜斜的房子；济娜也在那儿，站在桌子旁边，伸着脖子，很想看清楚哥哥画了些什么……'你画爸爸呀！'她请求说。科里卡就开始画我。他画了一个小人儿，然后又画上黑胡子，爸爸就算画成了。接下来开始在《法典》里找插图，济娜就占了那张桌子。一眼看见呼唤仆人的铜铃，她就拉了拉绳子，铜铃叮叮当当响了几下；看见墨水瓶，就把手指头伸进去蘸一蘸；要是桌子上的抽屉没有上锁，不消说，那就要拉开抽屉翻一翻。最后，他们突然想出了一个主意：两个人都装成印第安人，藏到桌子底下，巧妙地躲避敌人。两个人又嚷又叫，争抢着往桌子底下爬，在那里闹腾，直到桌子上的台灯或花瓶掉在地上才算完事……唉！这时候，大概妈妈正抱着她的第三个小宝贝儿在客厅里来回溜达……小宝贝儿哇啦哇啦地哭啊，哭啊……哭个没完没了。"

"查活期存款单据，"书记官像蜜蜂似的继续嗡嗡，"储户柯贝洛夫、阿奇卡索夫、季马科夫斯基、契金娜应得的利息概未支付，共计一千四百二十五卢布四十一戈比，已经并入1883年的节余……"

"也许我们家里的人正吃午饭，"辩护人的思绪如腾云驾雾，"餐桌边坐着岳母，妻子娜佳，内弟瓦夏和孩子们……像往常一样，岳母脸上的表情，依然是那样呆板、忧虑、庄重、自尊。娜佳身体消瘦，有几分憔悴，但她脸上的皮肤仍然白皙光洁。她坐在桌子旁边，看样子好像被人逼迫着坐在那里似的。她什么东西也不吃，让人觉得她身体不舒服。和岳母一样，她的脸上也显得十分忧虑。可不是吗！她怀里抱着孩子，还得管厨房、管丈夫的内衣、管皮大衣防虫，管出门拜访客人、接待客人，除此以外，还得管弹钢琴！该操心的家务事那么多，能动手做的事情却非常少！娜佳和她母亲简直是什么事情也不做。如果因为闲得心里发慌浇浇花，或者把厨娘骂一顿，那么，事后就会累得躺两天，一边呻吟，一边说，简直跟服苦役差不多。内弟瓦夏慢吞吞地嚼着食物，阴沉着脸，一句话也不说，因为今天他的拉丁语只得了一分。这孩子还算安稳，爱帮助人，也懂礼貌，但是穿坏了那么多双靴子，磨破了那么多条裤子，用坏了那么多的课本，简直就是个祸害！……两个小孩子嘛，自然免不了顽皮淘气：一会儿要醋，一会儿要胡椒粉，你告我的状，我告你的状，常常失手把汤勺儿掉在地上。这些事想想都叫人头晕！妻子和岳母总是严格要求，让家里人保持良好的习惯……上帝保佑，千万别把胳膊肘放在桌子上，别像攥拳头似的去拿汤勺儿，也别用刀子吃东西。上菜的时候，一定要从右边，而不是从左边端上桌。所有的菜，包括火腿煎豌豆，都有一股香粉和水果糖的气味儿。哪一样菜都不好吃，过于油腻，量又少得可怜……我当单身汉的时候，天天喝白菜汤，喝粥，觉得那么可口，现在是连影子也见不到了。岳母和妻子说话总是用法语，不过，话题一旦涉及我，岳母就开始说俄语了，大概像我这样的粗鲁人，缺乏情感，没有心肝，不知羞耻，是不配用柔和的法语来谈论的……”

“妻子说：‘可怜的米舍尔大概已经饿了，他早晨只喝了一杯茶，连片面包也没吃，就匆匆忙忙去法院了……’”

“‘亲爱的，你放心好了，’岳母幸灾乐祸地说，‘像他那样的人是饿不着的。没准儿他往餐饮部都跑了五趟啦！法院里设立了一个餐饮部，每过五分钟，他们就问一问审判长，是不是该休息一会儿。’”

“午饭以后，岳母和妻子商量该怎么样节省开支……她们俩算啊，写啊，到头来发现，开支大得不得了。厨娘被叫了来，跟她一起算账，指责她，为了五戈比破口大骂……接着流眼泪，恶毒刻薄的话也来了……然后就收拾房间，重新摆放家具——所有这些，都是因为没有什么事情可做而引起来的。”

“据八品文官切列普科夫供称，”书记官仍然用嗡嗡的声音在宣读，“虽然他已经收到第八百一十一号单据，但却未收到应得的四十六卢布两戈比，当时已声明记录在案……”

“只要仔细想一想，再加以判断，权衡一下四周的环境，”辩护人继续往下想，“说真的，你就对一切都感到厌倦，恨不得撒手闭眼，对什么都不闻不问，让那些乱七八糟的事情统统都见鬼去！……整天陷在无聊与庸俗的旋涡里，乌烟瘴气弄得你精疲力竭，发呆发傻，疯疯癫癫，你就情不自禁地渴望能让自己的灵魂哪怕有片刻的澄明与宁静。你会不由自主地去找娜达莎，趁兜里有钱的时候，也许去找一个茨冈姑娘，把一切烦恼都抛在脑后……说实在的，真想把一切烦恼都统统忘掉！那是个神不知鬼不觉的地方，在城外很远的一个去处，有一所单独的房子，你走进去往沙发上一躺，那些亚洲人就唱啊，跳啊，闹啊，格外开心。你听着娜达莎的歌声，这个迷人的、可怕的、疯狂的茨冈姑娘，让你神魂颠倒……葛拉莎！可爱的、标致的、妙不可言的葛拉莎！她那一双眼睛，牙齿，脊背……多么好看啊！”

书记官嗡嗡嗡，嗡嗡嗡，仍然念个不停……辩护人一阵眼晕，四周的景物相互重叠，纷纷摇晃跳动，那些法官和陪审官身体越缩越小，旁听席上的人们变成了一个个模糊的斑点，天花板一会儿落下来，一会儿向上飘浮……思绪也不停地跳跃，最后，突然一下子中断了……娜佳、岳母、民事执行官的长鼻子、被告、葛拉莎……所有这些人都围着他又蹦又跳，不停地旋转，后来纷纷朝远处撤退，越退越远，越退越远，越退越远……

“好……”辩护人小声说着，进入了梦乡。“好……你躺在沙发上，四周既舒服又温暖……葛拉莎正在唱歌……”

“辩护人先生！”忽然响起了严厉的叫声。

“好啊……温暖……没有岳母，也没有奶妈……没有冒着香粉气的菜汤……好心肠的葛拉莎，真漂亮！……”

“辩护人先生！”那严厉的叫声又响了起来。

辩护人浑身一哆嗦，接着睁开了眼睛。只见紧紧盯着他的，正是茨冈姑娘葛拉莎那双乌黑的眸子，她那滋润的嘴唇含着笑意，肤色黝黑的俊俏面庞容光焕发。辩护人不由得打了个激灵，他还没有完全清醒，恍惚间觉得是在做梦，又像是幻觉，他慢腾腾地站起来，张着嘴巴，看着茨冈姑娘。

“辩护人先生！您不想向这位女证人问什么问题吗？”审判长说道。

“哦……对了！这位是女证人……不，我不想提问，没有什么可问的。”

辩护人摇了摇头，终于完全清醒了。这一来他才明白，站在那儿的确实是茨冈姑娘葛拉莎，她是被传到法庭来做证人的。

“不过，对不起，我还是有几句话想问一问。”辩护人大声说道，然后转向葛拉莎。“女证人，您在库兹米乔夫合唱团里唱歌，请问，被告常到你们团附设的餐厅去饮酒作乐吗？……是这样……您记不记得，每次吃饭，是他自己出钱，还是由别的什么人替他付款？谢谢您！……这就够了。”

他喝了两杯水，朦胧的睡意完全消失了……

万　卡

万卡·茹科夫，一个九岁的男孩儿，三个月以前被送到鞋匠阿里亚辛这里来当学徒。圣诞节前夜，他没有上床睡觉。等到老板、老板娘和几个师傅出门去做早晨的祷告，他从老板的立柜里拿出一个小墨水瓶，一支笔尖生了锈的蘸水笔，在自己面前摊开一张皱皱巴巴的纸片，准备写信。在写出头一个字母之前，他几次提心吊胆地向门口和窗户张望，斜着眼看看乌黑的圣像以及圣像两边摆满鞋楦的木架子，不由得轻轻叹了一口气。纸片铺在条凳上，他就跪在条凳前面。

“亲爱的爷爷，康斯坦丁·马卡雷奇！”他写道，“我给您写信。祝您圣诞节快乐！愿上帝保佑您事事顺心。我没有爹，也没有娘，我只剩下您一个亲人了。”

万卡的眼睛转向黑洞洞的窗户，窗玻璃上映出了蜡烛的光影，于是他生动地想象出爷爷康斯坦丁·马卡雷奇的模样。爷爷在日瓦列夫老爷家当差，做守夜人。别看他个子瘦小，动作却出奇的灵活，他大约六十五岁，脸上总是带着笑容，眼睛老是醉醺醺的样子。白天，他在仆人的厨房里睡觉，要不就跟厨娘们开玩笑；到了夜晚，他就披上肥大的羊皮袄，围着庄园巡逻走动，手里还敲着梆子。有两只狗耷拉着脑袋跟随在他的身后：一条是老狗喀什坦卡，另一条外号叫泥鳅，因为它浑身乌黑，长长的身子像黄鼬。跟别的狗不同，这条泥鳅特别驯良、温和，无论是见到自家人，还是陌生人，它的目光总是那么柔和，但是你千万别被它的外表迷惑。表面的驯良与温和掩藏着它的狡黠和阴险。哪一条狗也赶不上它那么机灵，它总是善于利用时机，偷偷溜到背后，冲着人的腿肚子猛咬一口，再不就钻进冰窖，或者偷吃农民的鸡。它已经不止一次被打断过后腿，两次被吊起来，几乎每个星期都会被打个半死，出乎意料的是，它总能够死里逃生，保全性命。

这会儿，大概爷爷正站在大门口，眯缝着眼睛瞅瞅乡村教堂红彤彤的窗户，跺一跺穿高统毡靴的脚，跟看门的仆人开玩笑呢。他的梆子挂在腰带上。天气很冷，冻得他直缩肩膀，不停地拍手，一会儿在女仆人身上拧一下，一会儿在厨娘身上捏一把，发出老年人嘿嘿的笑声。

“我们一块儿闻鼻烟好不好？”他把鼻烟盒伸到婆娘们的鼻子底下说。

婆娘们闻了闻鼻烟，接连打了几个喷嚏。爷爷兴奋得难以形容，发出一连串欢乐的笑声。他叫道：

“快把鼻涕擦掉，要不就冻住啦！”

人们还给两条狗闻鼻烟。喀什坦卡打了个喷嚏，皱了皱鼻子，委屈地躲到了一边。泥鳅呢，出于礼貌，没有打喷嚏，只是不停地摇着尾巴。天气非常好。一丝风也没有，空气清新，透明。夜色很黑，但是看得见村子里那些雪白的房顶，烟囱里一缕缕冒出来的烟，看得见披着银霜的树木，看得见一个个雪堆。缀满天空的星星快活地眨着眼睛，一条银河是那么清晰，仿佛在节日以前用雪把它擦洗过似的……

万卡叹了一口气，把蘸水笔在墨水瓶里蘸了蘸，接着往下写：

“昨天，我挨了一顿打。老板抓着我的头发，把我拖到院子里，拿皮带抽我，他们的娃娃睡在摇篮里，让我摇晃他，都怪我不小心睡着了。这个星期，老板娘吩咐我清洗一条鲱鱼，我先收拾鱼的尾巴，不料老板娘抄起那条鲱鱼，就用鱼头戳我的脸。师傅们取笑我，打发我到饭馆去买伏特加，怂恿我偷老板的黄瓜吃，老板抓到什么就用什么打我。没有什么吃的东西，早晨给块面包，中午喝粥，晚上还是面包，说到茶和白菜汤，只有主人他们自己喝。老板让我睡在过道里，他们的娃娃一哭，我就再也别想睡觉了，只能不停地摇晃那个摇篮。好爷爷，求您发发上帝的慈悲，带我离开这儿回家吧，回到村子里去，我再也没有办法忍受啦……我给您跪下求您了，我会永远为您向上帝祈祷，把我从这儿带走吧，再不走我就要死啦……”

万卡的嘴角往下撇了撇，他用乌黑的小拳头擦了擦眼睛，抽抽搭搭地哭了。

“我会替您揉碎烟叶，”万卡接着往下写，“我会为您向上帝祷告。要是我不听话，您就抽我，就像狠狠地抽打那只山羊。要是您嫌我没活儿干，我就去求管家看在上帝的面上让我擦皮鞋，要不就代替菲季卡去放羊。好爷爷，我再也受不了啦，只有死路一条了。我想过逃跑，跑回村子去，可是我没有靴子，我害怕寒冷。等我长大了，一定报答您这份恩情，我会养活您，不许任何人欺负您。等您死了，我为您的灵魂安息祈祷，就像为我妈妈别拉盖娅祈祷一样。

“莫斯科城很大。房子都是老爷们的，马很多，可是没有羊，狗也不怎么凶。这里的孩子们不举着星星到处跑，也不允许随便什么人参加唱诗班。有一次我看见一家铺子的橱窗里，摆着卖带钓线的钓鱼钩，能钓各种各样的鱼，价钱非常贵，有一个钓钩甚至禁得起一普特[①]重的大鲇鱼呢。我还看见好几个铺子摆着各种样式的猎枪，卖给老爷们，大概每条枪都得一百个卢布……几个卖肉的铺子里也卖黑琴鸡、松鸡、野兔，至于这些禽鸟兔子是从什么地方打来的，店铺的伙计从来都不说。

“好爷爷，等老爷家里圣诞树上挂满礼物，替我要一个金色的核桃，藏在我的绿盒子里。您跟奥丽加·伊格纳齐耶芙娜小姐去要，就说是给万卡的。”

万卡不安地叹了口气，目光又停在了窗户上。他想起爷爷每次去森林为老爷砍枞树，总是带着孙子。那时候多么快活呀！爷爷发出啊啊的叫声，严寒冻得那些树木咔吧咔吧直响，万卡看着爷爷和树木，也放开嗓子啊啊地高声大叫。在砍倒一棵枞树之前，爷爷往往先抽一袋烟，然后很长

---

① 普特：沙皇时期俄国的重量单位，1普特=40俄磅=16.38千克。

时间闻鼻烟，笑眯眯地望着脸蛋冻得通红的万卡……

披着霜雪的小枞树一动不动地站在那里，等候着它们当中哪一棵该断送性命。不知从什么地方冷不防钻出一只兔子，沿着雪堆箭也似的飞跑……爷爷忍不住大声喊叫：

“抓住它，抓住……抓住！嘿，短尾巴鬼！”

爷爷把砍下来的枞树拖到老爷家里，人们就动手为它装饰打扮……万卡最喜欢的奥丽加·伊格纳齐耶芙娜小姐，比谁张罗得都欢。万卡的妈妈别拉盖娅还活着的时候，在老爷家里当仆人，奥丽加·伊格纳齐耶芙娜经常给小万卡糖果吃，闲着没事儿的时候，还教他念书，写字，数数儿，从一数到一百，甚至还教他跳卡德里尔舞。后来，别拉盖娅死了，孤儿万卡就被送到下人的厨房里，跟爷爷一块儿住，再往后，又从厨房里被送到莫斯科，送到鞋匠阿里亚辛这里来了……

“好爷爷，快来吧！”万卡接着写，“看在基督的面上，求求您带我离开这里吧。可怜可怜我这个不幸的孤儿吧。要不然，所有的人都打我，整天饿得要命。难过得没法说，一天到晚老哭泣。前几天，老板拿鞋楦子砸我的脑袋，砸得我晕倒在地，好不容易才清醒过来。我的日子苦极了，连狗都不如……向阿廖娜问好，向罗圈腿叶果尔卡和马车夫问好。我的手风琴千万别送人。您的孙子伊万·茹科夫，好爷爷，快来呀。”

万卡把写好的信纸叠成四折，把信纸放进一个信封，那是他昨天花一个戈比买来的……随后他又想了想，用笔蘸了点儿墨水，写下了地址：

寄到乡村祖父收

他抓了抓后脑勺，想了想，又加上了几个字：“康斯坦丁·马卡雷奇”。他感到高兴的是写信的时候，没有人来打扰，他戴上帽子，没顾得披上羊皮袄，只穿着一件衬衫，就跑到街上去了……

头天晚上他问过肉铺的伙计，人家告诉他说，信件都得投进邮箱里去，再由喝得醉醺醺的马车夫从邮箱里取出来，送到各个地方去，一路上车铃铛叮当叮当响个不停。万卡跑到就近的一个邮箱，把那封珍贵的信从缝隙里塞了进去……

美好的希望使他感到满足，过了一个小时，他安稳地睡着了……他梦见了炉灶，梦见爷爷坐在炉台上，垂着两只光脚丫子，正给厨娘们念信……泥鳅围着炉灶转来转去，不停地摇着尾巴……

在理发店

早晨，还不到七点，马卡尔·库兹米奇·布列斯特金的理发店就开门了。店主人很年轻，二十三岁上下，没有洗脸，有些邋遢，穿着倒挺入时。他正在收拾打扫。其实没什么可打扫的，他却忙活得出汗了。他用抹布在这儿擦一下，用手指在那儿抹一下，在那边又发现了只臭虫，把它从墙上划拉下来。

理发店狭小窄巴，不太干净。圆木搭成的墙糊着壁纸，使人想起马车夫褪色的衬衫。墙上有两扇窗户，窗玻璃昏暗，仿佛泪水淋漓。一扇小门，门板很薄，开关时吱吱有声，一副破败的样子。门上方拴着个小铃铛，因潮气侵蚀变得颜色发绿，偶一颤动，无缘无故就发出病态的丁零声。一面墙上挂着镜子，您若朝镜子里照照，里面的相貌便七扭八歪变得丑陋不堪！顾客对着这面镜子理发、刮脸。旁边有张不干净的小桌子，也像马卡尔·库兹米奇一样不修边幅。桌上摆着各种理发用具，梳子、剪刀、剃刀、便宜的扑粉、便宜而且掺了很多水的花露水，应有尽有。整个理发店里的东西满打满算价值超不过十五个卢布。

这时候，门上方的小铃铛发出了病快快的响声。一个上了年纪的男人走进了理发店。只见他身穿皮袄和毡靴，脑袋和脖子上围着一条女人用的披巾。

这人是艾拉斯特·伊万内奇·亚戈多夫，马卡尔·库兹米奇的教父。以前他在宗教法院里当过看守人，现在住在赤塘附近，会钳工手艺。

“马卡鲁什卡，你好呀，亲爱的！”他对专心打扫的马卡尔·库兹米奇说。

两个人相互亲吻。亚戈多夫从头上摘下披巾，在胸前画了个十字，坐下来。

“路好远啊！”他喘着气说，“这是闹着玩儿的吗？从赤塘一直走到卡卢加门。”

“您近来生活好吗？”

“不好啊，老弟。我得了场病，发烧。”

“您说什么？发烧！”

“是的，发烧。我躺了一个月，以为要死了。我都接受了临终涂油礼。现在头发倒又长出来了。大夫叫我理发。他说还会长出新头发，很硬的头发。我心里就琢磨了：到马卡尔那儿去一趟吧。与其找别人，还不如找亲人好呢。亲人理得好，还不要钱。路是稍为远了点儿，这倒是实情，不过话说回来，这有什么关系呢？只当是出来溜达一趟吧。”

“很高兴为您效劳。请吧！”

马卡尔·库兹米奇双脚并拢，指指椅子。亚戈多夫坐下，朝镜子里看看，对镜子里的面貌倒也满意：镜子里映出一张又歪又丑的脸，两片加尔梅克人的嘴唇，扁平的宽鼻子，两只眼睛跑到脑门儿上去了。马卡尔·库兹米奇拿过带着黄色斑点的白罩巾来披在顾客肩膀上，开始用剪子剪头发。

“我给您剪得光光的，露出头皮来！”他说。

“那自然好。最好剪得像个鞑靼人，像个炮弹壳。再长头发才密实。”

“伯母近来身体好吗？”

“跟过去差不多，马马虎虎。前些日子给少校太太接生。人家给了一个卢布。”

“不错啊！一卢布。请您按住您的耳朵！”

“我按住了……当心啊，可别剪着我的耳朵。哎哟，好痛！你在生拔我的头发了。”

“不是成心的。干我们这一行，难免要出点儿差错。顺便问一声，安娜·艾拉斯托芙娜近来好吗？”

“我女儿？挺好，蹦蹦跳跳的。上一周，星期三，我们把她许配给舍伊根了。怎么，你没有来？”

剪子的咔嚓声停住了。马卡尔·库兹米奇双臂下垂，吃惊地问：“把谁许配人家了？”

“安娜呀。”

“怎么能这样啊？许配给谁呀？”

“给舍伊根，也就是普罗科菲·彼得罗夫。他姑妈在兹拉托乌斯金斯基街给人当女管家。那是个好心肠的女人。真的，我们都挺高兴，谢天谢地。过一周就举办婚礼。你来吧，咱们喝几杯乐一乐。”

“可怎么能这样呢，艾拉斯特·伊万内奇？”马卡尔·库兹米奇脸色苍白地说。他神情惊讶，耸了耸肩膀：“这怎么可能呢？这……说什么也不行！要知道安娜·艾拉斯托芙娜……因为我……因为我对她有情意。怎么能这样呢？”

“就是这样嘛。我们认准了就把她许配给人家了。男方人挺好的。”

马卡尔·库兹米奇脸上冒出了冷汗。他把剪子放在小桌子上，举起拳头揉搓着鼻子，说：“我早就对她有情意…… 这不行，艾拉斯特·伊万内奇！……我……我爱上了她，而且求过婚了。……连伯母都答应了。我素来敬重你们，简直就把你们当成我的亲生父母……给你理发也从来都不要钱。我经常为你效力，我老爹去世，你搬走了一张沙发，还有十个卢布，后来一直也没还。你还记得吗？“

“怎么不记得！我没忘记。不过，马卡尔，你哪一点配做新郎官呢？难道你有资格做新郎？没钱，又没地位，这个手艺能有什么出息？……”

“那么舍伊根是有钱的财主？”

“舍伊根在合作社里入了股。他投入的基金就有一千五百卢布。事情明摆着，老弟……不管你想得通还是想不通，反正那件事已经说定了，没有挽回的余地，马卡鲁什卡。你给你自己另找个媳妇吧。……天无绝人之路。好，理发吧！干吗直挺挺地站着呢？”

马卡尔·库兹米奇默不作声，呆呆地站在那儿不动，随后从口袋里掏出块小手绢，呜呜呜地哭起来。

“得啦，哭什么呢！”艾拉斯特·伊万内奇安慰他说，“算了，别哭了！痛哭号啕，像个娘们似的！你先给我剪完头发，然后再哭也不迟。把剪子拿起来吧！”

马卡尔·库兹米奇拿起剪子来，茫然地看了它一分钟，随后一下没拿稳，剪子掉在小桌子上。他的手簌簌颤抖着，说：

“不行，我没法干活儿了！浑身没有力气！我可真倒霉啊！安娜也可怜！我们俩相亲相爱，彼此已经约定，谁能料到，现在被没有良心的人们残忍地拆散了。你走吧，艾拉斯特·伊万内奇！我不想看见你。”

“那我明天再来，马卡鲁什卡。明天你给我剪完头发。”

“好吧。”

“你消消气吧，明天我再来找你，一大早就来。”

艾拉斯特·伊万内奇剪了一半头发，半边脑袋露着头皮，像个苦役犯似的。他这种样子让人看见很丢脸，但是又没有别的办法，他只好拿起披巾来围在脑袋头和脖子上，随后走出了理发店。这时候店里只剩下马卡尔·库兹米奇一个人，他就坐下来继续呜呜咽咽地哭。

第二天一大早，艾拉斯特·伊万内奇又来了。

“你有何贵干？”马卡尔·库兹米奇冷冰冰地问道。

“你把我的头发剪完吧，马卡鲁什卡。还剩下半边头发没剪呢。”

“那就请你先掏钱吧。我不能白白理发。”

艾拉斯特·伊万内奇一句话没说扭身就走了。很长时间他的脑袋半边头发长，半边头发短。花钱理发，他认为太奢侈，他一直等着剪过发的半边脑袋上再长出头发来。就连在婚礼上他也是这副模样满不在乎地走来走去。

神　　经

德米特里·奥西波维奇·瓦克辛是位建筑师。他从城里回到自己的别墅，满脑子都是刚才参加通灵会留下的新鲜印象。脱了衣服，躺在床上，瓦克辛觉得有几分孤独，太太瓦克辛娜不在家，三一节去教堂还没回来。他不由得回想起耳闻目睹的种种情景。其实，那倒算不上什么正式的通灵会，只不过整个晚上的谈话叫人感到可怕。先是有个小姐无缘无故地讲起了如何猜测别人的心思。由猜测心思不知不觉又谈到了灵魂，由灵魂谈到了鬼魂，由鬼魂又说起了人被活埋……有位先生讲了个令人毛骨悚然的故事，说起有个死人在棺材里翻了个身。瓦克辛本人要来一个小碟，给小姐们表演怎么样跟鬼魂谈话。他当即呼唤故去的舅舅克拉甫季·米朗诺维奇，若有所思地问他说："我是不是该把房子转到妻子的名下？"舅舅听了回答说："时机合适，怎样做都好。"

"自然界有许多事情神秘莫测，令人恐怖……"瓦克辛盖着一条毛毯胡思乱想。"死人并不可怕，可怕的是这猜不透的疑团……"

时钟响了一下，是夜里一点。瓦克辛翻了个身，从毛毯下面探出头来，看见了一盏小灯的蓝色火焰。灯光闪动，影影绰绰照着神龛，照着挂在床对面墙上的大幅画像，那就是舅舅克拉甫季·米朗诺维奇。

"要是在这半明半暗的时刻，一下子出现舅舅的灵魂，那该会怎么样呢？"瓦克辛的头脑里突然闪现出这个念头。"不，这不可能！"

鬼魂，是一种偏见，是智力不成熟的产物。话虽这么说，瓦克辛还是用毛毯蒙住了头，把眼睛闭得死死的。在他的想象中闪现出那个在棺材里翻身的僵尸、死去的岳母、上吊的同事、一个淹死的姑娘……许多死人的影子相继掠过，他极力想从脑海里排除这些阴郁的念头，不料，越是用力驱赶，那些死人的形象反而越发清晰，想法也更加可怕。瓦克辛不由得浑身颤抖。

"活见鬼……像个孩子一样害怕……真蠢！"

"滴答……滴答……滴答……"隔壁传来挂钟的响声。墓地旁边的乡村教堂里，看守人在敲钟。钟声缓慢、悲凉，声音拖得很长，让人听了揪心……瓦克辛后脑勺儿和脊背上凉飕飕的，像有蚂蚁在爬。恍惚间他觉得有个人在他头上呼呼喘气，似乎他舅舅从像框里走了出来，弯着腰凑近他这个外甥……瓦克辛吓得要死，他咬紧牙关，不敢出气。就在这时候，一只小甲虫从敞开的窗口飞进来，在瓦克辛卧榻的上空嗡嗡直响。瓦克辛再也忍受不住了，他绝望地拉响了床头铃，让仆人快来。

"德米特里·奥西波维奇，您要做什么？"过了一分钟，门口传来了家庭女教师用德语说话的声音。

"噢，是您呀，罗扎丽娅·卡尔洛芙娜？"瓦克辛高兴地说，"您何必费心呢？哈甫里拉会来的……"

"哈甫里拉，您自己打发他进城去了，格拉菲拉从傍晚就不知道哪儿去了……没有人在家……您究竟要做什么？"她用生疏的俄语夹杂着德语说。

"我，亲爱的，有话想说……这个……可是您进来啊，别拘束！我这儿挺昏暗的……"

罗扎丽娅·卡尔洛芙娜走进了卧室，她身材肥胖，面颊绯红，站在那里，摆出等待的姿态。

"请坐呀，亲爱的……您看，是这么回事……"瓦克辛一边说一边想，"我该请她做什么呢？"他瞥了一眼舅舅的画像，觉得他的心渐渐平静了下来。"照直说吧，我想求您办一件事……明天有人进城，别忘了吩咐他一声，让他……这个……顺便去买点儿卷烟纸……您可以坐下呀！"

“卷烟纸？好吧！您还有什么事？”

“我要……我什么也不要了，不过……请您坐下呀！也许我还会想起什么事来……”

“不体面，一个姑娘家，站在男人房间里……我看您，德米特里·奥西波维奇，真调皮，爱开玩笑……我明白……为买卷烟纸，不会叫醒人……我明白……”

罗扎丽娅·卡尔洛芙娜一转身走了出去。瓦克辛跟她交谈了几句，心情平定了几分，却又为自己的胆小怯懦觉得脸上无光，于是拉过毛毯蒙住头又闭上了眼睛。大约过了十分钟，他觉得自己心里平静，可随后那些可怕的古怪念头又钻进了他的脑袋……他啐了一口唾沫，摸到了火柴，闭着眼睛点燃了蜡烛。但烛光也帮不了他的忙。瓦克辛胆战心惊，他觉得墙角里似乎有个人在打量他，好像是他舅舅在眨巴眼睛。

“我要再拉一次铃叫她来，见她的鬼……”他打定主意，“我告诉她，说我病了……求她找点儿药水……”

瓦克辛拉响了床头铃。没有人应声。他又拉了一次。仿佛回应这铃声似的，墓地上又响起了钟声。他非常害怕，从头到脚感到冰凉，慌里慌张冲出了卧室，他在胸前画个十字，一边骂自己胆小，一边光着脚丫子奔跑，只穿着贴身内衣跑到了家庭女教师的房间门前。

“罗扎丽娅·卡尔洛芙娜！”他敲了敲门，用颤抖的声音叫道，“罗扎丽娅·卡尔洛芙娜！您……睡着了吗？我……这个……我病了……找药水！”

听不见回答。四周一片寂静。

“我求您啦……明白吗？求求您！何必这么……死板呢，我真不明白，何况有人……生病呢！说真的，您怎么这样一本正经！在您这种年纪……”

“我要告诉您的太太……您不让规矩的姑娘安静……过去我住在安齐格男爵家里，男爵想，想到我这儿来找火柴，我明白……我立刻就明白，要火柴是什么意思，我就跟男爵夫人说了……我是个规矩的姑娘……”

“哎呀呀！真见鬼！你是不是规矩，跟我有什么关系？我有病……我想找药水。您明白吗？我有病！”

“您的妻子规矩，是个好的女人，您应该爱她。是的！她是个尚的人。我不愿意做她的敌人！”

“您是傻瓜，就这么回事！您明白吗？傻瓜！”

瓦克辛倚着门框，双手交叉在胸前，他期待恐惧感赶快消失。他没有勇气回到自己的房间，害怕摇曳的烛光，害怕舅舅从画框里盯着他；但是，穿着贴身内衣站在家庭女教师房门口，无论如何也不成体统。怎么办呢？时钟敲过了两点，他的恐惧感仍然没有消失，也没有减轻。过道里黑洞洞的，每个角落里似乎都有个黑魆魆的幽灵在向外张望。瓦克辛背过身去，脸冲着门框，冷不防觉得背后有人轻轻扯他的衬衫，接着又拍了拍他的肩膀。

“见鬼……罗扎丽娅·卡尔洛芙娜！”

没有人答应。瓦克辛犹犹豫豫地推开了房门，朝房间里看了看。贞洁的德国女子睡得很安稳。夜晚点的一盏小灯映照出她的身体轮廓，她显得笨重又健壮。瓦克辛走进房间，在靠近房门的一只藤箱上坐下身来。有一个活人在旁边睡觉，他觉得心情轻松了几分。

“让她睡吧，这个德国女子……”他想，“我在她这儿坐一会儿，等天一亮我就走……现在天亮得早。”

瓦克辛等待黎明，他蜷着身子躺在藤箱上，把一条胳膊垫在脑袋下边，想开了心事。

“神经到底是怎么一回事呢？人有智力，能思考，可是话说回来，真见鬼！……想想都觉得丢脸……”

仔细听着罗扎丽娅·卡尔洛芙娜呼吸轻微平稳，瓦克辛不久就完全平静下来了……

早晨六点钟，瓦克辛的妻子过完三一节回来，在卧室里没有看见丈夫，就朝家庭女教师的房间走去，想跟她要几个零钱，打发出租马车的车夫。走进德国女人的房间，她看到的竟是这样的情景：罗扎丽娅·卡尔洛芙娜睡在床上，由于炎热仰面朝天，四肢伸展。离她一俄丈远，在藤箱上蜷缩着她的丈夫。只见他光着脚，只穿了一身内衣，呼噜呼噜不停地打鼾。至于妻子究竟会说些什么，丈夫清醒以后会怎么样满脸尴尬，我愿意留给别人去描绘。我呢，的确是无能为力，不得不就此搁笔。

楼梯步步高

多尔鲍诺索夫是个外省的文职官员，有一次，因为办理公务来到了彼得堡。他出席冯加洛夫公爵府上的晚会纯属偶然。就在这次晚会上，他遇见了过去学法律的大学生谢波特金。五年前，这个学生曾给他的孩子当过家庭补习教师。意外相逢让他觉得分外惊讶。晚会上没有一个熟人，出于无聊，他走到了谢波特金跟前。

“您这是……这个……怎么到这儿来了啊？”他一边问，一边用巴掌捂着嘴打了个哈欠。

“我到这里来，跟您一样……”

“不妨换句话说，跟我不一样……”多尔鲍诺索夫眉头一皱，瞅了瞅谢波特金，“嗯，近来怎么样？”

“还算凑合吧……大学课程学完了以后，在波多考尼科夫手下，我当了个小官员，处理一些特殊事务。”

“真的？初涉官场，这情况就算不赖……不过……这个……请原谅我问得冒昧，担任这职务，你的薪俸有多少？”

“八百卢布……”

“咳！……连抽烟的钱都不够……”多尔鲍诺索夫轻轻说了一句，仿佛是个监护人似的，流露出屈尊迂贵的口吻。

“在彼得堡，要想日子过得无忧无虑，这点儿钱，当然不够花销，不过，除了这笔收入，我还在铁路局兼任秘书……他们支付给我一千五……”

“真……真……真的吗？要是这样的话，那就另当别论了……”多尔鲍诺索夫插话说，他的脸上若隐若现在闪光，“顺便问一句，我最亲近的朋友，您是通过什么门路和这府上的主人结识的呢？”

“说来挺简单，”谢波特金漫不经心地回答说，“我在御前大臣洛德金府上碰见了他……”

“您……您常常去洛德金府上走动？”多尔鲍诺索夫瞪大了两只眼睛。

“经常走动……因为大臣的侄女嫁给了我……”

“娶了大……大臣的侄女？哦……您说说……我……您一定还记得……这个……我过去早就祝福您前程远大，尊贵的伊万·彼得内奇……”

“彼得·伊万诺维奇……”

“是，是，彼得·伊万诺维奇……您知道，我只瞅了一眼，就认出这张面孔很熟悉……一秒钟就认出您来了……我心里想，一定要请他共进午餐……嘿嘿！……我想，您不会拒绝一个老头子的请求吧？欧罗巴餐厅，三十三号单间雅座……下午一点至六点恭候光临……”

识字的蠢人

阿尔西普·叶里谢伊奇·帕莫耶夫是个退役的骑兵少尉。他戴着眼镜，皱着眉头读一纸公文："……某地……某区民事调解法官……请您以被告的身份出庭，为因暴力侮辱农民格利高利·伏拉索夫一案受审……民事调解法官彼·舍斯基克雷洛夫"。

"这是谁发来的？"帕莫耶夫抬起眼睛看着送信人问。

"是调节法官彼得·谢尔盖伊奇发来的……就是舍斯基克雷洛夫，老爷……"

"哦……是彼得·谢尔盖伊奇发的。他邀请我去干什么呢？"

"大概是受审吧……那公文上写着呐，老爷……"

帕莫耶夫把传票又读了一遍，诧异地看了看送信人，接着耸了耸肩膀。

"去他的！……以被告身份出庭……这个彼得·谢尔盖伊奇克真会戏弄人！哼，好吧，你就说：行！不过要让他好好准备一顿早饭……你就说：我去！请替我向娜达丽娅·叶果罗芙娜和孩子们问好！"

帕莫耶夫签了名，就朝另一个房间走去，那里住着他的内弟尼特金中尉，他是到姐夫家来度假的。

"你看一眼吧，彼得·谢尔盖伊奇给我送来了一封什么样的便函。"他说着把传票递给了尼特金，"他叫我星期四去他那儿，你陪我去吗？"

"可他不是叫你去做客，"尼特金看了看传票说道，"他传你以被告身份出庭……他要审问你……"

“审问我？去他的！……他是个乳臭未干的愣头青，就想审问我？……他只配在浅水坑里扑腾……他准是随便写写，开玩笑的……”

“根本就不是开玩笑！你不明白还是怎么的？这儿写得清清楚楚：暴力侮辱……你打了格利高利，所以得受审。”

“我的老天爷，你可真是个怪人！这么说吧，既然我跟他是朋友，他怎么能审问我呢？我们常常一块儿打牌，一块儿喝酒，我们在一块儿什么没干过？他怎么倒成了审问我的法官？哈哈！他算是哪门子的法官？别吉卡[①]竟然是法官！哈哈哈！”

“你就笑吧！笑吧！等到他不顾朋友情面，依据法律条文把你关押起来，你就笑不出来了！”

“你太傻了，老弟！这跟法律条文有什么关系，既然他是我儿子万尼亚的教父！等星期四我们到了他那里，你就能亲眼看看法律是怎么一回事了……”

“可我想劝你压根儿就不要去，不然的话你自己和他都会处境尴尬……让他缺席审判好了……”

“不，为什么要缺席呢？我一定要去，我要亲眼看看他到底怎么样审判……看看别吉卡出息成个什么样的法官，想必挺有意思……再者说，好久没到他哪儿去了……不去不合适……”

星期四，帕莫耶夫由尼特金陪同，动身去见舍斯基克雷洛夫。他们在审讯室碰到了调解法官，他正在审理案件。

“你好呀，别吉卡！”帕莫耶夫走到审判桌前面，一边说一边伸出手来，想与法官握手。“你审案子就这么从容？是不是故意刁难？你审吧，审吧……我等一等，看一看……我来介绍一下，这是我内弟……你太太身体好吗？”

“好……好……请你们到那边坐……坐在旁听席上……”

结结巴巴说完这句话，法官涨红了脸。刚做法官的人在审讯室见到熟

---

① 别吉卡：彼得的小名。

人，通常总是感到慌乱。当不得不审问熟人的时候，他们给人的印象是六神无主，有条地缝儿都想钻进去。帕莫耶夫离开桌子，和尼特金一起在前排一条长椅上坐下来。

“这个滑头倒装得一本正经！”他凑近尼特金的耳朵悄悄说，“简直认不出来了！笑都不笑，还佩戴着金链子！嘿！真有你的！以前在我家厨房里，趁阿加希卡睡觉的时候，倒好像不是他用墨水给人家画鬼脸来着。真可笑！连这号人也配审案子？我问你，这种人能审案子吗？这儿需要有官衔的人，老练的人……你知道，那才叫人畏惧，现在倒好，随便找个人，说声请，你审吧！嘿嘿！……”

“格利高利 · 伏拉索夫！”调解法官大声说，“帕莫耶夫先生！”

帕莫耶夫笑了笑，走到了审判桌前面。旁听席上走出一个年轻汉子，穿着高腰身的旧上衣，带格子的裤子，裤腿塞在红褐色的短靴筒里。他走过来与帕莫耶夫并排站在一起。

“帕莫耶夫先生！”调解法官垂下眼睛开口说道，“您被指控……这个……说是……您以暴力侮辱了您的仆人……就是说侮辱了格利高利 · 伏拉索夫。您承认您有罪吗？”

“瞧你说的！从什么时候起你变得这么严肃了呢？嘿嘿！……”

“您不认罪？”法官打断了他的话，由于心慌意乱，他显得局促不安，“伏拉索夫，您讲讲事情的经过吧。”

“事情很简单，老爷！您知道，我在他们家当听差，说起来就跟奴才差不多……我们的差事真就像苦役一样呀，老爷……他老人家八点多钟不起床，可我天刚亮就得起来。天知道他老人家想穿皮靴还是软靴，说不定整天又会穿着拖鞋走来走去。可是你得把所有的鞋都擦干净：皮靴啊、软靴啊、皮鞋啊，一双也不能落下……好吧，干活倒不怕。那天一早他老人家叫我给他穿衣服。我呢，当然随叫随到……我给他穿上衬衫，穿上裤子，穿上皮靴……一切都做得顺顺当当……我接着给他穿坎肩……这时节他老人家开口说：‘格利高利，去拿把梳子，它在上衣旁边的口袋里。’好吧，说拿就拿……我在旁边口袋里摸了摸，见鬼，没有梳子！我摸呀摸，接着说：'这儿没有梳子呀，阿尔西普·叶里谢伊奇！'他老人家皱着眉头，走到上衣跟前，一伸手掏出了梳子，可不是从他吩咐的旁边口袋里掏出来的，倒是从胸口前边的小口袋里掏出来的。'看这是什么？不是梳子？'说着，他就拿梳子扎我的鼻子。就这样，用梳子齿儿在我鼻子上划来划去。后来，我的鼻子整天流血不止，老爷您看，我的鼻子到现在还肿着……我有证人，大家都看见了。"

"您有什么话为自己辩解吗？"调解法官抬起头来，眼睛看着帕莫耶夫问。

帕莫耶夫用疑问的眼神先看看法官，又看看格利高利，然后又看看法官，他的脸涨得通红：

"我该怎么理解这件事呢？"他嘟嘟囔囔地说，"是开玩笑吗？"

"这可完全没有跟您开玩笑的意思，"格利高利说，"您该凭良心说话。不要动不动就随便打人。"

"住嘴！"帕莫耶夫用手杖敲打着地板说，"笨蛋！蠢货！"

调解法官急忙摘掉金链子，从桌子后边跳起来，跑到他的办公室里去了。他一边跑一边喊："审讯暂停五分钟！"

帕莫耶夫抬腿去追他。

"你听着，"调解法官把双手一拍开口说，"你想让我去当众出丑，是不是？还是你乐意听那些厨子和听差在他们的供词里糟践你？你这蠢驴！你来干什么？你以为缺了你我就不能判决吗？"

"我竟然对他犯罪！"帕莫耶夫把双手一摊，"你自己安排了这出滑稽戏，反过来倒冲我生气！把这个格利高利关起来，不就得了！"

"把格利高利关起来！呸！你过去是个傻瓜，现在仍然是个笨蛋！你说，怎么可能把格利高利关起来呢？"

"关起来就万事大吉了！该关的反正不是我！"

"怎么，你以为现在还是从前那个时代？打了格利高利的人再把格利高利关起来！奇怪的逻辑！对于当代的诉讼程序，你究竟有没有一点儿概念？"

“我从小到大没有打过官司，也没有当过法官，我的理解是：要是这个叫格利高利的家伙到我这里来控告你，我会把他从楼梯上推下去，让他回家告诉孙子，不许他们告状，千万不能告状；反正我不会像你，还允许他胡说八道诬赖好人。简单说吧，你是想嘲笑我，显示你的手腕灵活……就这么回事儿！我妻子看了传票，她很吃惊，当她知道你给那些厨子和那些畜生发了传票，更是万分惊讶。这种把戏大大出乎她的意料。不能这样，别吉卡！朋友之间不能这么干。”

“你该理解我的处境！”

舍斯基克雷洛夫开始向帕莫耶夫解释他的处境。

“你先在这儿坐一会儿，”最后他说，“我去一下，进行缺席宣判。看在上帝的面子上，你千万可别出去！你满脑子陈腐观念，一出庭就乱说乱讲，弄不好就会记录在案。”

舍斯基克雷洛夫走进审讯室，着手审问。帕莫耶夫坐在办公室一张小桌旁边，由于闲着没事，他开始翻看那些刚刚填写好的执行书。他听见调解法官劝格利高利和解，格利高利长时间固执己见，不过，最后他还是同意和解，以十个卢布的代价，补偿他遭受的屈辱。

“好啦，上帝保佑！”舍斯基克雷洛夫宣读完判决词以后，走进办公室庆幸地说，“谢天谢地，案子就这么结啦。我的肩头仿佛卸下了千钧重担。你拿出十个卢布，交给格利高利，就可以心安理得啦。”

“我给格利高利……十个卢布？”帕莫耶夫惊呆了，“你是不是疯了？”

“得，算啦，算啦，我替你出这笔钱好啦。”舍斯基克雷洛夫把手一挥，皱着眉头说，“就算出一百卢布，我也心甘情愿，只要不惹出什么麻烦就好。上帝保佑，千万别让我再审问熟人。老兄，与其打格利高利，倒不如每次你到我这儿来，把我打一顿！对我来说，那倒轻松一千倍。走吧，我们到娜达莎[1]那里去吃饭吧！”

---

① 娜达莎：法官彼得妻子娜达丽娅的爱称。

十分钟以后，朋友们坐在调解法官的住所里吃上了红烧鲫鱼。

“嗯，好！”三杯酒下肚，帕莫耶夫开口说，“你判给格利高利十个卢布，那么你要把他关多少天呢？”

“我没有关押他。怎么能关押他呢？”

“什么‘怎么能’？”帕莫耶夫瞪大了眼睛，“就为他不该瞎告状！他有什么理由告我？”

调解法官和尼特金耐心地向帕莫耶夫解释，但说来说去，帕莫耶夫还是不懂，他仍然固执己见。

“不管怎么说，反正别吉卡不适合当法官！”回家的路上，他和尼特金边走边聊，长叹了一口气说道，“他是个善良的人，受过教育，又热心帮助别人，不过……做法官却不合适！他不会正儿八经地审案子……虽说不忍心，但三年以后选举调解法官，我再也不投他的票啦！没别的办法，只能这么做！……”

瞎琢磨

炎热的中午，空中没有一点儿声音，看不见一只飞鸟……整个自然界就像一座被上帝和人们遗忘了的庞大庄园。典狱官雅什金的住宅旁边，长着一棵树叶低垂的老椴树，树下摆着一张三条腿的小桌，桌边坐着两个人，一个是雅什金本人，另一个是他的客人，县立中学校长彼牟伐夫。两个人都已经脱掉了上衣，解开了坎肩的纽扣。他们红彤彤的脸上满是汗水。两个人神情呆板，炎热的天气使他们表达情感的能力变得麻木了……彼牟伐夫的脸色萎靡不振，眼睛无精打采，下嘴唇向下耷拉着，一副懒洋洋的模样。从雅什金的眼睛以及眉宇之间的皱纹变化，可以看出他在想什么心事……两个人你看着我，我看着你，都不说话。他们不停地喘息，挥动巴掌拍打苍蝇，以此来表达他们心情的烦躁。小桌上放着一个细长颈的玻璃瓶，里面盛着伏特加，旁边摆着一块又老又硬的熟牛肉，一个用过的沙丁鱼罐头空盒里装着颜色发灰的盐。他们已经喝了一杯、两杯，第三杯酒也都喝光了……

“是啊！”雅什金忽然开口说，他的声音那么突然，吓得趴在桌子旁边的一条狗浑身一抖，它原来待在那里打瞌睡，现在夹起尾巴跑到一边去了。“是啊！不管怎么说，菲利普·马克西梅奇，俄语里的标点符号有很多毫无用处！”

“何以见得呢？您倒说说看。”彼牟伐夫谦虚地问道，说话间从酒杯里捞出一片苍蝇翅膀。“标点符号虽然很多，可是它们每一个都有自己的意义和用法。”

“算了吧！您那些标点什么意义都没有。只不过是稀奇古怪的想法罢了……有的人一行文字里加上十个标点，还自以为挺聪明哪。比方说，副检察官梅里诺夫，在每个词后面都点上逗号。那是何苦呢？仁慈的先生，逗号，某月某日巡查监狱，逗号，我发现，逗号，犯人们，逗号……呸！真叫人眼花缭乱！有些书里也是这样……分号、冒号、各种各样的引号，读了叫人恶心。有的家伙觉得点上一个句号不过瘾，索性点上一溜点儿……这都是何苦来呢？”

“这是做学问的要求……”彼牟伐夫叹了一口气。

“什么学问……这是神经错乱，根本不是什么学问！他们想装样子炫耀……想欺骗人！比方说，任何一种外语里都没有的字母，俄语里却有。有的词，用上这个字母和不用这个字母两种写法都行，你说，这样的字母有什么用？”

“天晓得您在说些什么呀，伊里亚·马尔丁内奇！”彼牟伐夫不高兴地说道，“怎么能说一个词两种写法都行呢？说这种话，让人听了都别扭！”

彼牟伐夫喝干了一杯酒，扫兴地眨巴着眼睛，把脸扭向了旁边。

“就因为这个古怪的字母，我还挨过揍呢！”雅什金接着说，“记得有一次，老师叫我到黑板前面默写，刚写完一句话，老师抬手就给了我一巴掌，他说我写错了一个字母。过了一个星期，他又叫我到黑板上默写，写的还是那句话。这回我照他说的改了那个字母，不料他又扇了我一个耳光。我说：‘这是为什么呀，伊万·伏米奇？是您亲自告诉我该这么写的呀！’他说：‘上次是我记错了。昨天，我读了一位科学院院士写的文章，文章里就有这个词，这个字母是照古体写的，我同意院士的意见。我又打你一次是为了让你记住，这是我的责任……’得，就这样我又白挨了一次打。现在我儿子瓦夏地耳朵总是肿的，也是因为这个字母在学校里挨打……我要是教育大臣的话，就下一道禁令，不许你们这一帮人用这个怪字母折腾人！”

“再见吧，”彼牟伐夫叹了一口气，眨巴着眼睛，穿上了他的大衣，“我可不想听了，既然谈的是学问……”

“算了，算了，算了……您还真生气啦？”雅什金说道，扯住了彼牟伐夫的袖子不撒手，“我说这些话，只不过是随便聊聊……算了，坐下来，咱们接着喝酒吧！”

心里厌烦的彼牟伐夫只好坐下来，喝了一口酒，把脸扭向一边。一阵沉默，厨娘菲奥娜端着一木盆脏水，从喝酒的两个人旁边走过。接着传来泼洒脏水的声音，还有挨了水泼的狗嗷嗷的叫声。彼牟伐夫那张呆板的脸，越发显得无精打采了。那张面孔似乎眼瞅着就要热得融化了，马上会变成液体，流向下面的坎肩。雅什金紧锁眉头，前额上现出许多皱纹。他专注地盯着那块又老又硬的牛肉，琢磨着什么心事……朝小桌子走过来一个有残疾的仆人，愁眉苦脸斜着眼睛看了看酒瓶，瞅见酒瓶空了，就又去拿来了一瓶酒……两个人继续默默地喝酒。

“是啊！”雅什金突然开口说。

彼牟伐夫浑身一抖，吃惊地望着雅什金。他估计这位地主又要信口开河胡说八道了。

“是啊！”雅什金重复了一句，满怀心事地瞅着酒瓶，“照我的意见说，学问里有许多无用的东西！”

“您倒是说说，怎么会有这种想法呢？”彼牟伐夫小声问，“您认为哪些学问是多余的呢？”

“所有的学问都多余！……一个人学问越多，就越以为自己了不起，就越傲慢……我恨不得把所有这些……学问全都给废了……你瞧，你瞧，又生气了不是？你这号人，真的，太爱生气了。说句话都不行！坐下，坐下！接着喝酒！”

菲奥娜走过来，胖胖的胳膊肘向两边挓挲着，气哼哼地把一大碗绿菜汤摆到了两个人面前。紧接着是响亮的喝汤的声音，吧嗒嘴唇的响声。仿佛从地底下钻出来似的，一下子出现了三条狗和一只猫。狗和猫蹲在桌子前面，眼巴巴地望着嚼东西的嘴。菲奥娜送完菜汤以后，又端来了一大碗牛奶粥，她把碗狠狠地往桌子上一蹾，震得桌子上的汤勺儿和面包皮都掉在了地上。喝粥以前，两个朋友又默默地喝酒。

“这个世界上的一切都是多余的！”雅什金突然大声说道。彼牟伐夫手里的勺子掉在了膝盖上，他惊讶地看着雅什金。这位校长本来还想进行争辩，无奈他的舌头喝酒喝得有点儿发木，再说又被黏糊糊的粥裹住了，因而动转不灵……几次说过的“您倒是说说看”这句话怎么也说不出来，发出来的只是呜呜哝哝的响声。

“一切都多余……”雅什金继续说，“各种各样的学问，各种各样的人，都是多余的……监狱多余……苍蝇多余……粥多余……就连您也是多余的。虽然您是个好心人，信仰上帝，但是，您同样是多余的……”

“再见吧，伊里亚 · 马尔丁内奇！”彼牟伐夫木讷地说，他急于穿上大衣，但他的手却怎么也找不到袖子。

“现在我们吃饱了，喝足了，可这都是为什么呢？什么也不为……这一切都是多余的……我们不停地吃，自己却不知道为什么吃东西……算了，算了……又生气了！我说这些，只不过为了找个话题！您要到哪里去呀？不如我们坐一坐，聊一聊，再喝上几杯！”

又是一阵沉默，不时响起碰杯的声音，酒后打饱嗝的声音……太阳已经西沉，椴树的影子越来越长了。菲奥娜走过来，鼻子哼了两声，使劲儿甩甩胳膊，在桌子旁边铺了一小块地毯。两个朋友默默喝下最后一杯酒，在地毯上躺了下来，他们俩背对着背，准备睡觉……

“谢天谢地！”彼牟伐夫心里想，“幸亏他今天没有扯到上帝创造世界，没有牵扯宗教等级，不然的话，连圣徒听了，都会汗毛倒竖，难以忍受……”

客　人

私人律师捷里捷尔斯基已经睁不开眼睛了。大自然沉入了一片昏暗。微风渐渐停息，鸟儿的合唱已经沉寂，成群的牛羊已经安歇。捷里捷尔斯基的妻子早已回房睡觉，女仆也睡了，所有的动物都已进入梦乡，只有捷里捷尔斯基一个人不能回到卧室，尽管他的眼皮上已经像压着三普特的重物。原来他家里还坐着一位客人，退役上校，这是他的邻居，就住在隔壁的别墅，午饭以后他来串门，坐到沙发上就再也不起来了，仿佛屁股粘在了那里似的。他坐在那里讲他的经历，声调沙哑，还带有很重的鼻音。他说的是1842年在克列敏丘克城，一条疯狗怎么样咬他。他讲完了一遍，又从头再讲。捷里捷尔斯基心里非常厌烦。为了让这位客人自动告辞，他已经试过了各种办法！他隔一会儿就看看表，说自己头疼，隔一会儿就从客人坐着的房间里出去一趟，但这些办法都不管用。客人不予理会，继续讲那条疯狗。

“这老家伙得待到天亮啦！”捷里捷尔斯基心里窝火，“这个笨蛋！连通常的暗示都不明白，那就只好来粗鲁的了。”

“您听我说，”他大声说道，“住在别墅，您知道我最喜欢什么吗？”

“喜欢什么呢？”

“喜欢这儿的生活有规律。在城市里，很难保持某种固定的生活秩序，但在这里，却相反。我们总是九点起床，三点吃午饭，十点吃晚饭，十二点上床睡觉。我总是十二点就寝！如果睡晚了，我就求上帝保佑：第二天可别让我偏头疼！”

“您是说……一个人有一个人的习惯，的确是这样。从前我有一个熟人，您知道吗，他姓克留什金，是个步兵大尉。我和他是在谢尔普霍夫城认识的。嘿，就是这位克留什金……”

上校开始讲克留什金的故事，讲得磕磕巴巴，嘴唇发出吧嗒吧嗒的响声，还用胖胖的手指头比比画画。壁钟敲过了十二点，时针缓慢地向十二点半移动，可是他仍然讲个不停。捷里捷尔斯基急得浑身冒汗。

“什么都不懂，真蠢！”他暗自愤恨，“莫非他还以为，他的来访会使我高兴？怎么样才能把他撵走呢？”

“您听我说，”他打断了上校的话说道，“我的嗓子疼得要命！您说我该怎么办呢？今天上午，鬼使神差我去看了一个熟人，谁知他的孩子得了白喉症。大概我受了传染。是的，我觉得我也被传染上了。我也得了白喉症！”

“常有这种事！”上校静地说，说话时带着浓重的鼻音。

“这种病很危险！我担心，我自己得了病，还会传染别的人。这种病最容易传染了！但愿我别把这种病传染给您，巴尔费尼·萨维奇！”

“传上我？嘿嘿！我在伤寒病医院住过，也没有被传染上伤寒，在您家里怎么会传上呢？嘿嘿！……我这把老骨头，老弟，什么病都传染不上。老头子命硬。我们那个旅里有个挺老的小老头儿，是个中校，叫特列比扬……祖上是法国人。喃，说起这个特列比扬……”

于是，上校又开始讲述这位特列比扬生命力多么顽强。壁钟敲过了十二点半。

“对不起，我要打断您的话，巴尔费尼·萨维奇，”捷里捷尔斯基一边呻吟一边说，“您几点钟上床睡觉呀？”

“有时候两点，有时候三点，也常有通宵不睡的时候，尤其是陪好朋友坐着聊天，再不就是风湿性关节炎犯病的时候。比方说吧，今天我准备四点上床，因为吃饭前我足足睡了一觉。我有能力长时间不睡。战争时期我们一连几周不睡觉。曾经有过这么一回事。我们驻扎在……”

“对不起。可是我总是十二点上床睡觉。明天九点我起床，因此不得不早睡啦。”

“当然啦，早起对人的身体有好处。嗯，是这样……我们驻扎在阿哈尔齐赫近郊……

“天晓得是怎么回事。我一阵发冷，一阵发烧。我在犯病以前总是这个样子。我必须告诉您，有时候我神经错乱犯一种怪病。这种病常在夜里十二点多发作……白天倒不怎么犯病……犯起病来，脑子里突然间嗡嗡直响……我神志不清，跳起来，遇到什么抓什么，抓住东西就朝家里人身上扔。抓住刀子扔刀子，抓起椅子扔椅子。现在我又觉得发冷，没准儿又要犯病。发冷往往是犯病的预兆。”

“说得真玄！……您该去治治病才好！”

“我治过，但不管用……我能做到的，只是在发病前不久，提醒熟人和家里人，让他们及早离开，至于治疗，我早就不抱希望了……”

“啧啧！……世界上什么样的怪病没有啊！又是瘟疫，又是霍乱，又是各式各样的神经病……”

上校摇了摇头，陷入了沉思。接下来一阵沉默。

“我来给他读一读自己的作品吧，”捷里捷尔斯基又想出了一个主意，“那里放着一部长篇小说，还是我在中学里写的……没准儿能起点儿作用……”

“噢，顺遍说一句，”捷里捷尔斯基对正在沉思的上校说道，“您想不想让我给您读一读我的作品？那是在空闲的日子里胡乱涂抹的……这部长篇小说共分五部，有序言，还有尾声……”

不等对方回答，捷里捷尔斯基一跃而起，从书桌的抽屉里取出一部颜色发黄的旧稿本，封面上写着几个大字《死海波澜——五卷本长篇小说》。

“这一来他大概会走了，”捷里捷尔斯基一边翻看他年轻时期拙劣的作品，一边暗自怀着期望，“我要一直读下去，直到他忍不住哇哇大叫……”

“喂，您听着，巴尔费尼·萨维奇……”

“好吧……我愿意听……”

捷里捷尔斯基开始朗读。上校把一条腿架在另一条腿上，让自己坐得更舒服一些。他脸上一副严肃的神色，显然已经做好了准备，要长时间认认真真地听……朗读者开始读的是风景描写。壁钟敲过了一点，风景描写才让位于描绘城堡，正是在这座城堡里居住着长篇小说的主人公瓦连京·勃林斯基伯爵。

“真想住在这样的城堡里啊！”上校赞叹了一声，“描写得多么出色啊！真想坐在这里听上一辈子！”

“你等着瞧！”捷里捷尔斯基心想，“会让你叫起来的！”

到一点半的时候，城堡描写才让位于主人公英俊仪表的描述……两点整，朗诵者用低沉的声音有气无力地念道：

“‘您一再问我有什么期望？噢，我希望，在远方，在南国的苍穹之下，您小巧的纤手会在我的手掌里微微颤抖……只有在那里，在我心灵大厦的拱顶之下，我的心才会跳得更加欢快……爱情啊，爱情！……’不行，巴尔费尼·萨维奇……我一点儿力气都没有了……难受得要命！”

“那您就别读啦！明天接着读，直到全部读完。现在我们聊聊天好了……是这样，我还没有给您讲，在阿哈尔齐赫近郊……”

疲惫不堪的捷里捷尔斯基往沙发上一靠，闭上眼睛开始听……

“所有的办法都试过了，”他想，“什么子弹都打不中这个老怪物。现在他得一直坐到四点了……主啊，我情愿出一百卢布，只求马上能躺下就睡……啊，对啦！我跟他借钱！好办法！……”

“巴尔费尼·萨维奇！”他打断了上校的话说道，“我又要打断您的话了。我想请求您帮个小忙……情况是这样：我在这里住别墅，近来开销大极了。手里连一个戈比都没有了。一直要到八月底才能有一笔收入。”

“您看……我在您家里坐得太久了……”上校喘着粗气说，他用眼睛搜寻着帽子。“已经两点多了，……您说什么来着？”

“我想找人借两三百卢布……您知道有什么人肯借吗？”

“我怎么知道呢？但是……您该睡觉了，是时候了……愿我们都保重身体……向您的太太问好……”

上校抓起帽子，朝门口迈了一步。

“您上哪儿去呀？”捷里捷尔斯基格外高兴，“我还想求您帮忙哪……我知道您心地善良，我指望……”

“明天再谈，现在我得见我妻子去了！大概她正在等候她心爱的伴侣呢……嘿嘿嘿！……再见吧，天使……睡吧！”

上校匆匆忙忙握了握捷里捷尔斯基的手，戴上帽子，走了出去。主人非常得意。

记者夫妇

夜里两点多钟，菲布罗夫夫妇还没有睡着。菲布罗夫翻过来倒过去，不时啐口唾沫。他妻子是个小巧瘦弱的黑发女人，躺在床上一动不动，沉思地望着敞开的窗口，窗外即将出现冷清而又严峻的黎明……

“睡不着！”她叹了口气说，“你想呕吐吗？”

“对，有点儿想吐。”

“我不明白，瓦夏，你每天回家都是这副模样，你就不觉得厌烦吗？没有一个晚上你不难受的。真丢脸！”

“咳，对不起……我不是故意的。在编辑部里喝了一瓶啤酒，在‘乐园’餐厅又多喝了几杯。你就原谅我吧。”

“何必求人家原谅呢？你自己该感到愧疚，觉得龌龊。啐唾沫，打嗝儿……上帝才知道这像什么样子。要知道天天晚上都是这样，天天晚上！我都不记得，你哪一次回家是清醒的。”

“我不想喝酒，但不知怎么回事，那酒自己凑过来让我喝。这个职业真该死。整天在城里到处奔波。在这儿喝一杯白酒，换个地方喝啤酒，回头一看，碰上个贪杯的酒友……脱不过又得喝。有时候，你不跟那个猪狗不如的混蛋灌上一瓶伏特加，你就休想得到什么消息。比方说吧，今天为了报道火灾，就不能不跟保险公司的代理人又喝了一回。”

“是啊，这个该死的职业！”黑发女人叹口气说，“你辞掉这个差事算啦，瓦夏！”

“辞掉？那怎么行？”

“完全可以。你要是个真正的作家就好了，那你就可以写出好诗，创作优秀的小说，实际上你只不过是个不争气的记者，只能就盗窃或者火灾写几篇新闻。都是些无足轻重的小文章，过后读起来都让人脸红。如果你挣的钱很多，比方说一个月挣他二三百卢布，倒也罢了，可是你一个月充其量只有那倒霉的五十卢布，就连这一点儿小钱儿也不能月月按期领取。我们过的是穷日子，住的地方很肮脏，有一股洗衣房的气味儿，四周尽是些耍手艺的工匠和堕落的女人。整天听见的都是骂人的粗话和下流歌曲。我们没有家具，没有床单。你的衣着不体面，显得寒酸，让女房东在背后指指戳戳；我呢，连缝衣女工都不如。我们吃的东西比打短工的还要差……你在偏僻的地方找个小饭铺凑凑合合吃点儿糟糕透顶的东西，而且就连这么差劲儿的饭食大概也不是自己出钱。至于我呢……只有上帝才知道我都吃了些什么。咳，如果我们是乡巴佬，没有教养，过这样的日子那倒也只好认命，可话说回来，你是贵族大学毕业，会说法国话。我是贵族女子中学毕业生，过惯了舒舒服服的日子。”

“你等着吧，卡秋莎，等到《夜盲报》邀请我去主持新闻专栏，我们的生活就大不相同了，到那时我就去公寓租房间。”

“这事你都答应我三年了。即便他们真邀请你去，那又有什么用处呢？不管你能挣多少钱，反正你都得拿去喝酒。你不会跟那些作家和演员断绝来往的！不过，你知道吗，瓦夏？我想最好给我图拉城的舅舅德米特里·费奥多雷奇写封信。但愿他能为你在某家银行或税务机关谋一份好差事。瓦夏，你说好不好？那样你就会像别人一样去上班，每个月二十日领薪水，少了很多烦心事！那我们就可以租一所独门独院的房子，有干草棚，还有贮藏室。在那边，每年二百卢布就能租到挺好的住房。我们要买家具、餐具、台布，雇一个厨娘，每天正正经经吃饭。你三点钟下班回家一看，餐桌上已经摆好了干干净净的餐具、小萝卜、各种各样的凉菜。我们会养鸡、养鸭、养鸽子，买一头奶牛。在外省，要是过日子不太铺张，也不酗酒，只要一年有一千卢布的收入，所有这些东西我们都能到手。我们的孩子也不会像现在这样由于潮湿而病得要死，我也不会动不动就得去医院看病。瓦夏，我以上帝的名义恳求你，咱们到外省去生活吧。”

“在那边与野蛮人相处，愁也得把人愁死。”

“在这儿难道就快活？我们没有社会交往，没有熟人朋友……你跟那些穿戴整洁、稍微有些体面的人只是有事务性来往，和他们任何人都没有深交。谁到我们家来拜访过？你说，谁来过？只有克丽奥佩特拉·谢尔盖耶芙娜。你以为她是名人，能写音乐评论，可照我看来，她是人家的姘头，是个放荡女人。哼，喝伏特加，当着男人的面脱掉贴身内衣，那还算个女人吗？她写文章，总把诚实挂在嘴边上，可去年她借了我一卢布，直到现在也没还。另外，你喜欢的那个诗人也常来找你。你认为结识这样的名流是一份荣耀。不过，你摸着胸口想一想：他值不值得这份敬重？”

“他是个最诚实的人！”

“他很少有高兴的时候。他到我们家来就为了酗酒……一边喝一边说些下流的笑话。比方说吧，前天他就喝得烂醉如泥，横在这儿的地板上躺了整整一宿。还有那些有名的演员！当我还是姑娘的时候，我对那些有名的演员倒是不乏好感，可自从嫁给了你，一看到剧院就不能不生气。那些演员总是醉醺醺的，举止粗鲁，在女人面前把握不住自己，态度傲慢，穿着肮脏的长筒靴子走来走去。这是极难相处的一帮人！他们总是讲各种各样的传闻，一边讲一边用沙哑的声音大笑，可我就不明白，你从这些传闻中究竟能发现什么乐趣？你用逢迎的眼光看着他们，好像你认识的这些名流给了你多大好处似的……呸！”

“请你别说啦！”

“在那边，在外省，会有官员、中学教师、军官跟我们来往。他们都受过教育，秉性温和，不自命清高。他们习惯喝茶，如果你端上酒来，他们也会喝上一盅，然后就起身告辞。他们不会大声喧哗，不讲笑话传闻，全都举止得体，讲究风度。你想想，他们坐在安乐椅或沙发上，讲述各种各样的事情，这时候女仆人为他们端来了茶，还有果酱和面包干。喝完茶，就弹钢琴、唱歌、跳舞……这该有多好呀，瓦夏！十一点多钟还有一顿简便的夜宵：香肠、奶酪、中饭留下的烤肉……吃完夜宵，你把那些太太送出大门，我留在家里收拾餐具。”

“太无聊啦，卡秋莎！”

“如果你觉得家里无聊，那就去俱乐部，再不然就去散步……在这里，散步碰不到熟人，你不得不喝酒解闷儿；可是在那边，你遇见的人全都认识，愿跟谁聊就跟谁聊……教员、律师、医生——有人陪你聊天，而且谈吐高雅……那边喜欢有教养的人，瓦夏！你在那里能成为第一流的人物呢……”

卡秋莎在幻想中讲了很久很久……窗外的铅灰色渐渐变成了鱼肚白……夜晚的宁静不知不觉让位给早晨的活跃。记者没有睡着，他在听妻子唠叨，时不时抬起沉重的头颅啐几口唾沫……突然，出乎卡秋莎的意料，他猛一翻身，从床上跳了下来……脸色煞白，额头上渗出汗珠……

“我难受得要死，”他打断了卡秋莎的幻想说，“等一等，一会儿我就回来……”

他把毛毯披在肩上，急急忙忙跑出了房间。他感到一阵翻肠倒胃的恶心，这是喝醉酒的人每到早晨都熟悉的。过了两分钟，他回来了，面无血色，疲惫不堪……走路摇摇晃晃……他脸上露出厌恶、绝望，甚至是恐惧的表情，似乎现在他才刚刚明白，他的居住环境多么寒碜。白昼的光使他目睹了房间的简陋与脏乱。他脸上的绝望表情变得更加明显了。

“卡秋莎，你给舅舅写信吧！”他含含糊糊地说。

“真的？你同意写？”黑发女人庆幸地说，“明天我就写，我敢向你发誓，你肯定会得到一份好差事！瓦夏，你这不是故意开玩笑吧？”

“卡秋莎，我求你……看在上帝的面上……”

卡秋莎又开始在幻想中说话，她听着自己的声音，不知不觉进入了梦乡。她梦见了一座独门独户的宅院，她养的鸡和鸭子昂首阔步地在院子里走来走去。她看见天窗里有几只鸽子正向她张望，她听见了母牛哞哞的叫声。四周一片寂静：既没有左邻右舍的住户，也听不见沙哑的笑声，甚至听不见鹅毛笔那令人生厌的匆忙写作的沙沙声。瓦夏迈着大步走路，气派又体面。他走过花坛，走向门口，这是去任职的机关。卡秋莎再也没有什么奢望，她不再花费心思，她的心里充满了安详宁静的感觉……

快到中午的时候，她醒了，心情极为舒畅。那个梦给她留下了美好的回味。但是，等她揉了揉眼睛，瞅着刚才瓦夏还在那里翻来倒去的床铺，洋溢在她心头的欢乐情绪一下子消失了，就像一颗子弹飞走了一样。瓦夏已经走了，夜里很晚他才会醉得迷迷糊糊地回来，就跟昨天、前天……往常……一样。她又会想入非非，他的脸上又会闪现出厌恶的神情。

“没必要给舅舅写信！”她一边想一边叹了一口气。

闲　　人

阿列克谢·费多罗维奇·沃西梅尔金领着弟弟在他的庄园里到处转，让他看看自己的产业。他弟弟是个硕士，来庄园做客。哥俩刚吃过早饭，都带着几分醉意。

“这是铁匠作坊，我的兄弟……”沃西梅尔金介绍说，“在这个架子上给马匹钉马掌……看，这间房子，兄弟，是澡堂……澡堂里有一张长沙发，长沙发底下的箩筐扣着几只雌火鸡，雌火鸡正在孵小鸡……一瞧见这张长沙发，不由得想起许多开心的事儿……这澡堂只有冬天才生火……兄弟，这澡堂的用处可大啦！只有俄罗斯人才能琢磨出这样的澡堂来！你在高高的木板上躺一个小时，心里那个美呀，意大利人，德国人，一百年也体会不到那种舒服的滋味儿……你躺在热腾腾的蒸汽里，阿芙多西娅用一束柔软的桦树枝拍打你的身体……噼里啪啦……噼里啪啦……你站起来，喝几口凉森森的葛瓦斯饮料，接着又噼里啪啦，噼里啪啦……然后，你从木板上爬下来，浑身上下红彤彤的像个魔鬼……看，这是下人们的住处，那些雇工都住在这儿……想进去看看吗？”

地主和硕士弯下腰钻进一间歪歪斜斜的破屋子，里面的墙没有抹过灰泥，房顶向下塌陷，窗子已经破碎。刚一进门，他们就闻到了热汤的气味儿。下房里的人们正在吃饭……几个汉子和一些婆娘围着一张长方形的桌子坐着，用大木勺舀着豌豆粥吃。看见两位老爷，他们不再咀嚼，纷纷站起身来。

“这就是他们，我的雇工……”沃西梅尔金说道，眼睛打量着吃饭的人，“伙计们，多吃点儿！”

雇工们七嘴八舌回答老爷的话。

“看看这些人吧！这就是俄罗斯，我的兄弟，真正的俄罗斯！上帝选中的子民！多好的人啊！德国佬，或者法国佬，那些畜生哪儿能跟他们相比呐！以我们的民族来衡量，那些外国佬都是猪，是害虫！求主宽恕我说话粗鲁。”

“话可别这么说……”硕士委婉地说道。他点着了一枝雪茄，想使空气变得干净一点儿。“任何一个民族都有他们自己的历史，有他们自己的未来……”

“你是个西欧派！你哪儿了解我们的民族呢？恰恰是这一点叫人可惜。你们有学问的人，研究的都是外国人的那一套，对本国的情况，根本就不懂！你们蔑视它，跟它格格不入！我读过一篇文章，同意作者的意见：知识分子已经腐化堕落，要说还能从什么人身上寻找理想的话，就只能从他们身上，从这些粗人身上寻找啦……就拿这个费尔卡来说吧……”

沃西梅尔金走到牧马人费尔卡身边，拍了拍他的肩膀。费尔卡笑了笑，发出嘿嘿嘿的声音。

“就拿这个费尔卡来说吧……嗨，傻瓜，你笑什么呀？我说真格的，你却一个劲儿地傻笑……就拿这个傻家伙来说吧……硕士，你瞧瞧！他两个肩膀有多宽！强健的胸脯简直如同一头大象！这家伙往那里一站，你想推都推不动，该死的家伙！他身上包藏着多么巨大的力量啊！真是力大无穷！这力量抵得上你们十个知识分子……费尔卡，你要放大胆子！保持头脑清醒！要是有什么人对你说三道四，想把你引入歧途，你就冲他啐唾沫，千万别听他的……你比他们更强大，更出色！我们会把你当作榜样！”

“我们仁慈的老爷！”稳重的马车夫安吉普眨巴着眼睛说，“您这番话的意思，老爷，他哪里能听明白呀？您这份恩情，他怎么能领会呢？费尔卡，你这笨蛋，你该跪下，吻吻老爷的手才是！……老爷是我们的大恩人！像费尔卡这么粗鲁的人，老爷都能宽容。要是一个人不酗酒，不胡闹，那么，他就不是在人间生活了，简直是进了天堂啦！……求上帝保佑，每个人都能这样……老爷您向来赏罚严明。”

“说得好极了！这话算是说到点子上啦！安吉普是森林里的老树，他是贤明的长者！你明白吗，硕士？‘赏罚严明’……话虽简单，道理却深刻！……我佩服他，兄弟！你信不信？我要向他们学习！我要学！”

“这话说得对，老爷……”安吉普说。

“什么说得对？”

“关于学习呗，老爷……”

“哪儿来的学习？你胡扯些什么呀？”

“我指的是老爷您刚才说过的话……刚才提到的学习，老爷……就因为您什么学问都懂，您才是老爷……我们呢，两眼一抹黑！虽然看见招牌上有字，但究竟是些什么字，什么意思？我们都不明白……我们得用鼻子去闻……如果闻着牌子上有酒味儿，那儿就应该是酒馆，要是闻见了焦油味儿，那儿就应该是个杂货铺了……”

“怎么样，硕士？你有何话说！人民高明不高明？哪怕是一个词儿，都包含着寓意，哪怕是一句话，都有深刻的真理！兄弟，安吉普的脑袋是真理的窝儿！你再瞅瞅杜涅莎吧！杜涅莎，到这边来！”

喂牲口的女工杜涅莎脸上长着雀斑，鼻子向上翘，她羞怯地用指甲在桌子上划来划去。

“杜涅莎，跟你说话呢，过来！傻丫头，你害什么羞呀？我们又吃不了你！”

杜涅莎从桌子旁边站起来，走了几步，站到了老爷面前。

“长得怎么样？浑身是劲儿！在你们的彼得堡，你见过这样的女人吗？你们那里都是些火柴棍儿，血管加骨头，可是你瞧瞧这一个，血是血，奶是奶！朴素，结实！你看那笑容，红红的脸蛋儿！所有这些都那么真实，都那么自然！一点儿也不矫揉造作，不像你们都市里那些女人！你怎么腮帮子鼓鼓囊囊的，嘴里有什么呀？”

杜涅莎赶紧嚼了几下，把嘴里的东西咽下去。

“你看看，我的兄弟，看这肩膀，看这两条腿！”沃西梅尔金接着说，“说不定什么时候，这拳头捶在她情人的脊梁上，咚的一声，就像砸到木桶上一样响……怎么样，还跟安德留什卡相好吗？安德留什卡，你给我当心点儿，瞧我给你尝尝我的厉害！笑吧，你就笑吧……硕士，怎么样？你看这身材，身材……”

沃西梅尔金凑近硕士的耳朵，悄悄说了几句话……用人们全都笑了起来。

“大家都笑话你哪，你可盼到这一天啦，轻浮的丫头！……”安吉普说，他用责备的目光瞅着杜涅莎。“干吗脸红得像炸虾似的？一个正派姑娘不会让人家这么议论……”

“现在，硕士，你再看看柳勃卡吧！”沃西梅尔金继续说，“我们这儿唱歌，都是由她领唱……你还跑那么老远，跑到芬兰去搜集民间歌谣……快算了吧！你不如听听我们的歌儿！只要我们的人给你一唱，保管你听得直流口水！伙计们，唱起来吧！唱吧！柳勃卡，你来起个头儿！快点儿！那么这些猪！就那么唱，快唱！”

柳勃卡害羞地用拳头掩着嘴，咳嗽了两声，然后唱了起来，声音又尖又硬，还有几分沙哑，其余的人都为她伴唱……沃西梅尔金挥舞着两只手臂，不停地眨巴眼睛，他盯着硕士，极力想从他的脸上看到惊喜的表情，他的嘴里还不停地发出叽里咕噜的响声。

硕士皱着眉头，用力咬着嘴唇，带着行家里手的神气，倾听那些人唱歌。

“嗯，不错……”他说，“基列耶夫斯基[①]的民间歌谣集里有一首歌，跟这大同小异，那是第七版，第三编，第十一首歌……嗯……对，应当记下来……”

硕士从口袋里掏出一个小本子，开始记录，他的眉头皱得更紧了……

---

① 基列耶夫斯基：俄罗斯民俗学家，收集了许多民间故事和民间歌谣。

唱完了一支歌，下人们又唱起了另一支歌……这时候，汤已经凉了，从炉子上端下来的粥也不再冒热气。

“唱得好！”沃西梅尔金说道，他用脚轻轻地打着拍子，“唱得好！了不起！让我佩服！”

唱着唱着，说不定就会跳起舞来，恰巧在这个节骨眼儿上，听差彼得走进了下房，告诉两位老爷说，是该吃午饭的时候了。

“我们那些民族的逆子，窝囊废，居然还认为他们高人一等，比别人高明！”沃西梅尔金带着哭腔愤慨地说，他和弟弟一起走出了下房。“我们算什么？我们是什么人？没有理想，没有学问，又不劳动……你听见了吗？他们在哈哈大笑，这是笑我们哪！……他们笑得对！他们闻出了一股虚伪味儿！他们有一千条理由嘲笑，而且……而且……你看见了杜涅莎吧？这个坏丫头！你等一等，吃完午饭我就叫她来……”

吃饭的时候，兄弟俩一直在谈论，什么是独到的见解，什么是真纯与完美。他们不停地诅咒自己，探讨“知识分子”这个词的含义。

午饭以后，他们躺下睡了一会儿。睡醒以后，他们走到门廊上，吩咐仆人送来了矿泉水，接着又说起了吃饭时说过的那些话……

“彼得！”沃西梅尔金招呼听差说，“去把杜涅莎、柳勃卡和那些人叫到这儿来！就说要跳环舞！让他们快点儿来！快去，快去！”

义演之后

威尼斯旅馆三十七号房间坐着两个演员，一个是悲剧演员乌内洛夫，另一个是经常扮演父亲的季戈罗夫，他们俩正在享用义演的果实：面前的桌子上摆着伏特加、廉价的红葡萄酒、半瓶白兰地和沙丁鱼罐头。季戈罗夫身材矮胖，脸上长着粉刺，目不转睛地盯着酒瓶，眉头紧锁，一句话也不说。乌内洛夫却格外兴奋。他一只手攥着一沓钞票，另一只手拿着一支铅笔，坐在椅子上摇摇晃晃，就像坐在针毡上一样。他有许多话要说，正滔滔不绝地讲个不停：

“年轻人喜欢我，马克西姆，这是对我的安慰和鼓励。中学生，实科学校的学生、都是一些不起眼的毛孩子，但是，你可别小瞧他们，老兄！他们这些小滑头，坐在楼座的最后几排，离舞台老远老远，花三十戈比买戏票，可是只有他们大声喝彩，这些小东西！他们是一流的鉴赏家和评论家！有的孩子像只小麻雀，简直可以在桌子底下钻来钻去，可是你瞧瞧他们的脸，活脱脱一个杜勃罗留波夫[①]！昨天，他们喊叫得多么响亮！乌内洛夫！乌内洛夫！！一句话说到底，老兄，出乎我的预料！返场谢幕十六次！而且收入也不错：一百二十三卢布三十戈比！来，干杯吧！”

“你呀，瓦夏，这个……”季戈罗夫声音含混地说，不好意思地眨巴着眼睛，“今天就送给我二十卢布吧。我得去一趟叶列茨城。那儿的舅舅

---

① 杜勃罗留波夫：俄国革命民主主义批评家。

死了。他身后说不定会留下一点儿什么东西。要是你不给钱，我就只好一步一步走着去了。你肯给吗？”

“嗯……可是你还不了啊，马克西姆！”

“我是还不了，瓦夏……唉！”高贵的“父亲”叹了口气，“我到哪儿去弄钱呢？你就送给我吧……看在友情的分儿上。”

“等一等，也许我还不够花呢。我要买东西，还要订购一些物品。让我先算算再说。”

乌内洛夫伸手拿过来一张白兰地的包装纸，用铅笔在上面写起字来。

“给你二十，给我妹妹寄二十五……这个可怜的人三年来一直求我给她寄点儿钱去。这回一定要寄！她那么可爱……那样好。我得花三十卢布为自己做一身新衣服。房租和伙食费拖一拖再交，反正不用急。烟草三斤……一双半高鞡皮鞋……还要什么呢？买一件礼服……一只怀表。再给你买顶新帽子。你戴着这顶破帽子，简直像个穷鬼！……跟你一起在街上走，都叫人害臊。等一等，还要买什么呢？”

“买支手枪吧，瓦夏，演《游荡的鬼火》时好派上用场。我们那支枪都放不响了。”

“对，是该买啦。剧院经理那个坏蛋，无论如何不肯买。道具的事儿，他从不过问，这个恶棍。好吧，那就花六七个卢布买枝手枪。还买什么呢？”

“去一趟澡堂，用肥皂洗个澡。”

“洗澡、买肥皂，就算一个卢布吧。”

“瓦夏，这儿常来鞑靼人，卖的狐狸标本挺好看，你最好买一个！”

“我买狐狸标本干什么用呀？”

“买着玩儿呗。摆在桌子上，早晨睡醒了，睁眼一看，桌子上爬着一只小野兽……这么一来，你心里会高兴的！”

“那是摆阔气！我还是买个新烟盒更好。你知道，我得给自己添置几样行头了。该买几件竖领衬衫。现在正时兴竖领。哦，对了，差点儿忘了，一定买一件凸纹布坎肩！”

“是该买。演克雷洛夫[1]的戏，不能不穿凸纹布坎肩。还需要带纽扣的半高靿皮鞋……一根手杖。欠洗衣女工的钱，你还不还？”

“先不还，再拖一拖。我需要买几副手套，白的、黑的、彩色的。还要买什么呢？苏打和治胃酸的药。够三次服用的蓖麻油……信纸、信封。还有什么呢？”

乌内洛夫和季戈罗夫都仰着头，眼睛望着天花板，皱着眉头思索。

“得买波斯粉！”乌内洛夫想起来说，“那些红皮臭虫咬得人都没法活了。还有什么？马克西姆！冬天怎么能没有大衣呢？我写上四十吧。但是，我的钱不够用了！马克西姆，你就别去管你的舅舅了吧！”

“不行。他是我唯一的亲人了，哪儿能丢开不管呢？他去世后总会留下些什么东西的。”

“留下些什么呢？海泡石烟斗？舅妈的画像？天呀！你就算了吧！”

“我不明白，瓦夏，你怎么这样自……自私……自私自利？”季戈罗夫眨巴着眼睛说道，“要是我有钱的话，我能这么小气？一百……三百……一千……要多少，给多少，你尽管拿！父母死了以后，给我留下了一万卢布。我把那些钱都给演员们分啦！……”

“好吧，好吧，你拿走二十算啦！”

“多谢！口袋全是破的，钱都没处搁。不过，现在已经五点多了，我也该去车站啦。”

季戈罗夫吃力地站起来，开始把那件瘦小的、肩膀很窄的大衣往他圆滚滚的身上穿。

“你呀，瓦夏，跟我们的人别说我走了，”他说，“要是我们那帮混蛋知道我不打招呼就去了外地，准得闹翻天。就让他们以为我喝醉了吧。瓦夏，你最好送我去车站，不然的话，我没准儿顺路走进一家饭馆儿，把你给我的钱花个精光。你知道我的毛病！送送我吧，好朋友！”

“好吧。”

---

① 克雷洛夫：俄罗斯寓言作家，剧作家。

两个演员穿好了衣服，出了旅馆来到大街上。

“到底该买些什么呢？”乌内洛夫一边唠叨，一边打量那些铺子和商店的橱窗，“你看，马克西姆，多棒的火腿啊！要是我们演出场场客满，我准会买这些火腿，说话不算数挨罚！你知道我们没卖满座的原因吗？那是因为商人丘达科夫家举办婚礼。有钱的阔佬儿都到他那里去了。这些魔鬼，结婚也不是时候！看，橱窗里的高筒礼帽多好啊！买不买？哎，还是算了吧。”

来到车站，在头等车候车室，两个朋友坐下来，点着了雪茄烟。

“见鬼！”乌内洛夫皱着眉头说，“我想喝点儿什么。喝点儿啤酒吧。茶房，头一遍铃还没响，你不用着急。你呀，胖子，不要去太久。反正你舅舅已经死了，从他那儿捞点儿东西就赶紧回来。听我说……哎哎哎……茶房！不要啤酒了！来一瓶法国的红葡萄酒，‘纽易’牌的！临别前我和你喝法国酒……喝完酒，你就走你的。”

过了半个小时，两个人已经喝完了第二瓶葡萄酒。乌内洛夫攥着拳头托着热昏的脑袋，用充满感情的眼睛瞅着季戈罗夫胖乎乎的脸，他说话含含糊糊，舌头已经动转不灵：

“我……我们戏剧界主……主要的祸害就是剧……剧院经理。演……演员要想站……站稳脚跟，只……只有演出时奉……奉行团……团体……”

“股份制。”

“对，股……股……股份制。这……这种葡……葡萄酒太……太次！咱……咱们喝……喝莱……莱茵葡……葡萄酒！”

“瓦夏……第二遍铃响了。”

“去……去他娘的！你……你坐夜……夜班车走好了。现在我……我把心里的话都……都告……告诉你。茶房，来……来瓶莱……莱茵葡……葡萄酒！剧院经……经理不……不把演员当人看，看成他……他手里的玩……玩意儿。他太……太霸道！他不可能理……理解演员。就拿你……你来说吧，你这个人缺……缺乏才气，但是个有用的演……演员。应当器重你才……才对。慢……慢着，你别……别凑上来吻……吻我，多不好意……意思啊！……你有一颗真……真正的表……表演艺术家的心。马……马克西姆，明……明天我……我给你做一身衣服！我什么都给……给你买，甚至把那只狐……狐狸也买……买下来。让我握一握你……你的手！”

一个小时过去了，两个演员仍然坐在那里唠叨个不停。

“但愿上……上帝保……保佑我出……出人头地，”乌内洛夫继续说，“你……你等着瞧吧……我要让人……人们知道，什……什么叫舞……舞台艺术！你从我……我这里每个月能拿……拿到二百卢……卢布的薪水……盼只盼我……我第一次能……能有一……一千卢……卢布……再租到一个夏……夏季剧……剧场就行……你听我……我说，咱们是不是该……该吃点儿东西？你想吃……吃什么？说……说老实话……你想吃……吃什么？茶房！来两……两只烤大鹬！”

“对不起，烤大鹬现在没有了。”茶房说。

“见鬼！你们总是什么都没……没有！既然这……这样，蠢货，你们有什……什么野……野味，端……端上来！统统端……端上来！你们这些坏……坏蛋，总是把乌七八糟的东……东西给商贩吃，现……现在，你以为，演员也得吃……吃这些破……破烂东西吗？把你们的好……好菜都……都端上来！再来……来一瓶蜜……蜜酒！马……马克西姆，想抽……抽雪茄烟吗？再拿……拿一盒雪……雪茄！”

过了一会儿，戏剧演员杜德金来了，他缠住这两个朋友，怎么也不走。

“好啊，你们找了这么个地方喝酒！”杜德金惊讶地说，“咱们到美景餐厅去吧。咱们的人都在那里等着哪！……”

“结……结账！”乌内洛夫叫道。

“三十六卢布二十戈比。”

“拿……拿去！不用找……找零钱了！走吧，马……马克西姆！别管

你那位舅……舅舅啦！就让可怜的尤……尤里克[①]没……没有继承人好了

在美景餐厅，一帮朋友点了牡蛎和莱茵葡萄酒。

“明天，我给你买……买一双皮……皮鞋，”乌内洛夫一边给季戈罗夫倒酒一边说。“喝……喝吧！谁爱艺术，谁就为……为艺术干……干杯！”

这一帮人高谈阔论，他们谈艺术，谈集体原则，谈股份制，谈齐心协力，谈团结精神，谈演员的种种理想……至于叶列茨城之行，至于买茶叶，买烟草、衣服，赎回典当的物品，支付各种款项，早都已经忘到了九霄云外…… 美景餐厅的账单吞噬了义演的全部收入。

① 尤里克：莎士比亚悲剧《哈姆雷特》中的人物。

两个牙医[①]

“奥西普·富朗齐奇，我干牙医这一行，可真不走运！”叹息抱怨的是个矮小结实的人，他身上穿着褪了色的大衣，靴子上打着补丁，留着稀疏的、仿佛被人拔过似的灰白髭须。他用巴结逢迎的眼神望着他的同行，一个肥胖的日耳曼人。那胖子穿着一件贵重的新大衣，嘴里叼着哈瓦那牌雪茄烟。“真不走运！狗才知道怎么会弄成这样！也许是因为现在牙科医生比牙齿还多……也许是因为我缺乏真正的才干，瘟神才知道究竟是怎么回事！幸运女神实在叫人难以捉摸。比方说吧，就以您为例，我们俩一块儿从县立专科学校毕业，又一块儿在犹太人别尔卡·什瓦赫尔那儿学习手艺，可如今差别真是一天一地！您现在有两所住宅，有别墅，出门有四轮轿式马车，可我呢，您瞅瞅，一个穷光蛋，两手空空，一无所有。您说，这到底是怎么回事呢？”

日尔曼人奥西普·富朗齐奇是县立专科学校的毕业生，原来像木头疙瘩一样笨，但是现在不同了，丰厚的收入，肥胖富态，自己的房产，给他平添了百倍的自信。在他看来，以权威的口气讲话，高谈阔论，教训别人，所有这些都是他应当享有的、不可剥夺的权利。

“所有的过错，全都在我们自身，”他叹了一口气，以权威的姿态回答

---

① 这篇小说原来的题目是《Общееобразовние》，直译为《普通教育》或《一般修养》，译者依据内容译成了《两个牙医》。

同行的抱怨，“这都怪你自己呀，彼得·伊里依奇！你不要生气。从前我说过，今后我还是要说：缺乏必要的修养，毁了我们这些专门人才的前程。一门心思钻研我们的专业知识，但是，对超出于专业范围以外的本领，我们却漠不关心。老弟呀，这样可不行！哎，这样实在不好！学会了拔牙，你以为就可以给社会谋利益吗？哼！错了，老弟！就凭这么狭隘片面的观点去做事，注定你不会有多大的出息……不会，绝不会，无论如何也不会！应该具备一般的修养才能成功！”

“什么是必要修养呀？”彼得·伊里依奇胆怯地问。

日耳曼人一时找不到恰当的话来解释，于是就东拉西扯，胡诌乱编。后来，他喝了几杯葡萄酒，精神头儿上来了，就给他的俄罗斯同行详细地加以解说，让他明白“必要修养”究竟是什么意思。当然，他不是直截了当地说明，而是间接地，绕着弯子，引用别的事例给予解释。

“对我们这些人来说，顶要紧的是体面的环境，”日耳曼人侃侃而谈，“公众总是依据一个人的环境对他进行判断。假如你的诊所门口脏乱，房间狭小，家具寒碜，那就说明你——穷！既然你贫穷，那就意味着你没有给任何患者治好过病。难道不是这样吗？既然你没有给任何人治好过病，我又何必到你这里来看病呢？最好还是找经验丰富的大夫去就医！可假如你置办了缀着丝绒的家具，到处安上闪光的电铃，改变了环境，你就成了有经验的医生，你的接诊时间会十分忙碌。要想布置一所豪华的诊所，购买体面的家具——现在可是轻而易举，唾手可得。你知道，眼下家具商生意清淡，正灰心丧气。你想赊多少账就赊多少账，哪怕赊十万卢布也不难，只要你在账单签名时写上‘某某医生’就行。服装也必须穿得考究。一般患者的看法是，既然你衣着不整，诊所脏乱，那么付给你一个卢布的诊疗费就够了。要是你戴着金丝眼镜，胸前挂着粗粗的金表链，周围都是缀着丝绒的家具，患者就不好意思只给你一个卢布，而是给你五个卢布，或者给十个卢布。难道不是这样子吗？”

“你说得有道理……”彼得·伊里依奇表示同意，“说实在的，当初我也布置过诊所的环境。那时候，我什么都置备齐了：丝绒台布，候诊室里备有杂志，镜子旁边挂着贝多芬的肖像，可是……鬼才知道是怎么搞的！我就像个傻瓜一样，在那豪华的诊所里走动，不知为什么心里总是不踏实。仿佛我不是在自己的住所，所有的东西都像是偷来的……真叫人弄不明白！丝绒圈椅，我怎么也坐不安稳，你说多怪！添乱的还有我那位不争气的老婆……一个呆头笨脑的娘们儿，无论如何她也弄不明白，该怎么样保持住所的整洁。不是弄得满屋子白菜汤味儿、烤鸭味儿，就是用砖头去打磨枝形烛台，再不就在候诊室里当着患者的面擦洗地板……鬼才知道是怎么回事！信不信由你，等我把那些摆设统统都给卖了，我才又恢复了元气。”

“这说明你不习惯过体面的生活……那怎么行呢？一定要习惯！再说，除了环境，还必须有招牌。人越小，他的招牌就该越大。难道不是这样子吗？招牌要制作得特别庞大，甚至在城外就能看得见。你乘车去彼得堡，或者去莫斯科，在望见钟楼以前。就能发现牙科医生的招牌。在那些大都市，老弟呀，医生跟我们可不一样。招牌上该画一些金色或者银色的圆圈儿，好让一般人以为你得到过奖章，因此人家也就更加敬重你！除此以外，还要登广告，哪怕是卖掉最后一条裤子，也要在报纸上登广告。在所有的报纸上每天都登。如果你觉得普通广告作用不大，那就玩一点儿花样：要求把广告上下颠倒着刊登，预定带花边或不带花边的版面，让读者千万别把你和别的牙科医生弄混了。登广告要说明，你是从国外回来的，说为穷人和学生治病一律免费……还要把广告挂在火车站上，贴在饮食部里……办法多的是！”

“你说得对！”彼得·伊里依奇叹了一口气说道。

“还有许多人说什么，不管怎么样对待顾客，横竖都一样……这话不对，不能说都一样！要善于接待顾客……现在的顾客，虽说受过教育，但仍然粗野，不善于思考。他们自己也不知道需要什么，要想投合他们的脾性很困难。哪怕你是个再高明不过的教授，要是你摸不准他们的脾气，那他们宁可去找庸医，也不来找你看病……比方说吧，一位太太到我这儿来看牙。难道你给她看病能不要一点儿手腕？太老实了，无论如何也不行！那时候，我立刻像学者似的紧皱眉头，默默地指一指圈椅，让患者明白，有学问的人没工夫跟别人闲聊。我那把圈椅也非同一般：上面安了个螺旋柱！转动螺旋，那太太一会儿上升，一会儿下降。然后我动手拨弄那颗病牙。那颗牙并不难治，拔掉它就完了，但是你要摆弄很长时间，要干得有条不紊……要把窥视镜朝她嘴里塞进十来次，因为太太们总喜欢大夫为她们看病多花时间。那个太太尖声呼叫，你就告诉她：'太太，我的职责是尽力为您减轻可怕的痛苦，因此，我请求您信任我。'要知道，说这些话的时候，语气应该庄重，带一点儿悲剧意味……在那位太太面前的桌子上，摆着下颌骨、颅骨和各种各样的骨头、形形色色的医疗用具、装着麻醉剂的药罐子……总之，一切神秘的东西应有尽有。我自己穿一件黑色长袍，俨然是宗教法庭的审判官。就在那把圈椅旁边，还摆着一台放笑气的机器。那台机器我一次也没有用过。但它还是发挥作用，让患者畏惧！拔牙，我总是用特大号的钳子。一般说来，工具越大越可怕，效果也就越好。我一旦拔牙，就拔得很快，从来不拖泥带水。"

"我拔牙的技术也不赖，奥西普·富朗齐奇，但鬼才知道我是怎么回事！您想想看，我刚刚动手往外拔牙，鬼使神差，脑子里突然一闪：万一拔不出来，或者夹碎了，那可怎么办？这么一想，不由得手就发抖。这种情况经常出现。"

"牙碎了，不是你的过错。"

"话虽这么说，可我总还是心慌。人要是缺乏自信，就非常糟糕！如果你不相信自己，甚至自我怀疑，那可就完蛋了！有这样一件事：有一回拔牙，我把钳子对准位置，就往外拔……拔呀，拔呀，使劲儿拔。突然，您知道，我产生了一种感觉，拔牙的时间拖得太长了。应该拔出来了，可是我还在拔。心里一害怕，就僵在那里了。本来应该松开手，然后重新开始，可我却傻乎乎地接着拔……我简直是吓昏了头！那个患者大概从我的脸色看出不对劲儿，觉得我没有力气，犹豫不决，他又疼又恼怒，一下子跳起来，抡起一只凳子朝我砸过来……还有一回，我也昏了头，把人家一颗好牙当成坏牙给拔下来了……"

“小事一桩，谁都难免。既然你能拔得出好牙，拔有病的牙自然不成问题。不过，你说得对，缺乏自信是万万不行的。有学问的人，举止就显示出有学问。一般人又不知道，我和你没有上过大学。在他们看来，凡是开诊所的，都是大夫。鲍特金是大夫，我是大夫，你也是大夫。因此，你的举动必须像个大夫。为了显示学问高深，为了炫耀，你最好能出版一本题为“论保护牙齿”的小册子。你自己写不了，花钱雇个大学生替你写。只屑花十几卢布，他就会替你弄出一篇序言，其中还有几段法国著作家的引文和名言呢。我已经出版了三本小册子啦！还需要什么呢？你要发明一种牙粉。再定做一些印着商标的盒子，里面随便装上一些粉末，外面加上铅印，封得严严实实，再写上‘每盒两卢布，谨防假冒’！你还要动脑筋发明一种保护牙齿的药水，起个名字叫作‘酏剂’。你随便弄点儿什么兑在水里，让它散发出香味儿或者辛辣味儿，你的‘酏剂’就大功告成了。价钱嘛，最好不要定成整数，不妨这样写：一号‘酏剂’七十七戈比，二号‘酏剂’八十二戈比，如此这般，并不难做。这样让人觉得有几分神秘。你还可以卖牙刷，牙刷上印上你的商标，每把一卢布。你见过我的牙刷吗？”

彼得·伊里依奇神经质地搔了搔后脑勺儿，在日耳曼人身边走过来走过去，心情十分激动……

“您可真能干！”他打了一个手势说道，“原来是这么回事呀！但是我不会，我干不了！我倒不认为这是狡诈或欺骗。干不了，是我心有余而力不足。我试过上百次，却一次也没有结果。看看您，酒足饭饱，穿戴考究，还有房产！我呢，却挨人家的凳子砸！真的，缺了必要的修养，实在糟糕！您说的这些话太对了，奥西普·富朗齐奇！实在是太糟糕啦！”

两个记者

勒布根是《冲你脑袋打喷嚏报》的记者，他长得面皮松弛，身体虚胖，看上去脸色萎靡不振。他站在公寓房间中央，呆呆地望着天花板，那上面有个挂灯用的铁钩子。他手里拿着一条绳子，不停地晃动。

“禁得住还是禁不住？”他在琢磨，“弄不好，钩子断了，会砸在脑袋上……这日子真是糟糕透顶！连个上吊的地方都不好找！”

就在这节骨眼儿上，忽然有人推开门走进了房间，不然的话，真不知道这个疯子的胡思乱想该怎么样收场。进来的人脸色红润，开朗，活泼，他是《叛徒犹大报》的记者，名字叫什列普金。

“你好呀，瓦夏！”他找个地方坐下来，开口说道，“我来找你……咱们俩一块儿去吧！维堡区发生了一桩谋杀案，新闻稿够写三十行呐……有个女骗子想杀人没杀成。真巴不得坏蛋们能杀人，让我们写上它一百行才过瘾。这个流氓！哥们儿，我常想，甚至打算把这个想法写出来：假如人类真的讲人道，并且了解我们记者多么想填饱肚子，那么，上吊的、放火的、受审的、判刑的，就该增加一百倍才好！嘿！绝妙的主意！咦！这是怎么回事？”他发现了那条绳子，两只手一摊吃惊地问，“怎么？莫非你想上吊？”

“是的，老弟……”勒布根叹了口气说，“活够了……下辈子见吧！生活让人厌倦！该结束了……”

“嗨！这不是冒傻气吗？生活怎么会让你厌倦呢？”

“这不，处处让人厌倦……四周像一团迷雾……飘浮不定……难以捉摸……没有什么可以写的。四下里都是人吃人、人抢人、人踩人，互相往脸上啐唾沫，真没有什么可写的，单是这一个念头，就足以让你上十次吊！生活像开了锅，噼啪乱响，吱吱尖叫，但是没有什么可写的！这是一种该死的二重性……”

“怎么说没什么可写的呢？就算你长出十只手，也会有十种工作让你手不停闲。”

“的确是没什么可写的！我的生命即将结束！喏，你说，有什么可写的呢？人家写过现金出纳的案子、写过药房案件、写过东方问题……写来写去，写得颠三倒四，混乱不堪，连魔鬼也弄不清楚是怎么回事。记者们还写过缺乏信仰、写过丈母娘、写过庆祝会、写过火灾、写过女人的帽子、写过道德沦丧……整个世界都让人左写右写折腾遍了，没剩下什么没写过的东西啦。刚才你提到了凶杀案：一个人被人用刀子捅了……这有什么稀罕？我知道这样一桩凶杀案：先是把人勒死，又用刀乱砍，然后浇上煤油放火烧——这些都是一次干的！可就连这件事我也懒得动笔。我啐口唾沫觉得不值一写！所有这些都曾经发生过，没有什么稀罕的。比方说吧，你偷了二十万卢布，或者涅瓦大街两头起火——这也不值一提！这些都很平淡，有人早就写过了。下辈子再见吧！”

“我简直就弄不明白！这千头万绪的问题，这形形色色的社会现象，怎么能说不值一写呢？你捡起一块石头朝狗扔去，都会碰到值得报道的问题和现象……”

“无论各种问题，还是纷繁的现象，全都分文不值……比如说，现在我要上吊……照你看来，这是个问题，是个事件，但是在我看来，不过是五行字的消息而已。根本用不着写。过去有人自杀，现在有人自杀，将来还会有人自杀，这一点儿也不新鲜……所有这些纷繁复杂、开锅似的混乱、吵闹与喧嚣，老弟呀，其实都很呆板单调……写的人想呕吐，读的人挺可怜：何苦让不幸的读者心情压抑呢？”

勒布根叹了一口气，摇摇头，脸上露出一丝苦笑。

“如果要发生一桩特别重大的事件，”他说，“你知道，这件事极其恶劣，让人听了都心惊胆战，连鬼听了都会害怕，得到那时候，我才会活跃起来。让地球穿过彗星的尾巴，再不然，让俾斯麦改信穆罕默德的伊斯兰教，或者是土耳其人攻占了我们国家的卡卢加城……总而言之一句话，要发生一场大劫难，让人震撼，让人绝望——嗬！到那时候我才会振作起来！”

“你喜欢把视野放得开阔，但也不妨试着在小水洼里扑腾下。你仔细打量打量那些小草、沙砾、墙上的缝隙……到处都是活跃的生命，到处都有戏剧冲突，都在发生悲剧！每块小小的劈柴片儿，甚至每一头猪身上都有戏剧因素！”

“你天生就是这样的秉性，连人家吃了鸡蛋剩下蛋壳儿，你都能有感而发写成文章，但是，我却不行。”

“那有什么不能写的呢？”什列普金不以为然，“你说，空蛋壳儿有什么不好？这里能提出一大串问题呢！第一，当你看到面前有个空蛋壳儿时，就会情不自禁感到恼怒，你会愤愤不平！鸡蛋，被自然界赋予的使命是繁衍个体生命……是生命！你懂吗？……这个生命在它的生存时期，会繁衍出整整一代生命，而这一代又会延续为千百代的生命，可是，现在这个鸡蛋，忽然被人吃掉了，成了贪馋与任性的牺牲品！这个鸡蛋本来可以孵化成一只母鸡，母鸡一辈子能下上千个鸡蛋……你看，显而易见这是破坏经济制度，断送未来！第二，看着这个空蛋壳儿，你会由衷地高兴：如果鸡蛋被吃掉，那就意味着在俄罗斯生活很好……第三，你可能会想到，鸡蛋壳儿能做肥料，送到地里上庄稼，因而你会向读者提出建议，让他们重视废弃物。第四，这个空蛋壳儿，能使你意识到世间万物生死无常：本来活得好好的，突然之间就消失了！第五……我何必再往下论证呢？写出来登报纸，足够登一百期！”

“不，我怎么能行？再说我对自己失去了信心，真的，灰心丧气。去它的吧！统统都见鬼去吧！”

勒布根站到凳子上，把那条绳子拴在铁钩子上边。

“没必要这样做，真的，没来由这样做！”什列普金劝解说，“你看，我们有二十家报纸，每一份都登得满满的！可见还是有可写的东西！甚至外省的报纸也都登得满满的！”

“不……那些昏昏欲睡的议员，那些现金出纳员……”勒布根嘟嘟囔囔地说，仿佛为自寻短见找个借口似的。“那贵族银行，身份证制度……取消官阶，鲁米利亚[①]，管不了那许多了！”

“喏，那就随你的便吧……”

勒布根把绳索套在脖子上，心满意足地吊死了。什列普金在桌子旁边坐下来，眨眼之间写完了一篇关于上吊自杀地报道，还写了勒布根的讣告、一篇有关频频发生自杀的小品文、一篇主张对自杀者加重处罚的专论，此外，还写了跟这一题材相关的几篇文章。什列普金写完稿子，统统都塞进口袋，然后高高兴兴向编辑部跑去，稿酬、荣誉、读者，都在那里等待着他呢。

① 鲁米利亚：土耳其在14至16世纪对所侵占的巴尔干半岛各地所使用的名称；19世纪用来指保加利亚、黑塞哥维亚阿尔巴尼亚。

变态心理

九品文官谢苗·阿列克谢伊奇·尼扬宁，以前在外省一个商业法庭任职。他的儿子戈里沙是个退役的中尉，庸庸碌碌，没有什么作为，至今仍然靠父母养活。现在，这爷俩正坐在他们家的一个小房间里吃饭。像往常一样，戈里沙一杯接一杯地喝酒，没完没了地说话，他的老父亲脸色苍白，心神不定，惊恐不安，怯懦地瞅着儿子的脸，怀着一种难以形容的、类似恐惧的心情，大气儿都不敢喘。

“保加利亚和鲁米利亚，这只不过刚刚是个开端。”戈里沙说道，用叉子狠狠剔他的牙。“这算得了什么？鸡毛蒜皮的小事！你读读报纸，看看希腊和塞尔维亚都发生了什么变化吧！再看看英国都有些什么议论！希腊和塞尔维亚要奋起反抗了，土耳其也在准备……英国就为土耳其撑腰。”

“连法国也忍不住了……”尼扬宁说话的口吻似乎有几分犹豫。

“天啊，又开始谈论政治了！”住在隔壁房间里的房客费多尔·费多雷奇一边咳嗽一边说，“对有病的人，哪怕多少体谅一点儿也好啊！”

“对，法国也忍不住了。”戈里沙对父亲的话表示同意，对于费多尔·费多雷奇的咳嗽声并不在意。“它呀，哥们儿，还没有忘记那五十亿赔款[①]哪！法国，哥们儿……那些法国人，哥们儿，自作聪明！他们一门心思等待时机，向俾斯麦进行报复，总想往他的烟盒里下点儿毒！既然法

① 五十亿赔款：指1871年普法战争中法国失败后支付的赔款。

国人想动手较量较量，那德国人也不想坐等挨打，没准儿会用德国话说：‘嗨，你过来，伊凡·安德雷契，你会说德国话吗？……’哈哈哈！支持德国的有奥地利，还有匈牙利，随后，你瞧着吧，西班牙人会提出加罗林群岛的归属问题……中国会提出东京[①]问题，还有阿富汗人……争啊，吵啊，打啊！将来那种混乱局面啊，哥们儿，你连做梦也想不到！你就记住我说的话吧！你只有摊开双手目瞪口呆的份儿……”

尼扬宁老头儿生就性格多疑，胆小怕事，听了儿子的一番话，就不再吃饭，脸色变得更加苍白。

戈里沙也不再吃饭。这父子俩都生性怯懦，没有主见，爱疑神疑鬼；他们俩的心里，隐隐约约笼罩着难以言传的恐惧，这种恐惧在时空中扩展弥漫，仿佛某种灾难就要爆发临头了！但究竟是什么样的灾难，在什么地方、什么时候发生，父亲说不清楚，儿子同样也弄不明白。老头儿提心吊胆，像往常一样陷入沉默。戈里沙却愿意滔滔不绝地高谈阔论，借以刺激自己，刺激他的老爹，不把自己吓得心惊肉跳，他不会善罢甘休。

“你就等着瞧吧，”他接着说，“你想哎哟一声都来不及，欧洲就已经被打了个天翻地覆。人们都遭了殃！拿你来说吧，横竖都一样，寸草不生，你也无所谓，可我呢？对不起，必须上战场去打仗！不过，我倒是不在乎……听天由命就是了。”

谈论政治，戈里沙把自己也把父亲吓唬了一阵子，又信口开河谈起了霍乱。

“在那种地方，哥们儿，没有人去分辨你是死是活，立刻把你扔到大车上，吆喝一声就往城外拉！你躺在死人堆里，根本没有工夫弄明白，自己究竟是有病，还是真的已经死了。”

“天啊！”费多尔·费多雷奇在墙壁隔板那边不停地咳嗽着说，“屋子里被你们弄得烟雾腾腾，酒气熏天，这还不算，你们还聊起来没完没了，简直烦死人啦！”

---

① 东京：19世纪下半叶，法国人称越南河内为东京。

“请允许我问一句，我们聊天，哪一点让你厌烦呢？”戈里沙提高嗓门儿问道。

“我不喜欢粗俗无礼……听了叫人恶心。”

“既然恶心，你别听不就得了……就是这样，哥们儿，哦，老爷子，一定会出事儿！你只有摊开双手惊讶的份儿，而且连惊讶都来不及。还有，银行里总有人盗窃公款，地方自治局里有人贪污……你常听见人们说，这儿侵吞了一百万，那儿挪用十万，第三个地方盗窃一千……天天都有这种事儿，没有一天不发生出纳员携款潜逃的案件。”

“噢，那又怎么样？”

“什么‘那又怎么样’？总有一天，在一个阳光灿烂的早晨，你一觉醒来，往窗外一看，发现什么东西都没有了，全都被人偷光了。你仔细一看，街道上匆匆奔跑的都是出纳员、出纳员、出纳员……你想赶紧穿衣服，可是裤子却找不到了，被人偷走了！到那个时候你就明白‘那又怎么样’了！”

说来扯去，戈里沙最后提到了米朗诺维奇的案子[①]。

“你不要那么想，也不要心存幻想，”戈里沙对父亲说，“这个案子永远也结不了案。判决，哥们儿，一点儿意义也没有。不管做出什么样的判决，仍然是一池浑水！比方说吧，谢苗诺娃有罪……好，就算她有罪，可是有些证据证明米朗诺维奇也有罪，这些证据又该如何处理？假定说，是米朗诺维奇有罪，那么谢苗诺娃和别扎克[②]又当如何发落？这真是云山雾罩让人摸不着头脑，哥们儿！……整个案子就这样没完没了，似是而非，任何判决都难以让人满意，他们只能没完没了地高谈阔论……世界有尽头吗？有，那么，这个尽头以后又是什么呢？是另外一个尽头……这第二个尽头以后又是什么呢？如此延续，永远没有完结的时候……这个案子也是

---

① 米朗诺维奇的案子：指1884年发生在莫斯科米朗诺维奇当铺的凶杀案，受害人萨拉·别凯尔当时只有十三岁。该案因检查官提出抗议而于1885年复审。

② 谢苗诺娃和扎克：是上述案件的被告。

这样……哪怕再折腾二十次，仍然审不出什么结果，只不过越来弄得越糊涂罢了…… 谢苗诺娃现在招认了，可是到明天她又会翻供，说什么，她根本就不知道，什么也没有看见。律师卡拉勃切夫斯基[①]又开始忙得团团转……他带上十个助手，和他们一起忙得团团转，团团转，团团转……”

“他们转个什么劲呢？”

“是这样：他们派潜水员到图奇科夫桥下面去打捞那个砝码！好，然后，侦讯官阿沙宁立刻起草公文：砝码没有找到！卡拉勃切夫斯基大发脾气……怎么会找不到？这是因为我们缺乏真正的潜水员，缺乏精良的潜水设备！于是大笔一挥，从英国聘请潜水员，从纽约进口潜水设备！这一边正忙着打捞砝码，那一边就去拉拢法院的鉴定人。那些鉴定人忙得团团转，团团转，团团转……彼此争吵，相互指责……检察官不同意鉴定人艾尔加尔德的意见，可卡拉勃切夫斯基又不同意另一个鉴定人索罗金的意见……你争我吵，十分热闹！于是重新聘请鉴定人，从法国请来了病理学家沙尔科！沙尔科一到，立刻就说：‘我不能作结论，因为解剖尸体的时候没有检查脊椎骨！’于是重新解剖被害人萨拉的尸体！然后，哥们儿，又遇到了头发问题！……究竟是谁的头发呢？头发又不可能自己从地板上长出来，一定是什么人的头发！找来了几个理发师作鉴定人！出人意料的是，一根头发像是法国女演员蒙巴松的！那就传蒙巴松出庭！折腾来折腾去，越闹越大。一切都乱作一团，理不出一个头绪来。又有消息说什么，英国潜水员从涅瓦河里找到的砝码不是一个，而是五个。如果行凶的不是谢苗诺娃，那么肯定真正的凶手往河里扔了十个砝码。他们就开始反复查看那些砝码。头一件必须查明：砝码是从什么地方买的？是从商人波茨可可夫那里买的！那就让商人出庭！‘波茨可可夫先生，什么人在您那里买过砝码？’‘记不清了。’‘既然这样，哪些顾客常到您的商店买东西，请说出他们的姓名！’波茨可可夫就开始回想，并且想起了你曾经在他的商店里买过东西。他就说：‘在我那里买过东西的有什么什么人，其中有个

① 卡拉勃切夫斯基：米朗诺维奇的辩护人。

九品文官叫谢苗·阿列克谢伊奇·尼扬宁！’‘传这个九品文官尼扬宁出庭！’到那时候您就得去一趟啦，老先生！”

尼扬宁脸色煞白，心慌意乱，不停地打嗝，他从桌子旁边站起来，在房间里走来走去，显得十分烦躁。

“哪儿的话，哪儿的话！……”他含含糊糊地说，“天晓得这是怎么一回事！”

“对！传尼扬宁出庭！你只好硬着头皮去了，卡拉勃切夫斯基瞪大了眼睛，上上下下打量你，把你从头到脚看了个够！他问：‘某月某日前一天夜里您在什么地方来着？’不料你的舌头发木，一句话也说不出来。他们立刻又拿出那根头发，跟你的头发对比，看是不是一样，又派人去请法学家伊万诺夫斯基。对不起，尼扬宁先生，现在可要追究你的罪责了！”

“怎么……会是这样？大家都知道，我从来没有杀过人！你怎么这样乱说？”

“反正都一样！你说你没有杀过人，谁能证明你的清白？他们会围着你转来转去，直转得你头昏脑涨，你会跪在地上说：‘我有罪，是我杀了人。’结果准会是这样！”

“去、去、去！……”

“我只不过举个例子。反正我无所谓。我是个自由人，单身汉。只要我愿意，明天就去美国！卡拉勃切夫斯基，有本事你就找我好了！让你打转转去吧！”

“天啊！”费多尔·费多雷奇呻吟着说，“但愿他们的嗓子干得冒烟！魔鬼呀！你们什么时候能闭上嘴不再说话？”

尼扬宁和戈里沙终于不说话了。一顿饭总算吃完了，父子俩各自躺在他们的床上。两个人心里都像被虫子咬了似的不好受。

雇 总 管

……专科学校毕业的人难以找到工作，或担任的职务与所学专业无关，因此高等技术教育在我国难以发展……

（摘自一篇社论）

“大人，最近几天，有个自称姓马斯洛夫的人，每天来两趟，想和您见个面……”听差伊万一面给主人布金老爷刮脸，一面说道，“今天他也来过，说是愿意在您的庄园当总管……他说好今天一点钟还要来……真是个怪人！”

“怎么见得呢？”

“他坐在前厅里，不停地抱怨说：‘我又不是仆役，也不是借债的，何至于在前厅里一待就是两个小时！’他说，他是个受过教育的人……还说什么：‘你家老爷虽然是将军，请你告诉他，让人家在前厅里忍受折磨是不礼貌的……’”

“他说得完全正确！”布金皱着眉头说，“你这小子，有时候也不周到！你见他是个正派人，体面人，喏，那就该请他进来，把他让进一个房间才是……”

“他又不是什么大人物！”伊万冷笑着说，“又不是来当将军，在前厅坐就坐呗。有些人比他更有面子，人家在那里坐着，也不觉得委屈……就算他当了总管，也还是老爷的仆人，没来由胡思乱想，硬充什么受过教育的人……等就等着吧，还想到客厅里去坐坐……也不瞧瞧自己那副肮脏嘴脸……如今这世道，可笑的人是越来越多啦，大人！”

“要是这位马斯洛夫今天再来的话，你就请他进来……”

整一点钟时，马斯洛夫来了。伊万把他引进了老爷的书房。

“是伯爵举荐您来见我的吧？”布金接待他说道，“认识您很高兴。请坐吧！请坐这边，年轻人，这边比较软和……您来过不止一次了……他们跟我说过，不过，对不起，我总是很忙，有时候出门，有时候有事脱不开身。您抽烟吗？亲爱的，我的确需要物色一个总管……我和原先那位总管不大融洽……我对他不满意，您知道，我和他两个人之间发生了争执……嘿嘿……以前您在什么地方管理过庄园吗？”

“是的，我曾经在捷基尔什马赫尔的庄园里给管家当过一年助手……后来，庄园拍卖了，我也就只好离开了那里……当然，我几乎没有什么管理经验，不过，我毕业于彼得罗夫农学院，在那里学习过农业园艺学什么的……我想，我的学问多多少少可以弥补实际经验的欠缺……”

“这哪里谈得上什么学问呢，老弟？无非是监督那些下人，守林人……把粮食卖掉，每年交一份账目清单……根本不需要什么学问！管理庄园需要的是眼光锐利，伶牙俐齿，嗓门儿响亮，如此而已。可话说回来，真有学问也没什么妨碍……”布金叹了一口气，“喏，我的庄园在奥廖尔省，那边的种种情况，您从这些账目与表格中大致就能看个明白。我自己一次也没有去过那个庄园，从不过问那边的具体事项。您从我这里什么情况也问不出来，除了地是黑的，森林是绿的，此外我就一无所知，就像拉斯普留耶夫[①]一样不谙下情。至于待遇嘛，我想，仍然和前任一样，也就是说，每年的薪水一千卢布，管住房、伙食，有马车，还有最为充分的行动自由！”

“这个人太仁慈了！”马斯洛夫心里想。

“只是有一条，老弟……请您原谅，丑话说在前头，免得日后争吵。

① 拉斯普留耶夫：俄罗斯剧作家霍沃·柯贝林的剧本《克列钦斯基的婚事》中的人物。

您在那里想怎么做，就怎么做，不过，求上帝保佑，千万别玩什么新花样，不要把农民弄得晕头转向，最重要的一点，您要是捞外快，一年不要超过一千……”

“对不起，我没有听清楚您最后说的一句话……”马斯洛夫小声说。

“您要是捞外快，一年不要超过一千……当然，不捞外快是不大可能的。不过，我亲爱的，捞，要有分寸，有限度！您的前任过于贪心，单是卖羊毛这一项，他就捞了五千……结果是我们只好分手。当然喽，他这么做有他自己的理由……人总是寻找有利可图的地方。俗话说得好，自己的衬衫最合身，追求自己的利益并不为过。但是，这对于我来说，损失未免惨重了一点儿。我这么说，想必您也会同意。因此，希望您能记住：捞一千卢布，可以……喏，这么说吧，两千卢布，也成，但是到此为止，再也不能多捞了！”

“您跟我说话，仿佛在跟一个骗子交谈！”马斯洛夫脸红了，他站起来说道，“对不起，我可不习惯这样的谈话……”

“是吗？那就悉听尊便吧……我不敢勉强您……”

马斯洛夫抓起帽子，快步走了出去。

“怎么样，爸爸，你雇到总管了吗？”马斯洛夫走了以后，布金的女儿问父亲说。

“没有……这个人太幼稚……太老实……”

“怎么？老实不更好吗？你还想找什么样的人呢？”

“不，上帝保佑，还是不用这种老实人为好……如果一个人很老实，可能他就不会办事，也可能是个冒险分子，是个爱好空谈的家伙……是个大傻瓜！最好让他们离我远一点儿……老实人，平日里不贪不偷，可是，冷不防突然大捞一把，弄得你只有目瞪口呆的份儿。不，宝贝儿，上帝保佑，让这些老实人离我们越远越好……”

布金想了想，又补充说：

“先后来过五个人，都跟这个人差不多。真见鬼！这算什么运气！看起来，迫不得已，还得把原先那个总管再请回来了……”

值钱的狗

杜博夫中尉多年在军队供职，看面相已不算年轻，他跟志愿入伍的军人科纳普斯一起坐着喝酒。

“这是一条名贵的狗！”杜博夫一面指着自己那条名叫米尔卡的狗让科纳普斯看，一面说道，“一条出色的狗！您仔细看看这张脸！单凭这张脸就值很多钱！要是能碰上痴迷养狗的人，就为这张脸也会出二百卢布！您不信？这么说，您对养狗是一窍不通……”

“我懂，只不过……”

“要知道，这是塞特猎犬，纯种的英国猎犬！它那捕猎的姿势简直叫人惊叹，那么机敏！……再说还有嗅觉，天啊，嗅觉灵敏得出奇！米尔卡还是条小狗崽儿的时候，我就买了它。你猜我花了多少钱？一百卢布！绝妙的狗！小坏蛋，米尔卡！小傻瓜，米尔卡，过来，过来……可爱的小狗，我的小猎犬！……”

杜博夫把米尔卡引逗到自己跟前，在狗的两个耳朵中间亲了一下，眼睛里涌出了泪水。

“我不会把你送给别人……我的美人儿……你这个小土匪。你爱我，对吧，米尔卡？爱不爱？……呀呸！滚你的蛋！”中尉忽然大声叫道，“肮脏的爪子竟敢往我军装上爬！是的，科纳普斯，为买狗崽儿，我花了一百五十卢布！足见这条狗非同一般！只有一件事叫人遗憾：我没有时间去打猎！狗要没有事干就毁啦。它的才干就被埋没啦……就为这个，我打算卖了它。您买了它吧，科纳普斯！我一辈子都会感激您！得啦，要是您钱不多，我给您让一半儿价：五十卢布您就牵走！就算让您抢了一条好狗吧！”

“不，好朋友！……”科纳普斯叹了一口气说道，“如果您的米尔卡是一条公狗，没准儿我会买了它。可是……”

“米尔卡不是公狗？”中尉满脸惊讶地说，“科纳普斯，您怎么啦？米尔卡不是……公狗！？哈哈！照您看，它是什么狗？母狗？哈哈……真是个小孩子！连公狗母狗都分不清！”

“您跟我这么说，就好像我是个瞎子，是个百事不懂的小孩子……”科纳普斯抱怨道，“它当然是一条母狗啦！”

“大概您还会说我是个太太吧！哎呀呀，科纳普斯呀，科纳普斯！您还是技术学校毕业的呢？不，我的宝贝儿，这是一条真正的纯种公狗！而且比任何一条公狗都强上十倍！可是您竟然说什么……不是公的！哈哈！”

“对不起，米哈伊尔·伊万诺维奇，您这是……简直把我当傻瓜了……真叫人难堪……”

“得，不买拉倒，见您的鬼去吧！……您不用买啦！……跟您这号人讲不通道理！过一会儿，您没准儿说，这不是狗尾巴，倒是狗腿呢？……不买拉倒！本来想让您占点儿便宜。瓦赫拉美耶夫，拿白兰地来！”

勤务兵又送来一瓶白兰地。两个朋友各自斟满一杯酒，陷入了沉默。他们谁也不说话，就这样过了半个小时。

“就算它是一条母狗那又怎么样？……”中尉打破了沉默，闷闷不乐地瞅着酒瓶说，“真是怪事！这对您反倒更好！它会给您生很多小狗崽儿，每只都能卖二十五卢布……随便什么人都乐意买您的小狗。我不明白，为什么您那么喜欢公狗！其实，母狗要强一千倍。母狗对主人更忠诚，更依恋……这样吧，既然您对母的这样害怕，也罢，二十五卢布，您把它牵走好了。”

“不，亲爱的……一个戈比我也不给。第一，我不需要狗；第二，没有钱。”

“既然这样，您该早说呀！米尔卡，滚开！”

勤务兵端来了煎鸡蛋，两个朋友吃了起来。他们一句话也不说，把煎锅里的蛋吃得精光。

“您是个好人，科纳普斯，老实人……”中尉一边说，一边抹了一把嘴唇，“我舍不得放您走，见鬼！……您猜怎么着？把狗带走，不要钱啦！”

“可是我把它带到哪儿去呢，亲爱的？”科纳普斯叹了一口气说，“我找谁来喂养它呢？”

“嗨，那就算了，算了吧……见您的鬼去吧！您不愿意，那就算了……您要去哪里？坐下！”

科纳普斯伸了个懒腰，站起来去拿帽子。

“该走了，再见吧……”他说，紧接着打了个哈欠。

“那您稍等一下，我来送送您。”

杜博夫和科纳普斯穿好衣服，出了门，走到大街上。他们走了一百步，谁也不说话。

“您是不是知道该把这只狗送给什么人？”中尉开口说，“您有没有这样的熟人？您也看见了，狗，是条好狗，纯种狗……不过，我实在不想要它了。”

“我可不知道，亲爱的……在这地方，我能有什么熟人呢？”

两个朋友一直走到科纳普斯的住处，再也没说一句话。等到科纳普斯握了握中尉的手，然后推开了栅栏门，杜博夫咳嗽了一声，迟迟疑疑地说：

“您知不知道，当地的皮革匠要不要狗？”

“大概要吧……详细情况我说不清楚。”

“明天，我让勤务兵瓦赫拉美耶夫把狗送去……见它的鬼！让那些工匠扒了它的皮……这条可恶的狗！讨厌死了！它不止把房间里弄得很脏，昨天还钻进厨房把肉偷吃了个精光，这个下流的痞子……它要是条良种狗倒也罢了，鬼才知道它是什么玩意儿，准是看院子的大笨狗跟猪生下的杂种！晚安！”

“再见！”科纳普斯说道。

栅栏门砰的一声关上了，只留下了中尉一个人。

孩　子　们

爸爸妈妈和娜佳姨妈不在家。他们到那个总是骑着一匹小灰马的老军官家参加洗礼去了。在等他们回来的时候，格利沙、安妮娅、阿辽沙、索尼娅和厨娘的儿子安德列坐在客厅的餐桌旁玩“罗托”。凭良心说．他们该去睡觉了，但还没有从妈妈那儿打听出受洗礼的小娃娃长什么样，以及晚宴上都有什么吃的，这个时候难道睡得着吗？被吊灯照亮的桌子上撒满了写着数字的牌、果壳、纸片和小玻璃片。每个参加游戏的孩子面前都放着两张牌和一小堆儿用来凑出数字的小玻璃片。桌子中放着一个光亮的盛着五枚一戈比硬币的白盘子，在盘子周围，有一只吃了一半的苹果，一把剪刀，一个放果壳的碟子。孩子们在赌钱，赌注是一个戈比，条件是：如果谁作弊，就立刻被开除，桌旁除了这几个玩游戏的孩子，没有别人。保姆阿加菲娅·伊万诺夫娜正在厨房教厨娘裁衣服，他们的大哥，五年级的瓦夏，正无聊地躺在客厅的长沙发上。

他们玩得很起劲。格利沙的表情最紧张。这是个矮个子的九岁男孩，头剃得精光，脸蛋胖乎乎的，嘴唇很厚，就像黑人一样。他已经在学校的预科上学了，因此被认为是最大、最聪明的。他纯粹是为了赢钱而玩的。如果盘子里没有那些戈比，他早去睡觉了。他褐色的眼睛不安而忌妒地扫视着同伴们的牌。他的光头里塞满赢不了钱的恐惧、忌妒，以及财政方面的考虑，这使得他没法安安静静地坐在那儿，集中不了精神，总是如坐针毡地扭动着身体。一旦赢了，他就贪婪地抓起钱，立刻把它们藏在口袋里。他的妹妹，八岁的安妮娅长着一个尖下颏。一双聪明明亮的眼睛，她也很怕别人赢了：她的脸一会儿发红，一会儿发白，眼睛紧紧盯住其他赌徒。她对戈比不感兴趣，赌运对她来说是关乎自尊心的问题。另外一个妹妹索尼娅，是个六岁的小姑娘，长着一头鬈发，脸蛋白里透红，只有非常健康的孩子、价钱昂贵的娃娃，以及糖果盒上画的小孩儿才有这样的脸蛋。她玩“罗托”是为了游戏的过程本身。她的脸上洋溢着感动的表情，无论是谁赢了，她都一样哈哈大笑，拍巴掌。阿辽沙是个像球一样圆乎乎的小胖孩儿．他呼哧呼哧喘着粗气，也瞪大眼睛盯着牌。他既不爱钱，也不争面子，只要不把他从桌子旁赶走，不打发他去睡觉，他就谢天谢地了。别看他表面上挺超脱的，骨干里其实是个地地道道的小坏蛋。他坐在这儿与其说是为了玩“罗托”，不如说是为了等着看赌钱时在所难免的纠纷，要是谁打了人或是骂了人，他就高兴得不得了。他本来早就该去趟厕所了，但他却一分钟也舍不得离开桌子，生怕他不在的时候别人会拿走他的玻璃片和戈比。因为他只认得一位数和以0结尾的数，所以安妮娅代他看牌。第五个玩伴是厨娘的儿子安德列。这是一个黑头发、病恹恹的男孩儿，他穿一件印花衬衫，胸口戴着一个青铜的十字架，正带着一种痴迷的表情凝神望着数字。他对赢钱和别人的斩获都无动于衷，因为他完全沉浸于数学的游戏中，沉浸在它那简单的哲理中：世界上有多少各种各样的数字啊！而它们竟然不会互相混淆！

除了索尼娅和阿辽沙，所有的人依次喊出数字。由于数字太单调，玩着玩着，就为它们发明了许多的术语和可笑的外号：比如说，这些赌客们把七叫作拨火棍，把十一叫作两根小棍，七十七叫作谢苗·谢苗内奇．九十叫作老爷爷，等等。孩子们玩得很起劲。

“三十二！”格利沙一边喊，一边从父亲的帽子里掏出些黄色的圆纸筒，“二十七！拨火棍！二十八——割干草！”

安妮娅看见，安德列错过二十八。要放在其他时候，她一定会向他指出来，但现在，当盘子里放着的东西不是戈比而是她的自尊心的时候，她感到很高兴。

“二十三！”格利沙继续喊，“谢苗·谢苗内奇！九！”

“红蟑螂，红蟑螂，”索尼娅指着一只跑过桌子的红蟑螂喊着，“哎呀！”

“别打它，”阿辽沙用他的男低音说，“说不定它有孩子……”

索尼娅目送着红蟑螂，想着它的孩子：“它们该是些多小的红蟑螂啊！”

“四十三！一！”格利沙继续喊道，他因为安妮娅已经快赢了而感到痛苦，“六！”

“赢了！我赢了！”索尼娅叫起来，娇憨地转动着眼珠，大笑起来。

其他的玩伴脸都变长了。

“得检查一下！”格利沙仇恨地看着索尼娅，说道。

格利沙作为最大和最聪明的一个，享有特权，说一不二。他要做什么别人就得做什么。他们把索尼娅的牌仔仔细细地检查了很久，使她的玩伴们大失所望的是，她并没有作弊。下一盘又开始了。

“昨天我看见了什么呀！”安妮娅好像自言自语地说，“菲里普·菲里普维奇不知怎么一来，把眼皮翻了起来，他的眼睛变成了红的，可吓人了，像魔鬼一样。”

“我也看见了。”格利沙说，“八！我有个同学会动耳朵。”

“我也会动耳朵……”

“你动一个！”

安德列动他的眼睛、嘴唇、手指，他以为他的耳朵也动起来了。大家一起笑他。

“这个菲里普·菲里普维奇是个坏人。”索尼娅叹口气说，“昨天他到我们儿童室来，我光穿着一件衬衣……我非常觉得不礼貌！”

“赢了！”格利沙忽然大叫起来，同时把钱从盘子里抓过来，“我赢了！你们检查吧，要是愿意的话！”

厨娘的儿子抬起眼睛，脸变白了。

“我，那个，不能再玩了。”他喃喃地说。

“为什么？”

“因为……因为我没钱了。”

“没钱不能玩！”格利沙说。

安德列抱着一线希望又掏了一阵兜，可是除了一些面包皮和一截带着牙印的铅笔，什么也没有。他撇开嘴，开始伤心地眨眼睛，马上就要哭出来了。

“我替你下注！”索尼娅说，她受不了他那痛苦的眼神。“可是你得想着以后还我。”

钱凑好了，孩子们继续玩。

“好像什么地方在敲钟。”安妮娅瞪大眼睛说。

所有的孩子都停下游戏，张开嘴，看着黑乎乎的窗户。在黑暗中只有灯的反光。

“你听错了。”

“夜里只有在墓地才敲钟。”安德列说。

“为什么在那儿要敲钟？”

“为了不叫强盗进教堂。他们怕敲钟。”

“强盗进教堂去干什么？”索尼娅问道。

“这还不明白：为了把看门人打死呗！”

有一会儿谁都不说话了。大家你看看我，我看看你，战战兢兢地继续玩。这一次安德列赢了。

“他作弊。”阿辽沙无缘无故地用低沉的声音说。

“你胡说，我没作弊！”

安德列气得脸都白了，嘴也歪了，照着阿辽沙的脑袋就是一下子！阿辽沙凶狠地瞪起眼睛，蹿起来，一只膝盖跪在桌子上，也照着安德列的嘴巴来了一个耳光！两个人又互相打了一个耳光，都大哭起来。索尼娅受不了这么可怕的场面．也哭了起来，于是餐厅里不同调门的哭声响成一片。但不要以为游戏就到此结束了。过了还不到五分钟，孩子们又开始大笑，亲亲热热地谈话了。脸上还带着泪，但这并不妨碍他们笑。阿辽沙甚至感到幸福：总算打了一架！

五年级的学生瓦夏走进餐厅。他一副睡眼惺忪的样子：

"真令人气愤！"他看见格利沙正摸索着他那盛着叮当作响的戈比的钱兜子。"难道能给小孩子钱吗？难道能允许他们赌博吗？这种教育真够好的，没治了。岂有此理！"

但小孩子们玩得那么来劲，他自己也不禁想要参加进来，试试运气。

"等会儿，我也玩。"他说。

"拿出一个戈比！"

"马上。"他掏着兜说，"我没有一戈比，但这儿有一卢布。我出一卢布。"

"不行，不行，不行……放一个戈比！"

"你们这些傻瓜，不管怎么说，一卢布要比一戈比值钱。"中学生解释道，"谁赢了，就找给我钱。"

"不行，请你走吧！"

五年级学生耸耸肩膀，去厨房找女仆换零钱。但厨房里一个戈比都没有。

"那你换给我零钱。"他从厨房回来后，又跟格利沙纠缠道，"我付给你利息。你不愿意？那卖给我十个戈比，我给你一卢布。"

格利沙怀疑地斜眼看看瓦夏：他是不是在耍什么圈套？是不是一个骗局？

"我不。"他说，紧紧攥住口袋。

瓦夏开始发脾气，骂人，管这些赌徒叫蠢货，死脑筋。

"瓦夏，我替你出钱！"索尼娅说，"坐下吧！"

中学生坐下来，在自己面前放了两张牌。安妮娅开始读数。

"我丢了一个戈比！"格利沙忽然大为不安地说，"等会儿！"

孩子们取下灯，爬到桌子底下去找那一个戈比。他们的手抓到痰和果核，头碰在一起，但没有找到戈比。他们开始重找，直到瓦夏把灯从格利沙手里夺下，放回原处。格利沙继续在暗中寻找。

但现在终于找到了那个戈比。赌徒们在桌旁坐下，想继续玩。

“索尼娅睡着了！”阿辽沙宣布。

索尼娅把长着鬈发的脑袋放在胳膊上，睡得十分香甜，就像她已经睡了一个钟头似的。她是在别人找戈比的时候，不知不觉地睡着的。

“去，到妈妈的床上睡去！”安妮娅说，领着她离开餐厅。

“走吧。”这群孩子们一起送她。而过了大约五分钟，妈妈的床上呈现出一副有趣的景象。索尼娅在睡觉，阿辽沙在她的旁边打着鼾，格利沙和安妮娅把头枕在他们的腿上睡着，厨娘的儿子安德列也顺便挤着躺在那儿。在他们身边散落着许多的戈比，它们已经失去了作用，直到下次赌博。晚安！

作　家

在与商人叶尔沙柯夫茶叶铺相通的一间屋子里，叶尔沙柯夫本人正坐在高高的账桌后面。他是个年轻人，衣着入时，可是人却没精打采的，一副饱经人世沧桑的样子。从他那粗放带花的字体、卡普尔发式以及身上散发出的淡淡的香烟味就能看出，他没少受到欧洲文明熏染。不过，当一个男孩子从铺子走进屋里，向他报告“作家来了”时，他的文化人架势就变得更足了。

“啊！……叫他进来！对了，你叫他把套鞋脱在铺子里。”

过了一小会儿，一个头发花白，已经谢顶的老头轻轻地走进屋来。他身穿一件破旧的已经褪成暗红色的大衣，冻僵的脸上带着一种虚弱和不自信的表情，这是那些虽不酗酒，但常喝两口的人所特有的表情。

“啊，您好啊……”叶尔沙柯夫看也不看走进来的人，说道，“给我带来什么好东西了，海尼姆先生？”

叶尔沙柯夫总是把“天才”和“海涅”这两个词搞混，把它们合二为一地叫作“海尼姆”，他总是用这个词称呼那老头儿。

“瞧这儿，把您叫我写的东西带来了，”海尼姆回答说，“全写好了。”

“那么快？”

“花了三天，扎哈尔·谢苗内奇，别说是广告，就是小说也写出来了，写广告有一个钟头就是够了。”

“才一个钟头，可你每次要价的时候，都像是要花你一年的工夫似的。

得，瞧瞧您都写了些什么。”

海尼姆从口袋里拿出几张皱皱巴巴，写满了铅笔字的纸，走到账桌跟前。

“我这只是草稿，一个大概的初稿，”他说，“我给您读读，您注意听，如果我有弄错的地方，就请您给我指出来。出差错是免不了的，扎哈尔·谢苗内奇……您信吗？我同时给三家商店拟广告稿……就是莎士比亚，也得晕头转向。”

海尼姆戴上眼镜，扬起眉毛，用悲切的语调，像朗诵般地读道：

“1885 年至 1886 年度。俄国欧洲部分及亚洲部分乃至国外之中国茶业供应商扎·谢·叶尔沙柯夫。其公司创立于 1804 年。——您知道，所有这些开场白，都将用市徽图案装饰起来。我曾经给一个商人拟过一篇广告，他就是用各城市的徽章做广告装饰的。您也可以那样做，我给您琢磨出这样一种装饰图案，扎哈尔·谢苗内奇：一头狮子，嘴里衔着七弦琴。现在我继续读——我要对我们的顾客讲几句话。阁下！无论是近来的政治事件，日益侵入我们社会各个方面的冷漠，还是我国最杰出的通讯社前不久报道的伏尔加河的变浅——什么也不能把我们难倒。本公司历史悠久，一贯受到客户的爱戴，因而根基深、信誉好，决不会中断与茶场主保持的联系，将圆满完成订货的良好机制毁于一旦。我们的口号家喻户晓，它可言简意赅地概括为几个字：热情、廉价、迅速！！”

“好，很好！”叶尔沙柯夫打断他说，在椅子上扭动着身子。“我甚至没想到您能写成这样子，真棒！只是那个，亲爱的朋友……得想办法放上点烟幕，想法子，你知道，变个戏法……我们要声明，说公司收到了一批 1885 年的头一茬新鲜春茶……是吧？除此以外还要暗示出，这些茶叶已经在我们的仓库里存放了三年，同时又好像我们是上个星期才从中国收到的这批茶叶。”

“我明白了，您那……老百姓不会发现矛盾的。广告的开头我们写上茶叶是新进的，而在末尾，我们就说‘由于现存有已按旧税率完税的大量茶叶存货，我们可以在不损害自己利益的情况下按照去年的价格出售，等等’。然后，下面一页是价目表，然后又是徽章和装饰图案……在它们的下面用大字印出：精选香茶、福建茶、哈克图茶和白毫茶价目表，以上茶均来自新垦农场，为春季第一次采摘之新茶……接下去：敬请真正的爱茶人士留意绿茶，其中久负盛名，名副其实的‘中国标志或同行的忌妒’牌茶叶价格三卢布五十戈比，玫瑰花茶中我们特别推荐‘皇帝玫瑰’牌，价格二卢布，还有‘中国女人的眼睛’牌，价格一卢布八十戈比。价格后面用小字说明有关茶叶的包装和邮寄事宜，紧接着要谈到优惠办法和奖品的发放。‘我们的大多数竞争对手，为吸引顾客，纷纷抛出所谓奖品以为诱饵。我们坚决反对这种令人气愤的手法，我们不向顾客发放什么奖品，因为那是我们同行用来引诱他们的牺牲者上当的诱饵。在我们店里一切均为无偿奉送——所有在我处购买茶叶超过五十卢布者均可无偿得到下列五样东西之一：青铜茶壶一把，名片一百张，莫斯科地图一幅，裸体中国女人形状的茶叶罐一只，伊格里维·维谢里恰克的小说《未婚夫大吃一惊，或洗衣盆下面的新娘》一本。’”

海尼姆读完了以后，做了几处修改，又迅速把广告誊清抄好，交给了叶尔沙柯夫。此后，出现了一阵沉默……两个人都觉得不自在，就好像刚做了什么见不得人的事似的。

“您现在付报酬呢还是以后再给？”海尼姆犹犹豫豫地问。

“随您的便，哪怕是现在也成……”叶尔沙柯夫漫不经心地回答，“到商店里去拿值五卢布半的东西。”

“我最好要现钱，扎哈尔·谢苗内奇。”

“我这儿可不兴付钱。我给所有的人都付茶和糖，您、我手下唱歌的、看院子的都是。这样可以叫他们少酗酒。”

“难道，扎哈尔·谢苗内奇，我的工作能跟看院子的和唱歌的相提并论吗？我这是脑力劳动！”

“什么劳动？坐在那儿一写就得了，写东西又不当吃，又不当喝的。算个屁！一卢布都不值。”

“瞧瞧……您怎么这么说写作呢……”海尼姆动气了，“不当吃，不当喝？您不知道，我写这广告时，心里可是受折磨的。一边写一边觉得自己在欺骗整个俄国。给我钱，扎哈尔·谢苗内奇！”

“我听够了，老兄。这么纠缠，可不好。”

“得，得。那我就要砂糖，您的伙计每一磅就扣我八戈比，这么一来我就得损失四十戈比。算了，有什么法儿呢，回头见吧，您呢！”

海尼姆转过身想走出去，可是在门口又停下来，叹口气，沉痛地说：“我在欺骗俄罗斯！整个俄罗斯！我欺骗祖国，就为了一块面包，唉！”

他走出去了，叶尔沙柯夫抽起了雪茄烟，于是他的房间里弥漫起更加浓烈的文人气息。

尼 娜 奇 卡

门轻轻地开了，我的好朋友巴威尔·谢尔盖耶维奇·维赫列涅夫进来找我。他年纪虽轻，却长得老相，病恹恹的。他有点儿驼背，长鼻子，人很孱弱，根本不漂亮。可是他的面容却是那么朴实，柔和而朦胧，以致每见到它就会产生一种奇怪的愿望，想用五个指头捧住它，好像这样就可以触到我朋友那软绵绵的心。他像所有坐办公室的人一样安静，胆怯而腼腆，除此之外，他此时还显得面色苍白，好像因为什么事而非常心神不宁。

“您怎么了？”我打量着他苍白的脸和微微发抖的嘴唇，问道，“您不舒服吗，还是又跟妻子闹别扭了？您脸色真难看！”

维赫列涅夫定了定神，咳嗽了两声，这才摆摆手说：“我跟尼娜奇卡又——闹出事了！我痛苦极了，亲爱的，我一夜没睡，您瞧，搞得半死，鬼才知道我是怎么回事！别人就不那么多愁善感，很容易承受委屈、损失和病痛，可对我来说，一点儿小事就足以把我整垮！”

“到底出什么事了？”

“一点儿小事——家庭生活的小小闹剧。您要想听，我就给您讲讲，昨天晚上，我的尼娜奇卡哪也没去，而是留在家里，想和我度过一个晚上。我当然很高兴。晚上她通常出去开什么会，而我，只有我晚上在家，因此您想想看，我是多么高兴。对了，您从没结过婚，您不知道当您下班回家见到您为了她而活着的那个人时，有多么温暖和惬意。”

维赫列涅夫描绘完家庭生活的美妙，擦擦额头的汗，接着说：

“尼娜奇卡想和我度过一个晚上，可您知道我是一个什么样的人！我这个人又乏味又沉闷，又不会风趣，和我在一起有什么乐趣？我总是和我那图纸、过滤器、土壤打交道，又不会弹琴，又不会跳舞，又不会说笑，我什么都不擅长。而尼娜奇卡，您得承认，年轻又擅长交际——青春有它的特权——不是吗？我给她看画片，看各种小东西，这个那个——给她讲点有趣的事——我灵机一动，想起我抽屉里面有些旧信，其中有些特别可笑！我大学时代有一帮朋友，写信特别逗，这些骗子！你读着这些信，肚子都得笑破。我从桌子里拿出这些信叫尼娜奇卡读。我给她读了一封、两封、三封——突然，抛锚了！在一封信里有这么一句：‘卡佳向你问好。’对嫉妒的妻子来说，这样的话就像尖刀，而我的尼娜奇卡正好是穿裙子的奥赛罗！各种问题向我不幸的脑袋砸下来，这个卡佳是什么人？怎么回事？为什么？我给她解释，说这个卡佳有点像是初恋的对象——说这是中学时代的，年轻的稚嫩的感情，现在已没有任何意义。我说，所有的人都有自己的卡佳，没有是不可能的——可我的尼娜奇卡不肯听！她想象出了鬼知道什么东西！哭哭啼啼。哭完之后又发开了歇斯底里。‘您！’她喊道，‘可恶！卑鄙！您向我隐瞒自己的过去！就是说，’她喊‘您现在也有某个卡佳，瞒着我！’我向她左保证右保证，可是没用——男人的逻辑和女人的逻辑永远对不上号。最后我只得请求宽恕；双膝跪着——爬，睡觉时她的歇斯底里还没过去，她自己睡在床上，我独自睡在沙发上——今天早上还是不理不睬，生气，用‘您’称呼我，说是要回娘家，也许真的会回去，我了解她的脾气！”

“唉，真是不愉快的事！”

“我真不懂女人！喏，就算尼娜卡奇年轻，重道德，纯洁透顶，像卡佳之类的事不能不惹她伤心，就算——但是难道真的那么难以原谅？——就算我错了，但我跪下爬着求她原谅了呀！——我，如果您想知道，还哭来着！”

“是啊，女人是个猜不透的谜。”

“我亲爱的，您对尼娜奇卡很有影响力，她尊敬您，把您当成权威。我求您去找她一趟，运用您的全部影响力，让她明白她是大错特错了——我痛苦，我亲爱的！如果这件事再拖一天，我就受不了了。去一趟吧，亲爱的！”

“但这合适吗？”

“有什么不合适的？您和她差不多是从小的朋友，她依赖您——去一趟吧！看在朋友的份儿上！”

维赫列涅夫泪汪汪的乞求打动了我，我穿上外衣去找他的妻子。我见到尼娜奇卡正做她最喜欢的事：她架着腿坐在长沙发上，向半空眯起她那好看的眼睛，什么事也不干——她看见我，就从沙发上跳起来，向我跑过来——然后她四下望望，迅速关好门，轻轻一跳就抱住了我的脖子。（读者可不要认为这里是印错了——我和维赫列涅夫分担做丈夫的责任已经一年有余了。）

“你这骗子又想起什么花样了？”我让尼娜奇卡坐在身边，问她。

“怎么了？”

“你又想法折磨你那官人了！今天他找到我，一个劲儿地讲卡佳！”

“噢，是这个！他可找对了诉苦的人！”

“你们怎么搞的？”

“一点儿小事——昨晚很无聊——没地方可去，我很恼火，一气就抓住卡佳的事跟他闹了一通。我是烦得哭，可怎么能跟他解释我哭的真正原因呢！”

“可是，我的心肝，这是残酷，这是没人心。他那么神经质，你还变着法儿地作践他。”

“没关系，他喜欢我为他吃醋——没有比假嫉妒更能遮人耳目的了——得了，别说这个了——我不喜欢听你讲那个草包——他原本就叫我够烦的了——咱们最好喝点茶——”

“可是，不管怎样你得停止折磨他——你知道，看看他的样子，真不忍心——他那么实心眼儿地描述他的家庭幸福，那么相信你的爱情，简直可怕——请你想法管束一下自己，对他温存点儿，骗骗他算了。你只要一句好话，他就能美上了天。”

尼娜奇卡撅起嘴，皱着眉。但当过了一会儿维赫列夫走进屋，胆怯地看看我的脸时，她到底对他笑眉笑眼了。

“正好赶上喝茶！”她对他说，“你真是我的聪明人儿，从来不会晚——给你的茶加奶油还是柠檬？”

维赫列涅夫没想到会得到这样的欢迎，感动得什么似的，他满怀感情地吻他妻子的手，拥抱我。可这个拥抱来得那么荒唐和唐突，我和尼娜奇卡两个人都给弄了个大红脸。

“可祝福的和平使者！”那幸福的丈夫快活地咕叽咕叽叫着，“您能说服得了她，为什么呢？就因为您是交际场中的人，惯于在上流社会应酬，对女人的心思体察入微！哈，哈，哈！我是个笨牛，傻瓜。您说一句话比我说十句还强——该吻吻她的手或者做点别的什么，而我就知道心里难受。哈，哈，哈！”

喝过茶以后，维赫列夫把我领到他的办公室，摸着我的扣子，嗫嗫地说：“我不知道该如何感谢您，我亲爱的！您得相信我，我本来那么痛苦难受，可现在幸福得简直没法说！而且您这已经不是第一次把我从可怕的境遇里解救出来了。我的好朋友，别拒绝我！我有件小东西——就是个小火车头，是我自己做的——在展览会上还得过奖呢——请接受它，聊表我的感激和——友情！赏脸收下吧！”

当然，我千方百计地谢绝，可维赫列涅夫很固执，我只好半推半就地接受了他贵重的礼物。

过去了几天，几个星期，几个月——而那该死的真相早早晚晚还是会要命地在维赫列涅夫面前暴露无遗。当他偶然地了解到真相，他的脸色一下子变得死白，躺到沙发上愣愣地盯着天花板——在此期间他一句话也未说。心灵的痛苦必须用某些动作表现出来，于是他开始在他的长沙发上痛苦地翻身。他这草包，仅限于用这个动作表现内心的痛苦。

过了一周，当维赫列涅夫从令他震惊的消息中略微回过神来以后，他来找我。我们俩都很窘，不敢对视——我开始驴唇不对马嘴地胡诌什么恋爱自由，夫妻之间的自私，命运的不可抗拒等等。

“我不是要谈这个，”他温和地打断我，“这一切我都非常明白。在感情上谁都没有错。但我感兴趣的是事情的另一个方面，纯技术性的。我，亲爱的，完全不懂生活，牵扯到礼仪、上流社会的规矩，我完全是一窍不通。您，我亲爱的，帮帮我。您说说如今尼娜奇卡怎么办！她是继续住在我这儿呢，还是您认为她搬到您那儿去住比较好？”

我们商谈了不久，就做出如下决定：尼娜奇卡继续住在维赫列涅夫那里，我想去找她时就去，而维赫列涅夫将住在过去做仓库的一个小角屋里。这个房间有点潮湿阴暗，到那儿去要穿过厨房，但在那儿他可以好好地把自己关在屋子里，不去做任何人的眼中钉。

幻　想

两个乡村警察——一个长着黑胡子，敦敦实实的身材，腿短得出奇，从后面看，你会觉得他的腿比任何人都要长得靠下；另一个是个瘦高个儿，身体笔直，像根棍子一样，稀稀拉拉的小胡子是深棕色的。他俩正押解着一个没名没姓的流浪汉到县城去。前者走起路来摇摇摆摆，东张西望，嘴里时而嚼着一根麦草，时而又啃啃自己的袖子，拍着自己的大腿，哼着小曲，一副无忧无虑、没心没肺的样子。另外一位虽然脸很消瘦，肩膀也窄，却显得庄严稳重，举止和气派颇似旧教派的神父，或是古老的圣徒画上的武士。“上帝因为他的智慧给了他两个额头”，也就是说，他谢了顶，这样一来就更像古代的神父或是武士了。矮胖的那个名叫安德烈·普达哈，瘦高的一个名叫尼甘特尔·萨巴什尼科夫。

他们所押解的那个人和所有人印象中的流浪汉毫无共同之处。这是个孱弱无力、病病歪歪的小个子，面无血色，五官很小，轮廓模糊。他的眉毛稀疏，眼神柔顺，好像才刚刚长出了一点儿胡子，虽然这个流浪汉已经有三十多岁了。他小心翼翼地迈着步子，弯着两只胳膊，把手插在袖筒里。他的大衣和乡下人的衣服不一样，是厚呢子的，带有磨秃了的绒毛，领子立起来，一直接到帽子，所以只有一根红鼻子鼓足勇气向着上帝创造的世界探了出来。他的嗓子是男高音，讲话的语调有些谄媚，不时地咳嗽。很难很难把他和一个隐姓埋名的流浪汉画等号。他更像一个被上帝遗忘的不走运的人，一个神父的沦落的儿子，一个因为酗酒被解职的录事，或是一个商人的儿子或侄子，他曾拼着微薄的力量想登台当演员，现在正回家去，准备上演寓言的最后一幕——浪子回头。他对秋天非常泥泞的道路那种漠然的耐心，又好像是一个狂热信徒，一个在全俄罗斯漫游的修士，他从一个修道院走到另一个修道院，固执地寻找着"没有罪恶的安宁的生活"，却始终没有找到……

这三个赶路的人已经走了很久，但怎么也走不出那一小块的地方。在他们的前头是五俄丈长黑褐色的泥泞道路，身后也一样，而再远一点儿，不论朝哪个方向看，都是望不穿的白雾的墙壁。他们走啊走，但是大地还是原来的样子，没法走近那雾的墙，那一小块地方也永远原封不动。他们不时遇到一块有棱有角的白石头，一个土沟，一捧过路大车掉落的干草，一大片积着一汪浑水、返着亮光的水洼。有的时候，前面忽然会冒出一个轮廓不清的黑影，走得越近，它就变得越黑、越小。等走得更近些，在赶路的人面前便出现了一截数字模糊不清的糟朽的里程牌，或是一棵可怜的小白桦，湿淋淋，光秃秃的，就像一个大路边的乞丐。白桦用残余的黄叶低声诉说着什么，一片树叶脱落下来，懒洋洋地飘向大地……而后又是大雾，泥泞，路边棕褐色的衰草。草上挂着浑浊的、不祥的泪珠。这不是大地在迎接和送走太阳时那喜悦、宁静的泪水，不是她在朝霞中给鹌鹑、秧鸡，苗条的、长着长嘴的麻鹬喝的甘露！赶路人的腿陷入又粘又硬的泥地里，每走一步都费很大的劲。

安德烈·普达哈有点儿恼火。他打量着流浪汉，极力想弄明白，一个清醒的活人怎么可能不记得自己的名字。

"你是东正教徒吗？"

"是东正教徒。"流浪汉恭顺地回答。

"哦！那么说，你受过洗礼了？"

"怎么能没受过呢？我又不是土耳其人。我也去教堂，斋戒，不能吃荤的时候就不吃。我严格遵守教规。"

"那么你叫什么名字？"

"你想叫什么就叫什么吧，伙计。"

普达哈耸耸肩，大惑不解地拍着自己的大腿。另一个乡村警察尼甘特尔·萨巴什尼科夫庄重地沉默着。他不像普达哈那么天真，看起来他清楚地知道是什么原因使得一个正教徒隐姓埋名。他的脸富于表情，冷漠而严厉，他和同伴拉开一段距离，不肯屈尊参加他们无聊的闲扯。他似乎想对所有人，甚至包括大雾，显示自己的矜持和睿智。

“天知道，你这人真怪。”普达哈继续纠缠不休，“庄稼人不像庄稼人，老爷不像老爷，就像一个怪物……前几天我在水塘里洗筛子，顺便逮住一条蛇，有手指头那么长，长着鳃和尾巴。开始我还以为是一条鱼，后来一看，见鬼，还有爪子呢！它不是鱼，也不是蝮蛇，鬼才知道它是什么……你就是这样的……你的身份是什么？”

“我算农民，农奴出身。”流浪汉叹了口气说，“我妈妈出身家奴。我的样子不像个庄稼汉，这话不错。因为我的命运就是这么安排的，好心的人。我妈妈住在老爷家保姆的房间里，什么福都享过，我是她老人家的亲骨肉，就跟着她老人家在老爷家长大。她老人家疼我、宠我，一心想把我从下等人培养成一个上等人。我睡的是床，每天都吃得挺好，按照一个贵族的样子穿戴。我妈妈自己吃什么，她就给我吃什么，主人给她做衣服的料子，她也给我做了衣服……日子过得真不赖！我小时候吃过那么多糖果点心，要是现在能拿来卖了，足够买一匹好马！妈妈教我识字，从小教我敬畏上帝，把我管教得规规矩矩，就是现在，那些庄稼汉的粗话我也说不出口。酒，老兄，我也不喝，总穿得干干净净的，在上流社会我也能举止得体。要是她老人家还活着，就求上帝保佑她健康吧！要是已经死了，上帝啊，愿她的灵魂在您那让好人安息的王国得到安息！”

流浪汉摘下帽子，亮出立着几根硬毛的头顶，眼睛向上望着，在胸前划了两个十字。

“上帝，让她进入富饶的国度，安息的天国吧！”他拖长声音说道，嗓音不像一个男人，倒更像一个老太婆。“上帝啊，请用您的宽恕，开导她——您的奴隶克赛尼亚！要不是尊敬的妈妈，说不定我会和普通的庄稼汉一样，什么都不懂！现在呢，老兄，不管问我什么，我全都懂：不管是世俗的书还是宗教方面的书，不管是各种各样的祈祷词还是教义问答。我的生活也遵循《圣经》的指导……我不欺负人，保持身体的清洁和纯洁，遵守斋戒的规定，按时进餐。有的人就喜欢喝伏特加和说下流话找乐子，我呢，一有工夫就坐在角落里读书。我读书的时候总是哭……”

“你哭什么？”

“写得可怜呢！有的书花五戈比就能买到，可是能让你哭得不行，难受得要命。”

“你的父亲死了？”

“我不知道，伙计。我不知道谁是我父亲。不瞒你说，我自己捉摸，我是我妈的私生子。我妈妈一辈子和主人们生活在一起，她不想嫁给普通的庄稼汉。”

“于是就攀上了老爷。”普达哈嘲笑说。

“确实，她失了身。她老人家笃信宗教，敬畏上帝，可是没保住童贞。这当然是罪恶，很大的罪恶，可是话说回来，说不定我身上有贵族的血统呢。说不定我只不过名义上是农民，实际是个上流的绅士呢！”

“上流的绅士”一边用平静的，甜腻腻的男高音说着这些话，一边皱起狭窄的前额，从冻得红红的鼻子里发出稀里哗啦的声音。普达哈听着他的话，惊奇地斜视着他，不停地耸肩膀。

乡村警察和流浪汉已经走了六里多路，在一个小山丘上停下来歇脚。

“连狗都记得自己的狗名字！”普达哈嘟囔着，“我叫安德烈，他叫尼甘特尔。每个人都有自己的圣名，这个名字是怎么都不会忘的，怎么都忘不了！”

“有谁需要知道我的名字？有什么用？”流浪汉用一个拳头支着腮帮，叹口气说，“这对我又有什么好处？准比现在还要糟！那样就不能把我发配到我想去的地方了。两位正教的兄弟，我是懂法律的。现在我是个忘了自己姓名的流浪汉，最多判我三四十鞭子，把我遣送到东西伯利亚去，可我要是告诉他们我的真名实姓，他们就会又送我去服苦役，我知道！”

“莫非你服过苦役？”

“服过，亲爱的朋友。有四年我是剔了光头，戴着镣铐过的。”

“你犯了什么事？”

“谋杀，我的好人！我还是小孩子，差不多十八岁的时候，我的妈妈本该给老爷杯子里放苏打，却一不小心下了砒霜。仓房里的坛坛罐罐特别多，很容易弄混……”

流浪汉叹了一口气，摇摇脑袋，接着说：

“她老人家笃信宗教，可是谁知道呢，人心隔肚皮啊！也许是不小心，也许是因为气不过老爷又跟另一个女仆亲热……说不定是成心下的药，天知道！我那时还小，闹不懂那些事……现在我想起来了，老爷的确新养了一个情妇，我妈伤心极了。你想想，后来审了我们两年……妈妈被判了二十年苦役，我因为年纪小，只判了七年。”

“为什么判你？”

“我是同案犯，是我把杯子端给老爷的。一直是这样的：妈妈做苏打水，我端给他。不过，两位兄弟，这些可是我的秘密，我跟你们说话，就像基督徒跟上帝说话那样，你们可别对别人说……”

“也没有人会问我们。”普达哈说，“这么说，你是从苦役营逃出来的？”

“就是，我亲爱的朋友。我们一共跑了十四个人。愿上帝保佑他们。他们自己跑了，也把我带出来了。现在你想想，兄弟，我哪能泄露我的姓名呢？他们会把我送回苦役营的！我哪能受得了苦役犯的生活？我是个娇生惯养的人，体质不好，喜欢在干净的地方吃饭，睡觉。向上帝祷告的时候，我喜欢周围安安静静的，点一盏灯或是一支蜡烛，下跪的时候，也不愿意地上有脏东西和痰。我每天早晚要为了我妈磕四十个头。”

流浪汉摘下帽子，划了个十字。

“可要是把我流放到东西伯利亚去的话，”他接着说，“我倒是不怕。”

“难道那会更好些吗？”

“那完全是另一回事！在苦役营就和一筐虾米一样，又挤得慌，又压得喘不上气来——那是真正的地狱，愿圣母保佑，可别落到这样的地狱里！既然你是个强盗，就得按强盗对待，比一条狗还不如。吃没得吃，睡没得睡，向上帝祈祷的机会也没有。可是在移民点就不是这样了。到了移民点，我头一件事就是和别人一样在村社登记。按照法律，当局得分给我一份土地……是的，听说，土地在那里一点儿不值钱，就像雪一样：你想要多少，随便拿好了！老兄，他们会给我种庄稼的地，种菜园的地，盖房子的地……我就可以像其他人一样种地，养牲口，置办各种家什，养蜂，养羊，养狗……再养一只西伯利亚猫，不叫老鼠吃掉我的财产……我要造一座木屋，兄弟们，再买回一些圣像……上帝保佑，我要娶个老婆，生些孩子。”

流浪汉说话的时候不是看着他的听众，而是看着旁边的某个地方。不管他的幻想多么天真，但被他用那种真诚的、沉思的语气一说，真使人不能不相信。微笑使得流浪汉的小嘴歪向一边，他的整个脸，眼睛，鼻子凝然不动，似乎因为沉醉于遥远的幸福而快要融化了。两个乡村警察严肃地听他讲话，也被他吸引住，信以为真了。

“我不害怕西伯利亚，”流浪汉继续嘟囔说，“那也是俄罗斯，也是上帝和沙皇管的地方，那儿说的也是正教徒的话，就像你我一样。只不过那里的地方更宽广，人生活得更富裕罢了。那里一切都比这儿强！举例子说，那儿的河就比这里的强多了！鱼啦，野兽啦，多极了！老兄，我最大的乐趣就是捕鱼！我可以不吃饭，只要能拿根鱼竿坐在河边。真的。我有时候用鱼竿钓鱼，有时候用钩子、篓子。等河水上冻了，我就撒网。我没力气收网，就花五戈比雇个汉子。天哪！那是多美的事啊！捉到一条江鳕或是圆鳍雅罗鱼，简直就和见了亲兄弟一样高兴！注意，捕各种鱼得用不同的办法：有的用普通的诱饵，有的用蚯蚓，有的用青蛙或是螽斯。这得懂行才行。就拿江鳕来说吧！江鳕吃东西不讲究，给它个棘鲈也能吃，梭鱼喜欢吃鱼，大头鱼喜欢吃蝴蝶。在水流急的地方捉圆鳍雅罗鱼，没有比这再开心的事了！要把细钓丝扔出去十来丈远，不要装坠子，只绑上蝴蝶或是甲虫，让鱼饵漂在水面上，你只管脱了长裤站在水里，叫钓丝顺着水流漂，那鱼就会上钩！可是得注意，别叫那该死的东西把鱼饵扯掉。它刚一扯你的钓丝，就得赶紧收线，不能耽搁。真是过瘾，我一辈子捉了多少鱼啊！我们逃跑的路上，别的犯人在林子里睡觉，可是我睡不着，总想往河边跑。那里的河又宽又急，河岸陡极了！岸上全是密不透风的森林，树长得特别高，抬头看看树梢，头都发晕。要按此地的价钱，每棵松树都能买十个卢布！”

这可怜的人心醉神迷，不由大大地美化了过去，又对未来的幸福充满幻想，以至激动得说不出话来，只是翕动着嘴唇，好像在自言自语。他的脸上始终挂着傻呵呵的，无限喜悦的微笑。两个乡村警察也不言声，低头陷入了沉思。在死寂的深秋，当无情的寒雾从地上直钻到心里，用监狱般的高墙挡住视线，告诉人他的自由是多么的有限；在这样的时候，想象一下那宽阔湍急的河流，开阔陡峭的河岸，那无边无际的森林和草原，心里会感到非常受用。他们的想象慢慢地，不知不觉地描绘出一幅画面——黎明，朝霞的红晕还未消退，一个人走在没有人迹的，陡峭的河岸上，像个小黑点。河的两岸布满层层叠叠的参天古树，它们严厉地看着这个自由的人，阴郁地低语着；树根，巨石，荆棘挡住他的去路，但他有着强健的体魄和豪迈的灵魂，不论是松树，巨石，孤独，还是伴随他的每一步的隆隆回声都不能把他吓倒。

乡村警察想象出一幅他们从未体验过的自由生活的图景，只有上帝知道，这是因为他们模模糊糊地想起了很久以前听说的故事，抑或这关于自由生活的概念是和血肉一样来自遥远的，自由的祖先？

第一个打破沉默的是尼甘特尔·萨巴什尼科夫，他到现在为止一句话都还没有说过。不知是嫉妒流浪汉那幻想的幸福，还是从心里感觉到，这种对幸福的幻想与眼前灰蒙蒙的大雾和黑褐色的泥泞道路太不沾边，反正他冷冷地看了流浪汉一眼，说道：

“你想得倒是挺不错的，只是，老弟，你走不到那自由的地方。你以为怎么着？你走上三十里路就得把灵魂交给上帝。你看看你身子多弱！才走了六里地，就上不来气了！”

流浪汉慢慢地朝尼甘特尔转过脸来，沉醉的笑容从脸上消失了。他怯生生地，负疚地瞅瞅乡村警察表情凝重的脸，似乎醒悟到了什么，低下了头。三个人又不出声了……他们都想起心事来。两个警察极力想象大概只有上帝才能想象的事，也就是那把他们和自由的土地隔开的可怕距离。而在流浪汉的脑子里，则是一幅幅清晰的，比遥远距离更可怕的图景：他历历在目地想象出法院的拖延，羁押流放者和苦役犯的牢房，运犯人的驳船，路途中那些令人痛苦不堪的驿站，严冬，疾病，伙伴的死亡……

流浪汉负疚地眨眨眼，用袖子擦擦渗出细细的汗珠的额头，大口地喘气，就像刚从热气腾腾的澡堂出来似的，然后用另一只袖子再次擦擦额头，害怕地向四处东张西望。

“你肯定走不到的！”普达哈附和说，“你哪像个能走路的人呢？你看看你自己：瘦得皮包骨。你会死在半路的，老弟！”

“肯定得死，没跑！”尼甘特尔说，“他现在就应当住院，真的！”

来历不明的人害怕地看看两个凶巴巴的旅伴严厉而冷漠的面孔，来不及摘帽子，就赶忙垂下眼睛，画了个十字……他全身发抖，脑袋发颤，四肢开始抽搐，就像一只毛毛虫被踩了一脚似的。

“得，该走了。”尼甘特尔站起身来说，“歇够了！”

一分钟以后三个人已经走在泥泞的路上了。流浪汉佝偻得更厉害了，把手更深地插到袖筒里。普达哈也默不作声。

巫　　婆

已经将近半夜了。在教堂门房里，诵经士萨维里·盖金正躺在一张宽大的床铺上。虽然他习惯于和鸡同时睡觉，此时却睡不着。那床脏兮兮的被子是用五颜六色的布片缝成的，从被子一头露出他硬硬的红头发，从另一头伸出两只很久没洗的大脚。他在听……他住的这座门房建在教堂的围墙里，唯一的一个窗子朝向田野。而野地里活像是在打仗。在自然界展开的这场殊死搏斗中，你弄不清楚是谁在追击谁，又是想要把谁置于死地。但是从那无休止的尖利呼号中可以断定，有人正在遭殃。那胜利的一方在田野上追击着，在树林中，教堂的屋顶上呼叫着，凶猛地用拳头敲击着窗户，咆哮呐喊，而败逃的一方在哀号，哭泣。那哀哀的哭声时而在窗外，时而在屋顶上，时而在炉子里响起。它不是向人求救，而是充满着沮丧，因为意识到一切为时已晚，无法挽回。雪堆上结了一层薄薄的冰壳，雪堆和树枝上都挂着颤巍巍的，像泪珠一样的水珠，大路和小路都被泥土和融化的雪水弄得一团泥泞。一句话，大地上已经是解冻时节，而天空在黑夜中却没有看出来，还在不遗余力地向正在化冻的大地抛洒新的雪片。而风像个醉汉似的在野地里游逛……它不让雪片降落到地面上，随心所欲地让它们在黑暗中转着圈子。

盖金一边倾听着这首乐曲，一边皱眉头。原来，他知道，或者至少能猜出，窗外这场纷乱会闹出什么事来，还有，是谁在操纵着这一切。

“我知道，我全知道，”他嘟囔着，在被窝里用拳头威胁着什么人，

“我全知道。”

诵经士的老婆拉伊萨·尼洛夫娜坐在窗前的凳子上，另一只凳子上摆着一盏铁罩灯，它仿佛不相信自己的力量似的，怯生生地将朦胧摇曳的灯光洒在她宽阔的肩膀、诱人的美丽身段、垂及地面的长长发辫上。她正在用粗麻布缝口袋，她的双手飞针走线，而她的整个身子，眼神，眉毛，丰满的双唇，雪白的脖颈全都凝然不动，沉浸在单调机械的工作中，仿佛睡着了。她只是偶尔抬起头来，让疲倦的脖子休息一下，瞟一眼风雪呼啸的窗外，然后又埋头去缝口袋。她长着翘鼻子，面颊上有一对酒窝，此时美丽的脸上什么表情都没有，没有愿望，也没有忧郁或欢乐。美丽的喷泉在不喷水的时候，就是这样一无表情的。

但此时她缝完了一条口袋，把它扔到一边，舒舒服服地伸个懒腰，把她的昏花凝滞的目光停留在窗户上……水珠和随时融化的雪花在玻璃上滑动着。雪花落在玻璃上，看一眼诵经士的老婆，随即就化了。

“过来躺下！”诵经士嘟囔道。

诵经士的老婆一声不吭。但忽然她的睫毛颤动起来，眼睛中出现了一种全神贯注的神情。萨维里一直在被窝里观察着她脸上的表情，这会儿探出头来问道：

“怎么回事？”

“没什么……好像有人来了……”诵经士的老婆轻声回答。

诵经士用胳膊腿把被子掀开，跪在被窝上，呆呆地瞧着老婆。小灯怯生生的光亮照亮了他长满胡子的麻脸，又滑过乱蓬蓬的硬发。

“你听到了吗？”妻子问他。

透过暴风雪单调的号叫声，他听到一种听觉勉强能够捕捉到的细微的叮叮当当的呻吟声，就像是一只蚊子想要落到人的脸上而受阻时，生气地嗡嗡叫。

“这是邮车……”萨维里坐在脚后跟上，嘟囔道。

离教堂三俄里的地方有一条驿道。在刮大风的时候，如果风是从大路刮向教堂的，这两个住在门房的人就能听见邮车的声音。

“上帝，这种天气还出门！”诵经士的妻子说。

“这是公事，不管你愿意不愿意，都得出门。”

呻吟声在空中持续了一会儿便消失了。

“走过去了！”萨维里说着躺下去。

可是不等他把被子盖上，一阵清晰的铃声又传到他的耳中。诵经士不安地看看妻子，从床上跳下来，开始摇摇晃晃地沿着炉灶走来走去，铃声响了片刻又消失了，戛然而止。

“听不见了……”诵经士小声说着，停下来，对妻子眨眨眼睛。

但是就在这个时候，风敲打着窗户，又传来细微的、叮叮当当的呻吟声……萨维里脸色发白，干咳一声，又开始光着脚在地上走来走去。

“有人在叫邮车转圈子！”他恶狠狠地斜着眼瞪了妻子一眼，声音沙哑地说，“你听到了吗，有人在叫邮车兜圈子！我……我知道！别以为我不明白。”他嘟囔着，“我全知道，你这该死的！”

“你知道什么？”妻子眼睛不离窗户，轻声问道。

“我知道，这全都是你这妖精捣的鬼！是你捣的鬼，愿你得到报应！这暴风雪，还有这邮车兜圈子，这全是你干的！你！”

“你疯了，你这傻瓜……”

“我早就发现你的把戏了！从结婚的第一天我就看出你的身上流着母狗的血！”诵经士对妻子平静地说。

“哼！”诵经士的妻子吃惊地说，“你最好画个十字，傻瓜！”

“巫婆就是巫婆，”萨维里继续用带着哭腔的低沉的声音说，同时急急忙忙地撩起衣襟擤擤鼻子，“虽然你是我老婆，虽然你是给教会做事的，可就是忏悔的时候，我也要照实说出你是个什么人。可不是吗！上帝啊，保佑我，宽恕我吧！去年快到先知但以理与沙羊节的时候，刮了一场暴风雪，结果怎么样，有个工匠跑来烤火了。后来圣阿列克塞节的时候，河上的冰裂了，又来了个警察……那个该死的跟你聊了一宿，等到早晨出来，我一看他，他的眼睛下面有两个黑圈，腮帮子都陷进去了。对不对？八月斋期时，下了两场大雷雨，有个猎人两次都来过夜。我全看见了，那该死的！全看见了！哈，他的脸红得像只虾！啊哈！”

“你什么也没看见……”

“还有，今年冬天圣诞节前，暴风雪整整刮了一天一夜……你记得吧？首席贵族的文书那个狗东西迷了路，跑到这儿来了……你看上的是什么人呀，哼，一个文书！犯得着为了他搅乱上帝安排的节气吗！一个耍笔杆子的，老是流鼻涕，小矬子，脸上净是粉刺，歪脖子……要是长得漂亮也行，可这位……哼！就像个活鬼！”

诵经士喘了口气，擦擦嘴唇，侧耳听听，铃声先是听不见，可是当一阵风在屋顶上呼啸而过，铃声便又在窗外的黑夜中响起了。

“现在也是，”萨维里接着说，“这邮车不是无缘无故地兜圈子，如果他不是找你，你就冲着我的眼睛吐口水！啊，这魔鬼还挺能干，真是个好帮手！转着转着就领到这边来了。我知——道！我看得出来！你瞒不了我，你这妖精，骚货！从暴风雪一开始，我马上就猜出你的心思了。”

“真是个傻瓜！”诵经士的妻子嘲笑他说，“这么说，按着你的蠢脑瓜子的意思，是我带来的不幸？”

“哼……你笑吧！是你也好，不是你也好，反正我发现，只要你心里一痒痒，肯定变天，只要一变天，肯定有个傻瓜跑到这里来。每次都是这样！这么说，肯定是你闹的！”

诵经士为了加强效果，把一个指头按在脑门上，闭上左眼，用唱歌似的声音继续说：

“这简直是发疯，是犹大的罪恶！如果你真是个人，而不是巫婆，那你就会在脑子里想一想，说不定，这不是工匠，也不是猎人，也不是文书，而是魔鬼装扮的！啊？你倒是想想看！”

“你真蠢，萨维里！”诵经士的妻子叹了口气，用怜悯的眼光看着她丈夫，“我爸爸活着的时候，总有许多各种各样的人找他治热病，有从村子里来的，有从移民点来的，还有从亚美尼亚人的村里来的。你想想，他们每天都来，也没人骂他们是魔鬼。可如今，要是一年中有个把人因为不走运来咱们这儿烤烤火，你这蠢人就大惊小怪，胡思乱想。”

妻子的这番道理打动了萨维里。他叉着两只光脚板，低下头沉思起来。他对自己的猜测还半信半疑，而他妻子那种坦然的、若无其事的语气更把他彻底搞糊涂了。但尽管如此，他想了一下，还是摇摇头说：

“来借宿的可不是什么老头子或者罗圈腿，全都是些年轻人……这是为什么？光是烤火也罢了，其实他们是来寻开心的。不对，娘儿们，这世界上没有比你们娘儿们的心思更狡猾的了。论真正的智慧，你们，我的上帝，比鸟还少，可是论鬼心眼儿——哎呀呀——愿圣母保佑！听，邮车的声音！暴风雪一开始，我就猜透你的心思了。是你这只蜘蛛施的魔法！”

“你干吗缠着我不放，你这该死的？”诵经士的妻子失去了耐心，“你干吗缠着我，像树胶似的？”

“我警告你，要是今天夜里，愿上帝保佑不要这样，要是今天夜里出了什么事，那我明天天一亮就去加齐科沃找尼古吉姆神父，跟他说个明白。我就跟他说，尼古吉姆神父，是这么这么回事，请您原谅我这么说，可她真是个巫婆。为什么呢？唔……您想知道为什么吗？好吧……是这么这么回事。那样你就要倒霉了，娘儿们！不光在末日审判的时候，在现世你就得遭报应！圣礼书的祈祷辞里可是专门诅咒了你们这号人！”

突然响起了敲窗户的声音，这声音非常大，不同凡响。萨维里的脸一下子白了，吓得蹲了下去。诵经士的妻子则一跃而起，她也脸色发白。

“看在上帝的份儿上，让我们进来暖和暖和吧！”传来了一个发颤的浑厚的男低音，“谁在那儿？行行好！我们迷路了！”

“您是谁？”诵经士的妻子问道。她不敢去看窗户。

“是邮差！”另一个声音回答。

“难怪你要闹鬼！”萨维里挥挥手说，“真是这么回事！我说对了……好，你给我小心点！”

诵经士两下跳上了床，倒在褥子上，愤愤地喘着粗气，翻转身脸冲着墙，不一会儿他感到背后一阵寒气，门“呀”的一声打开了，门口出现了一个从头到脚盖满雪的高高的身影，他身后又闪出另外一个，同样是白色的身影……

“把邮包也拿进来吗？”第二个人用沙哑的男低音问。

“搁在外边可不行！”

第一个人说完就开始解风帽。还不等完全松开，就连同制服一起把它从头上扯下来，狠狠地摔到炉台上。然后又从身上扯下大衣，把它也扔到那里，也不问个好，就开始在门房里走来走去。

这是一个年轻的邮差，他长着一头淡黄的头发，穿着一件皱皱巴巴的长制服外套，一双沾满泥巴的红褐色皮靴。他走得身上暖和起来以后，就在桌旁坐下，把一双脏脚伸到口袋跟前，用拳头拄着头。他的脸色苍白、泛着红点，可以看出刚经历了一番痛苦和恐怖。这张脸很英俊，只是由于恼怒显得有些扭曲，还带着刚刚经历的肉体和精神折磨的痕迹，眉毛胡子上都挂着雪，此时正在融化。

“真是狗一样的生活！”邮差一边嘟囔着，一边用眼睛扫着墙，仿佛不敢相信他已经到了温暖的地方，“差点完蛋！要不是看到了你们的灯光，真不知道会怎么样……鬼知道，这一切什么时候才能结束！这种狗一样的生活没个尽头！我们这是到了哪儿了？”他问道，他的声音低了下来，把目光投向诵经士的妻子。

“这里是古里亚耶夫山冈，加里诺夫斯基将军的庄园。”诵经士的妻子回答。她微微地震了一下，脸红了。

“你听见了吗，斯杰潘？”邮差转向马车夫说，他正背着一个大皮袋子，卡在门口，“我们跑到古里亚耶夫山冈来了。”

“是啊……真够远的！”

马车夫应道，他的声音好像是断断续续的沙哑的叹息。他说完就走了出去，又扛进另外一个小一点儿的邮包，随后又走出去，这回拿进来的是一个带有宽皮带的邮差的长刀。这刀的样子就像民间绘画中跪在奥拉费恩床边的尤基福所佩带的那种又长又薄的长剑。马车夫把邮包放在墙边，就走到外间坐下，抽开了烟斗。

“您要不要喝杯茶，歇口气？”诵经士的妻子问。

“哪有工夫喝茶呀！”邮差皱着眉头说，“我暖和暖和就得赶紧走，要不就赶不上邮政火车了。我们坐上十来分钟就走。只是得麻烦您给我们指个路。”

“这天气真是上帝跟人过不去！”诵经士的妻子叹息道。

“是啊……你们是在这里做什么的？”

“我们？我们是本地人。我们是替教堂做事的……我们是教会里的人……躺在那里的就是我丈夫。萨维里，你倒是起来跟人打声招呼啊！以前这里是一个教区，一年半以前取消了。当然了，老爷住在这里的时候，这里人多，值得成立一个教区。而现在老爷走了，您自己想想看，神职人员怎么生活呢，最近的村子马尔柯夫卡离这里也有五俄里。现在萨维里不算正式的神职人员，他算是看门的，叫他看守教堂。”

邮差还得知，如果萨维里去找将军夫人，请她给主教写个条子的话，他本可以得到一个好一点儿的职位，但他没有去找将军夫人，因为他懒惰，而且怕见人。

“好歹我们总算是教会里的人。”诵经士的妻子补充道。

“你们靠什么生活呢？”

“教堂有草场和菜园。但是我们靠这些挣不了多少钱……”诵经士的妻子叹着气说，“加奇金村的神父尼古吉姆特别贪，每年冬夏两个尼古拉节来主持礼拜，把什么都拿走了，没人替我们做主！”

“你胡说，”萨维里声音嘶哑地说，“尼古吉姆神父是教会的明灯，心灵圣洁。要是他拿了什么，也是按规矩该拿了。”

“您丈夫脾气倒不小，”邮差取笑说，“您结婚多久了？”

“到上个礼拜天已经满三年了。我爸爸从前是个诵经士，他老人家临死的时候，为了我能继续住在这里，就去正教区监督局，求他们派一个没结婚的诵经士来接替他。我就这么嫁给他了。”

“啊！照这么说，您是一拍子打死两个苍蝇，”邮差冲着萨维里的后背说，“一下子找到了位置，又娶了老婆。”

萨维里不耐烦地蹦蹦腿，向墙边挪了挪。邮差从桌子后面走出来，伸了个懒腰，然后坐在邮包上。他想了一想，用手揉搓一阵邮包，把长刀放在一边，就势躺在邮包上，一只脚还耷拉在地上。

“狗一样的生活……”他嘟囔道，说着把一只手枕在脑袋底下，闭上了眼睛，“就是凶恶的鞑靼人我也不希望他过这样的生活。”

很快就安静了。只能听到萨维里的喘息声和熟睡的邮差均匀缓慢的呼吸声，他每次呼气时都发出低沉的、拖长的“嗬——嗬——嗬”的声音。他的喉咙中时而发出像车轱辘一样“吱”的一声，腿抽搐一下，在邮包上弄出沙沙的响声。

萨维里在被子里翻了个身，慢慢地回过头来。诵经士的妻子坐在凳子上，双手托腮，正瞧着邮差的脸。她的眼神凝然不动，就像一个受了惊吓的人一样。

“你干吗总是盯着他看？”萨维里气哼哼地叽咕道。

“关你什么事？睡你的！”诵经士的妻子回答，她的眼睛并不从邮差那长着淡黄头发的脑袋上移开。

萨维里愤愤地出了一口长气，猛地翻过身去对着墙，过了大约三分钟，他又不安地翻过身来，跪坐在被窝上，两只手拄在枕头上，斜眼瞧着妻子，她还在一动不动地看着客人。她的双颊发白，眼中燃烧着一种奇怪的光。诵经士打了个嗝，从床上爬下来，走到邮差跟前，用一块手帕蒙上他的脸：

“你这是干什么？”诵经士的妻子问。

“别叫灯光刺着他的眼。”

“你干脆把灯熄掉！”

萨维里怀疑地看看妻子，把嘴伸到灯前，但立刻醒悟过来，拍了一下手。

“你是不是又在搞什么鬼花样？”他叫道，“啊？哼，有什么玩意儿比女人更狡猾呢？”

“嘿，你这个穿长袍的魔鬼！”诵经士的妻子低声说，她的脸因为气恼皱了起来，“你等着瞧！”

然后她坐舒服一点儿，又凝神看着邮差。

脸被挡住了，但是这不要紧，她最感兴趣的并不是脸，而是他整个的外貌，这个人身上新鲜的气息。他的胸部宽阔，结实，双手纤长漂亮，而那双矫健修长的腿比起萨维里的两个“墩子”要好看、健美得多，简直无法相比。

“就算我是穿长袍的魔鬼，”萨维里略微站了一会儿，说道，“可他也不应该在这儿睡觉……是的……他有公事，我们是要负责的，谁让我们收留他们的？既然你送邮包，你就送好了，用不着睡觉。嘿，你！”萨维里冲着草垛喊道，“你，马车夫……你叫什么？还要我送你们一程，还是怎么的？起来，赶快去送邮件，别睡了。”

气冲冲的萨维里又跳到邮差的面前，拉着他的袖子。

“我说老先生！要走就走，不走可不对头……在这儿睡觉可不是回事。”

邮差一下子坐起来，睡眼蒙眬地扫视了一下门房，又躺下了。

“你到底什么时候走？”萨维里拽着他的袖子，喋喋不休地说，“邮政就是得及时送到才行，听见了吗？我送你们。”

邮差睁开了眼睛。他已经暖和过来了，刚刚甜甜地睡了一觉，还没有完全清醒，身上还感到疲乏无力，他仿佛隔着一层雾看到诵经士的妻子那白白的脖颈和凝然不动的、亮晶晶的目光。他又微笑着闭上眼睛，好像这一切是在梦中似的。

“这种天气怎么出去啊，”他听到一个女人柔和的声音，“让他们睡吧，睡个够！”

“那么邮件呢？”萨维里急赤白脸地问，“谁送邮件呢？莫非你送吗？你吗？”

邮差又一次睁开眼睛，看看诵经士妻子脸上的酒窝，想起来他是在什么地方了，也听明白诵经士说的话了。一想到又得在寒冷漆黑的夜里赶路，他便从头到脚起了一身鸡皮疙瘩，不由得蜷缩起来。

“再睡五分钟也好！”他打着呵欠说，“反正赶不上了。”

“说不定正好能赶上！”从外间传来马车夫的声音，“你看着吧，说不定我们会走运，火车正好晚点。”

邮差站了起来，舒舒服服地伸个懒腰，开始穿大衣。

萨维里看到客人准备上路，高兴得甚至发出像马嘶一样的笑声。

“您倒是帮帮忙！”马车夫一边把邮包从地上抱起来，一边对他嚷道。

诵经士跳到他的跟前，和他一起把邮包抬到外面去。邮差开始解风帽上的结。而诵经士的妻子盯着他的眼睛，仿佛要钻进他的灵魂里去。

“最好喝点儿茶再走……”她说道。

“我倒是无所谓……可他俩一个劲儿地张罗！”他表示同意，“反正已经晚了。”

“您留下吧！”她小声说，低下眼睛，拉拉他的衣袖。

邮差终于把疙瘩解开了，他犹豫不决地把风帽挎在胳膊肘上。站在诵经士的妻子旁边他感到很温暖。

“您的脖子……真好看……”

他用两个指头碰碰她的脖子，看到她没有反抗，又用手抚摩她的脖子和肩膀。

“唉，多么好呀。”

“您留下吧，喝点儿茶。”

“你往哪儿放？你这加了糖浆的蜜粥！”从外边传来马车夫的声音，“得横着放。”

“留下吧，听听外边的风有多大呀！”

邮差还带着睡意，还没完全从年轻人困倦的梦境中摆脱出来，他忽然被一种愿望控制住了，为了这种愿望可以忘记邮包、火车和世界上的一切。他害怕地望望门口，好像准备逃跑或藏起来似的，搂住诵经士妻子的腰，已经弯腰准备吹灯，这当儿外间响起了皮靴的声音，马车夫出现在门口，在他的身后是萨维里。邮差赶快把手放下来，仿佛陷入了沉思。

“全准备好了！”马车夫说。

邮差站了片刻，使劲儿甩甩头，好像彻底清醒过来了，跟在马车夫后面走了出去。诵经士的妻子一个人留在屋里。

“你也坐上车，给我们领路！”她听见邮差说。

响起了一声懒洋洋的铃声，接着又是一声，一长串细细的叮叮当当的声音渐渐远离了门房。

当这声音一点一点地听不见了，诵经士的妻子一跃而起，神经质地从房子的一角走到另一角。开始她脸色苍白，而后又变得满面通红。她的脸气歪了，呼吸不稳，眼睛里燃烧着野性的凶光，就像一只受到烧红的铁棍威吓的母老虎，在笼子里走来走去。她停下片刻，看看自己的住处，床铺堵住了整整一面墙，差不多占了半间屋子，堆着肮脏的垫子，发灰发硬的枕头、被子以及各种叫不出名字的破烂。这张床简直是一堆难看的乱糟糟的鸡窝，就跟萨维里每次想起用头油抹头发时，他脑袋上的状况差不多。从床铺到通往寒冷的外屋的门之间，是黑乎乎的炉灶，上面放着些盆盆罐罐，挂着抹布。所有的东西，包括刚出去的萨维里，都肮脏得要命，满是油污和烟灰，以至于在这样的环境中看到女人白白的脖颈和细腻柔和的皮肤令人感到奇怪。诵经士的妻子跑到床边，伸直双臂，好像要把这一切扔在地上，踩坏，撕烂，但是接着，又像是怕碰这些脏东西，她忙向后一跳，又开始走来走去。

当两个来小时以后满身是雪、累得够呛的萨维里回来的时候，她已经脱了衣服躺在床上。她的眼睛闭着，但是从她脸上轻微的抽搐可以看出，她并没有睡着。他在回家的路上曾经下决心天亮以前不说话，不招惹她，但这会儿还是忍不住要刺一刺她。

“你算计错了，他走了！”他幸灾乐祸地取笑说。

诵经士的妻子一言不发，只是下巴动了动。萨维里不慌不忙地脱掉衣服，迈过妻子，在墙边躺下。

“明天我就去报告尼古吉姆神父，你是个什么样的妻子！”他嘟囔说，身子缩成一团。

诵经士的妻子一下子转过脸来，目光炯炯地逼视着他。

“他准把你给撸了，”她说，“你就到树林子里去找老婆吧！我算你什么老婆？我恨不得你死了才好！你还来折磨我，你这懒鬼！愿上帝饶恕你。”

“得，得……睡觉吧！”

“我真命苦！”诵经士的妻子号啕大哭，“要不是你，我说不定能嫁个商人或是什么体面的人！要不是你，我现在会爱我丈夫的。你怎么没叫雪给埋了，你怎么没冻死在路上，你这恶鬼！”

诵经士的妻子哭了很久，最后她深深地叹了一口气，安静下来了，风雪还在窗外肆虐，在炉子里，烟道里，四面墙外，都有什么东西在哭泣。而萨维里觉得，这哭声就在他的屋里，在他耳边。今天夜里他证实了对妻子的猜测，就是说，他的妻子借助某种邪恶的力量刮起了风暴，使得邮车迷了路。但使他万分难受的是，这种超自然的、神秘的野性的力量给躺在他身边的女人平添了一种特殊的、不可思议的魅力，这种魅力他以前从没发现。由于愚蠢，他不知不觉地将她诗意化了，因此她的身体似乎变得更白，更光滑，更难以接近。

“这巫婆！”他气愤地想，“哼，讨厌的东西！”

尽管如此，一等她安静下来，开始均匀地呼吸，他就用手指头碰碰她的后脑勺……把她粗粗的发辫攥在手里。她没反应……于是他放大胆子摸摸她的脸。

“放开！”她喊道，用胳膊肘使劲儿往后一捅，正好打在他的鼻梁上，疼得他两眼冒金星。

鼻梁上的疼痛很快过去了，但痛苦却持续着。

洛特希德的小提琴

这是个小城，连个村子都不如，城里尽住着些老头子，老婆子，可他们却很少会死，这简直气人。医院和监狱也很少订棺材。一句话，生意很糟。如果亚科夫·伊万诺夫是省城里的棺材匠，那他说不定能拥有自己的房子，人们也会尊敬地叫他亚科夫·马特维奇。而在这个小城人们却随随便便地叫他亚科夫，还有个莫名其妙的外号，叫作“青铜”。他的日子过得很穷，就像一个普通的乡下人一样。他住这一个破败的小房子里，只有一个房间，房间里住着他和玛尔法，摆着灶台，一张双人床，几口棺材，一个木工机床和过日子的所有家什。

亚科夫的棺材做得很好，很结实。为乡下人和城里人做棺材的时候，他就比着自己的身材做，一次也没出过错。因为虽然他已经七十岁了，但比他更高，更结实的人哪里都找不到，哪怕是在监狱里。给有身份的人和女人做棺材的时候他才量尺寸，因此才会用到铁尺。他很不乐意接给儿童做棺材的活儿，做的时候量也不量，带着鄙夷的态度，拿工钱的时候，总是说：

“说实话，我不喜欢干这种零七八碎的活儿。”

除了棺材铺，拉提琴也能挣一点钱。在小城里，每逢有人结婚的时候，演奏乐曲的一般都是镀锡匠莫伊塞·伊里伊奇·沙赫格斯掌管的乐队，演出的收入他拿走一大半。因为亚科夫拉得一手好提琴，特别擅长演奏俄罗斯民歌，所以沙赫格斯有时邀请他参加乐队，每天五十戈比，客人们给的礼物还不算在内。每当“青铜”坐在乐队里，他便开始流汗，脸涨得通红。天很热，大蒜味熏得人要吐，小提琴发出吱吱拉拉的声音，低音提琴在右耳边暗哑地低吟，而左则传来长笛的呜咽。演奏长笛的是一个瘦骨嶙峋的犹太佬，他长着一头红毛，脸上红蓝相间的血管历历可见，像是罩上了一张网。他姓洛特希德——和那著名的阔佬一样。这可恶的犹太佬甚至能把最欢快的曲子也演奏得悲悲切切。亚科夫渐渐地对犹太佬，特别是这个洛特希德产生了某种来历不明的仇恨。他开始向他挑衅，用难听的话骂他，有一次甚至想打他。洛特希德受了气，气鼓鼓地瞪着他，说：

“要不是尊敬您的才能，我早就把您扔到窗外去了。”

然后他就哭开了。所以“青铜”很少受到乐队的邀请，除非万不得已，当乐队里的犹太人凑不够数的时候。

亚科夫的情绪从来就没好过，因为他总是遭受可怕的损失。比方说，星期天和节日里工作是有罪的，而星期一是不吉利的日子，这样，一年中总共有将近二百天的时间不得不放下营生。这是多大的损失！如果城里某人举办婚礼而没有奏乐或是沙赫格斯没有请亚科夫，这也是个损失。警察局的警督病了两年，眼看就不行了，亚科夫急不可耐地等着他死，但警督到省城看病，一下子就死在那儿了。您瞧，这至少是十个卢布的损失，因为警督的棺材肯定要做贵的，带锦缎的那种。夜里，关于损失的念头常常把亚科夫弄得特别难受，于是他就把提琴放在自己的身边，当这些乱七八糟的念头向他的脑子袭来的时候，他就用手拨弄琴弦，小提琴在黑暗中发出声音，他就会觉得心里好过一点。

去年的 5 月 6 号玛尔法忽然得了病。这老太婆喘着粗气，一个劲儿地喝水，站立不稳。但她还是亲自生了炉子，甚至还去打了水。到晚上她就躺倒了。亚科夫拉了一天琴，等天黑透了以后，他就拿出那个每天记录损失的小本子，出于无聊，开始计算一年的总和。原来总共有一千多卢布。这个结果大大刺激了他，他气得抓起账本扔到地上并狠狠地踩了几脚。然后他又把账本拾起来，重新久久地，紧张地喘着大气。他的脸汗涔涔的，涨得通红。他想道，如果把这丢失的一千卢布存进银行，那一年的利息至少也有四十卢布。也就是说，这四十卢布也是损失。一句话，四面八方到处都是损失，再没有别的了。

“亚科夫！”玛尔法出其不意地喊了他一声，“我要死了。”

他看了看老婆。她的脸烧得红扑扑的，显得异常开朗和快活。“青铜”一向看惯了她那张苍白的脸上胆怯的，苦巴巴的表情，如今一下子慌了。看起来，她似乎真的要死了，而且为此而高兴。她终于可以永远地离开这座房子，离开这些棺材和亚科夫了……她眼望着天花板，嘴唇翕动着，她的样子很幸福，仿佛已经看到了死亡——她的救星，并同它唠嗑呢。

天已经破晓了，朝霞映红了窗户。不知怎么，亚科夫忽然想起，他好像一辈子一次都没对她亲热过，没疼过她，从没想起给她买一块头巾，或是从婚礼上给她带回一点儿点心，而总是对她嚷嚷，为了种种损失骂她，攥着拳头向她扑过去。不错，他并没有真的打过她，但还是把她吓得够呛，每一次都吓呆了。是的，他不准她喝茶，因为即使不喝茶开销已经够大的了，所以她只能喝白开水。他明白了，为何如今她脸上会出现这种奇怪的快活神情。他害怕起来。

好容易等到天亮，他从邻居家借了匹马，拉着玛尔法去了医院。那儿的病人不多，所以他等的时间也不长，才三个来钟头。他特别满意的是，这一回来看病的不是那个自己也病病歪歪的医生，而是医士马克西姆·尼古拉伊奇，城里人都说，虽然他又酗酒又爱打架，但比医生要懂得多。

“给您问安，”亚科夫扶着老伴走进诊室，说道，“请原谅，马克西姆·尼古拉伊奇，我们总是为鸡毛蒜皮的小事麻烦您。您瞧，这不，我那一位病了。生活的伴侣，就像人们所说的，请原谅我用词不当……”

医士皱起花白的眉毛，又摸摸连鬓胡子，开始给老太婆看病。而老太婆佝偻着身子坐在凳子上，骨瘦如柴，鼻子很尖，张着嘴，从侧面看就像一只口渴的鸟儿。

“哦……是这样……”医士拖着长声说，又叹了口气，“是流行性感冒，也说不定是热病。现在城里正流行伤寒。有什么办法呢？上帝保佑，老太婆活了……多大年纪了？”

“差一岁七十，马克西姆·尼古拉伊奇。”

“有什么办法呢？老太婆也算岁数不小啦。该知足啦！”

“那自然，您说得都对，马克西姆·尼古拉伊奇。”亚科夫客气地微笑着，“我们真心感谢您的规劝，可是请容我说一句，就是个小虫儿也想活啊。”

“那当然！”医士说，他那口气就像是老太婆的生死全握在他的手里。“那么这样吧，亲爱的。你回去给她的头上做个冷敷，再把这个药粉给她一天吃上两次。得了，再见，班入耳！”。

亚科夫从他的表情看出大事不妙，什么药粉也不管用了。他现在明白了，玛尔法很快就要死了，不是今天就是明天。他轻轻地碰了一下医士的胳膊肘，对他挤挤眼睛，小声说：

“应该给她放点血。”

“没工夫，没工夫啊，亲爱的！把你的老太婆领走吧！上帝保佑！再见！”

“求您行行好，”亚科夫恳求道，“您知道，要是她，比方说，肚子疼或是内脏出了毛病，才应该吃药粉药片。可她是伤风啊！治伤风最主要的就是放血了，马克西姆·尼古拉伊奇。”

可是医士已经在叫下一个病人了，一个乡下女人抱着个孩子走进诊室。

“走吧，走吧……”他皱着眉，对亚科夫说，“别添乱啦！”

“给她放两条蚂蟥也好！我们会一辈子为您祈祷的！”

医士火了，喊了起来：

“你敢再啰唆，笨蛋！”

亚科夫也火了，脸涨得通红，可是一句话也没说出来，搀起玛尔法扶着她出了诊室。直到坐上大车以后，他才狠狠地，嘲笑地向医院那边看了一眼，说道：

“尽安插些江湖郎中！要是有钱人，准给放血，可是对穷人连一只蚂蟥都舍不得！这些希律[①]！”

回到家以后，玛尔法拄着棍子又站了十来分钟。她觉得，要是她躺下，亚科夫就会说起种种损失，就会骂她光躺着，不想干活。可是亚科夫闷闷不乐地看着她，想起明天是圣约翰节，后天是奇迹创造者圣尼古拉节，然后是星期天，然后又是星期一，不吉利的日子。这四天是不能干活的，而玛尔法说不定就会在这几天死去，也就是说，今天就得开始做棺材。他拿起铁尺，走到老太婆跟前，给她量了尺寸。随后她躺下了，他画过十字以后便做起棺材来。

当工作结束以后，“青铜”戴上眼镜，在他的小本子上记道：

“为玛尔法·伊万诺夫娜做棺材一口，两卢布四十戈比。”

写完以后他叹了口气。老太婆一直闭着眼，一声不响地躺在那里。但是傍晚，天擦黑的时候，她忽然招呼老头子：

“亚科夫，你记得吗？”她快活地望着他，问道，“你记得吗？五十年前，上帝赐给我们一个头发金黄的小娃娃？那个时候我和你总是坐在河边唱歌……在柳树下面。”她苦笑了一下，又说了一句话：“那个女孩死了。”

亚科夫拼命地回想，但怎么也想不起来那小娃娃，那柳树。

“你这是瞎琢磨出来的。”他说。

神父来了，授了圣餐，涂了圣油。然后玛尔法开始说些含混的胡话，天快亮的时候死去了。

邻居的老太婆帮着擦身，装殓。为了省下请诵经士的钱，亚科夫自己唱赞美诗。坟地也没有要钱，因为看坟的是他的干亲家。四个乡下人把棺材抬到墓地，但他们不是为了钱，而是出于尊敬。跟在棺材后面的有几个老太婆和乞丐，两个疯僧，路上遇到的人虔诚地画十字……亚科夫很高兴，一切后事都办得妥当，合乎规矩，省钱，没有得罪什么人。和玛尔法永别的时候，他用手碰了碰棺材，想：“做得挺不错。”

---

① 希律：希律王，又称希律大帝一世，是罗马帝国耶路撒冷的代理王，以残暴闻名，这里借指凶狠残暴的人。

但是从墓地回家的时候，他却感到非常难过。他有点不舒服：他重重地呼出热气，腿发软，总想喝水。更何况乱七八糟的念头不断涌入他的脑子。他又一次想起，自己一辈子没有怜惜过玛尔法，没有疼爱过她。他和她在一个屋子里生活了五十二年，这是很长的时间，可是不知怎么搞的，在这么长的时间里他从没想到过她，没有注意过她，就好像她是一只猫或是一条狗一样。可实际上她每天都要点火，做饭，烤面包，打水，劈柴，和他在一张床上睡觉，当他从婚礼上醉醺醺地回来的时候，她总是恭敬地把他的小提琴挂在墙上，扶他躺下。她做这些事的时候总是不声不响，带着胆怯的，心事重重的表情。

洛特希德迎着亚科夫走来，他脸上赔着笑，鞠了一躬。

“我正找您呢，大叔！”他说，“莫伊塞·伊里伊奇向您问好，叫您赶快去他那儿一趟。”

亚科夫顾不上这些。他只想哭。

“起开！”他说着继续往前走。

“这怎么行呢？”洛特希德着急了，抢到前面说，“莫伊塞·伊里伊奇会不高兴的！他让马上就去！”

犹太人喘起粗气，眨巴着眼睛，脸上长着很多红色的雀斑，这一切都叫亚科夫讨厌。还有他那打着些黑补丁色的绿色礼服，那弱不禁风的身子，统统都很招人烦。

“你怎么总缠着我，大蒜头？”亚科夫嚷起来，“别来烦我！”

犹太人生了气，也喊起来：

“您最好小点声儿，要不我就把您扔到篱笆那边去！”

“滚！”亚科夫发出一声咆哮，举着拳头向他扑过去。

洛特希德吓得呆住了，一屁股坐在地上，两手在头顶上乱挥，好像要抵挡打下来的拳头似的，然后他跳起来，没命地跑了。他边跑边不时地跳起，两臂乱挥，看得出来，他又长又瘦的后背一个劲儿地发抖。小孩子们被这个场面搅得兴奋起来，喊着“犹太佬！犹太佬！”追打他。几条狗也狂叫着追赶。有人哈哈大笑起来，然后又吹起口哨，狗叫得更响，更来劲了……后来传来了一声绝望的惨叫，可能是狗把洛特希德给咬了。

亚可夫在牧场上溜达了一阵，然后漫无目的地沿着城边向外走去。孩子们喊着："青铜来了！青铜来了！"亚科夫来到了河边。鹬鸟尖叫着飞来飞去，鸭子在嘎嘎地叫。太阳很毒，水面上的反光明晃晃的，刺得眼睛生疼。亚科夫沿河岸的小路走着。他看到一个脸色红扑扑的胖太太从河边的浴棚里走出来，心里嘲笑她："好个水獭！"离浴棚不远的地方，几个男孩正在用肉钓虾。看到他以后，他们就喊他的外号气他："青铜！青铜！"现在，他走到一棵老柳树跟前。这棵树有一个巨大的树洞，树顶上还有麻雀的窝……忽然，亚科夫的记忆里栩栩如生地出浮现那个头发金黄的婴儿，还有玛尔法提起的那棵柳树。是的，这就是那棵柳树——它是那么绿，那么沉静，那么忧郁……可怜的柳树，它老多了！

他在柳树下坐下，陷入了回忆。河的对岸现在是一片淹在水中的草场，当年却是一大片白桦林。而地平线那边山峦如今光秃秃的，当年却覆盖着古老的松林。那个时候帆船在河面上跑来跑去，可眼前水面却平滑安静，对岸只有一棵年轻的白桦，它细细的，瘦瘦的，就像一位小姐。河面上也只有几群鸭子和鹅在游动，一点儿也看不出这里曾经是一条水上航线。似乎连鸭子都比过去小了。亚科夫闭上眼，脑子里浮现出好些巨大的白色鸭群，迎面游来游去。

他不明白这是怎么搞的，为什么在他一辈子的后四十年或五十年，他一次都没来过河边，就算来了，对它也从没留心过？要知道这不是条不值一提的小河，而是条挺大的河，可以在河上捕鱼，把鱼卖给商人、官吏、车站上的小卖部，然后把钱存进银行；还可以坐着船去参加沿岸的一个又一个婚礼，各种身份的人们都会付给他酬劳；也可以试着再把帆船开起来——这可比做棺材强；最后，还可以养鸭子，平时宰鸭，到冬天就把鸭子赶到莫斯科去，说不定光是鸭毛一年就能挣十来个卢布呢！但是他迷迷糊糊的，一件事也没有做。这是多大的损失！哎呀呀，多大的损失！如果他同时干了所有的事——又捕鱼，又拉小提琴，又搞航运，又养鸭子，他会挣到多大的一笔钱！可是他做梦也没想过这些，生活就这么过去了，没

有任何益处，没有任何欢乐，就这么白白地过去了，一钱不值。前面已经什么都没有了，而向身后看看，也只有一大堆叫人后背发凉的巨大损失。为什么人的生活总是离不开这些浪费和损失呢？请问，为什么要伐掉桦树林和松林？为什么？为什么人们总是做些不该做的事？为什么亚科夫一生都在骂人，抡拳头，欺负自己的老婆，请问，有什么必要老是吓唬和欺负那犹太人？为什么人们总是妨碍彼此的生活？要知道这会带来多大的损失！多可怕的损失！要不是人们互相怀着仇恨和敌意，大家都可以从别人那里得到巨大的好处。

这天的晚上和夜里，他梦见了婴儿、柳树、鱼、宰好的鸭子、侧面像一只口渴的鸟的玛尔法、洛特希德那张苍白可怜的脸，还有许多的牛头马面从四面八方向他压过来，叨咕着种种损失。他翻过来翻过去，爬起来五六趟，拉他的小提琴。

早上，他勉强爬起来去了医院。马克西姆·尼古拉伊奇叫他做冷敷，给了他药粉。亚科夫从他的表情看出来，大事不好，什么药粉也没有用了。在回家的路上他想，死了只有好处：不用吃，不用喝，不用上税，也不会得罪人。因为人不是躺在坟墓里一年半载，而是成百上千年，这样算起来，那好处就太大了。人从生活里得到的是损失，从死亡那里得到的却是好处。这种想法当然很有道理，但毕竟很叫人灰心和伤心：为什么世界上的事是这么奇怪，一个人只有一次的生命，却过得那么毫无益处？

死倒是没什么可惜的，但等到他回到家里，一看到那把小提琴，心就揪起来了。他舍不得它。小提琴不能带进坟墓去，如今他就要变成一个孤儿了，等着它的是和桦树林和松林一样的命运。这个世界上一切都白糟蹋了，或是将要糟蹋！亚科夫走出房子，坐在门槛上，把小提琴抱在胸前。他一边想着那毁掉的、充满损失的一生，一边拉起琴来。他自己也不知道怎么回事，拉出了一种哀怨动人的曲调，泪水顺着他的脸颊流了下来。他想得越深，小提琴奏出的曲调就越悲凉。

栅栏门吱呀地响了一声，又响了一声，洛特希德出现在门口。他大着胆子走过了半个院子，可是一看到亚科夫，却突然停了下来，全身缩作一团。可能是出于害怕，他用两手比画着，好像想用手势告诉别人，现在几点了。

“过来吧，没事！”亚科夫和气地招呼他到跟前来，“过来！”

洛特希德半信半疑，胆战心惊地私下张望张望，向前走了几步，在离他一俄丈远的地方停下了。

“求求您，可别打我！”他说道，一边说一边膝盖发软，“马特维·伊里伊奇又派我来了。他说，你别怕，你再去找亚科夫一趟，就说没有他根本不成。星期三有个婚礼……就是这么回事。沙巴瓦洛夫先生要把闺女嫁给一个好人家。要大办婚礼呢，嚯！”犹太人加了感叹词，眯起一只眼。

“我去不了了。”亚科夫喘着粗气说，“我病了，老弟。”

他又拉起琴来，泪水从眼眶滴落到琴上。洛特希德侧对着他，双手交叉在胸前，谛听着。他脸上的畏惧和疑惑一点儿一点儿地变成痛苦和悲伤。他转动着眼珠，像是经受着巨大的痛苦和喜悦，发出低低的呻吟。泪水慢慢地从他的面颊滑过，落在绿色的礼服上。

然后，亚科夫整整一天都躺在那里难过。晚上，神父来为他做临终忏悔。当神父问他，他记不记得有什么特别重大的罪过，他便用已经很差的记忆力努力地回想，他想起了玛尔法不幸的样子和犹太人被狗咬时绝望的尖叫，于是用微弱的声音说道：

“把小提琴给洛特希德吧。”

“好的。”神父回答。

现在城里的人们都在打听，洛特希德从哪里弄了一把那么好的小提琴。是买的呢，还是偷的？或是有人抵押给他的？他早就不吹长笛了，现在专拉小提琴。他的琴弦下流出的还是那种哀怨的调子，就像从前吹长笛的时候一样。但是每当他试图重复亚科夫坐在门槛上拉出的那首曲子的时候，他就会奏出如泣如诉的哀音，使得听者纷纷落泪，拉到最后，他自己就会转动眼珠，发出低低的呻吟。这个新曲子在城里非常受欢迎，商人和公务员们都争先恐后地把洛特希德请到家里，叫他拉上一遍又一遍。